Harper
Collins

Zum Buch:

Erneut macht sich ein Kommandotrupp um Keith Mallory, Dusty Miller und Andrea Stavros auf, einen geheimen Auftrag auszuführen. Nicht einmal ihre wenigen Verbündeten hinter den feindlichen Linien dürfen sie in ihre Mission einweihen. Zu spät merken Mallory und seine Männer, dass auch ihre Verbündeten eigene Geheimnisse haben …

Ein klassisches Action-Abenteuer, opulent verfilmt mit Harrison Ford als „Der wilde Haufen von Navarone".

Zum Autor:

Alistair MacLean wurde 1921 in Glasgow, Schottland geboren. 1941 trat er in die Royal Navy ein und verbrachte dort fünf Jahre. Nach dem Krieg studierte er und promovierte in Kunstgeschichte. Bis sein erstes Buch ‚Die Männer von der Ulysses' zum internationalen Erfolg wurde, leitete MacLean eine Jungenschule. Seitdem haben sich seine Bücher weltweit millionenfach verkauft. Er verstarb 1987 in München.

Lieferbare Titel:

Die Kanonen von Navarone

Alistair MacLean

Geheimkommando Zenica

Roman

Aus dem Englischen von
Georgette Beecher-Kindler

HarperCollins

HarperCollins®
Band 100150

1. Auflage: Juli 2018
Neuausgabe

Originaltitel: »Force 10 from Navarone«
Erschienen bei: Harper, an imprint of HarperCollins*Publisher*, UK

Umschlaggestaltung: zero-media.net, München
Umschlagabbildung: FinePic / München
Lektorat: Thorben Buttke
Satz: GGP Media GmbH, Pößneck
Printed in Germany
Dieses Buch wurde auf FSC®-zertifiziertem Papier gedruckt.
ISBN 978-3-95967-199-6

www.harpercollins.de

Für Lewis und Caroline

1. KAPITEL

Vorspiel
Donnerstag, 00.00 bis 06.00

Commander Vincent Ryan, Angehöriger der Royal Navy, Captain und kommandierender Offizier des neuesten Zerstörers der S-Klasse Seiner Majestät des Königs, stützte seine Ellenbogen bequem auf dem Geländer der Kommandobrücke auf, hob sein Nachtfernglas an die Augen und starrte nachdenklich über das ruhige und mondlichtübergossene Wasser der Ägäis.

Zuerst schaute er nach Norden über die riesige, schaumige und weißlich phosphoreszierende Welle, die der messerscharfe Bug seines schnellen Zerstörers aufwarf: In vier Meilen Entfernung, unter einem indigoblauen Himmel und glitzernden Sterndiamanten, lag die drohende Masse einer von zerklüfteten Felsen umgebenen Insel: Kheros, entlegener und monatelang belagerter Außenposten von zweitausend britischen Truppen, die erwartet hatten, in jener Nacht zu sterben, und die nun am Leben bleiben würden.

Ryan schwenkte sein Fernglas um 180 Grad nach Süden und nickte wohlwollend. So sollte es sein: Die vier Zerstörer lagen achteraus in einer so geraden Linie, dass das Leitschiff die Rümpfe der drei anderen Schiffe völlig verbarg. Ryan richtete sein Fernglas nach Osten. Es ist seltsam, dachte er, wie wenig eindrucksvoll, ja sogar enttäuschend, die Nachwirkungen einer natürlichen oder von Menschen verursachten Katastrophe sein können. Wären nicht der Feuerschein und die Rauchfetzen gewesen, die aus dem oberen Teil der Klippen hervorquollen und der Szene eine fast danteske Aura von uranfänglicher Bedrohung und Vorbedeutung gaben, so hätte die steil abfallende Hafenmauer in der Ferne ausgesehen, wie sie zu Zeiten Homers ausgesehen haben mag. Das große Felsenriff, das auf Entfernung so zerklüftet aussah, hätte von Wind und Wetter von Millionen Jahren geformt sein können, genauso gut aber hätte es auch vor fünf Jahrtausenden von den alten Griechen bearbeitet worden sein können, die auf der Suche nach Marmor für ihre ionischen Tempel waren: Was fast unfassbar war, was beinahe menschliches Begreifen überstieg, war die Tatsache, dass das Felsenriff vor zehn Minuten noch gar nicht existiert hatte, dass an seiner Stelle zehntausend Tonnen Gestein gewesen waren, die uneinnehmbarste Festung der Deutschen in der Ägäis, und vor allem die zwei riesigen Kanonen von Navarone, dass das alles nun hundert Meter unter dem Meer begraben lag. Mit einem bedächtigen Kopfschütteln senkte Commander Ryan das Fernglas und sah zu den Männern hinüber, die dafür verantwortlich waren, dass Menschen in fünf Minuten mehr erreicht hatten, als die Natur in fünf Millionen Jahren hätte erreichen können.

Captain Mallory und Corporal Miller. Das war alles, was er von ihnen wusste, das und die Tatsache, dass sie von einem seiner alten Freunde diesen Auftrag bekommen hatten, einem Marine-Captain namens Jensen, der, wie er erst vor vierundzwanzig Stunden zu seiner großen Überraschung erfahren hatte, der Leiter des Alliierten Nachrichtendienstes im Mittelmeerraum war. Aber das war auch alles, was er über sie erfahren hatte, und vielleicht stimmte nicht einmal das. Vielleicht hießen sie gar nicht Mallory und Miller. Vielleicht waren sie nicht einmal Captain und Corporal. Sie sahen nicht im Entferntesten wie die Captains oder Corporals aus, die er bisher gesehen hatte. Genau genommen sahen sie überhaupt nicht aus wie die Soldaten, die er im Laufe seines Lebens kennengelernt hatte. In ihren salzwassergetränkten und blutbedeckten Uniformen, verkommen, unrasiert, ruhig, wachsam und gelassen, machten sie es Ryan unmöglich, sie in irgendeine Kategorie von Männern einzuordnen. Das Einzige, was er wirklich sicher wusste, als er die trüben blutunterlaufenen Augen und die hageren, zerfurchten, mit Bartstoppeln bedeckten Gesichter der zwei Männer betrachtete, die ihre Jugend hinter sich gelassen hatten, war, dass er niemals zuvor Menschen gesehen hatte, die so erschöpft waren.

»Na, das wär's dann wohl«, sagte Ryan. »Die Truppen auf Kheros warten auf ihren Abmarsch, unsere Flotte ist auf dem Weg nach Norden, um sie abzuholen, und die Kanonen von Navarone haben keine Möglichkeit mehr, sie aufzuhalten. Zufrieden, Captain Mallory?«

»Das war ja auch der Zweck der Übung«, erinnerte ihn Mallory.

Ryan hob wieder das Glas an die Augen. Diesmal stellte er es auf ein Gummiboot ein, das gerade noch im Bereich seines Glases vor der felsigen Küste westlich vom Navarone-Hafen auf den Wellen schaukelte. Die beiden Gestalten in dem Boot waren nur Schemen, nicht mehr. Ryan senkte das Fernglas und sagte nachdenklich: »Ihr großer Freund und die Dame, die bei ihm ist, halten wohl nicht viel vom Herumsitzen. Sie haben mich – äh – ihnen nicht vorgestellt, Captain Mallory.«

»Ich hatte keine Möglichkeit dazu. Maria und Andrea. Andrea ist Colonel in der griechischen Armee: 19. Motorisierte Division.«

»Andrea *war* ein Colonel in der griechischen Armee«, berichtigte Miller. »Ich glaube, er hat sich eben zurückgezogen.«

»Ich bin ziemlich sicher, dass er das getan hat. Sie mussten sich beeilen, Commander, denn sie sind beide patriotische Griechen, sie sind beide von der Insel, und für sie gibt es viel zu tun in Navarone. Außerdem, glaube ich, haben sie einige dringende persönliche Dinge zu erledigen.«

»Aha.« Ryan fragte nicht weiter, sondern schaute wieder hinüber zu den rauchenden Überresten der zerstörten Festung. »Na, das wär's dann wohl. Fertig für heute Abend, Gentlemen?«

Mallory lächelte schwach: »Ich glaube schon.«

»Dann würde ich vorschlagen, Sie beide schlafen ein bisschen.«

»Was für ein wunderbarer Vorschlag.« Miller stieß sich mühsam von dem Geländer ab und stand leicht schwankend da, während er einen Arm hob und ihn über die schmerzenden Augen legte. »Wecken Sie mich in Alexandrien.«

»Alexandrien?« Ryan schaute ihn amüsiert an. »Das sind mindestens noch dreißig Stunden Fahrt.«

»Eben!«

Aber Miller bekam seine dreißig Stunden nicht. Er hatte gerade etwas länger als dreißig Minuten geschlafen, als ihn die allmähliche Erkenntnis weckte, dass ihm etwas in die Augen stach: Nachdem er gestöhnt und schwach protestiert hatte, brachte er es nach einiger Zeit fertig, ein Auge zu öffnen, und sah, dass das Etwas ein helles Deckenlicht in der Kabine war, die er mit Mallory teilte. Miller stützte sich auf einen wackligen Ellenbogen, konzentrierte sich darauf, sein zweites Auge zu justieren, und schaute böse zu den beiden Männern hinüber, die für die Unterbrechung seines Schlafes verantwortlich waren: Mallory saß am Tisch und schrieb irgendetwas, während Commander Ryan in der offenen Tür stand.

»Das ist eine Sauerei«, sagte Miller verbittert. »Ich habe die ganze Nacht kein Auge zugetan.«

»Sie haben fünfunddreißig Minuten fest geschlafen«, korrigierte Ryan. »Tut mir leid. Aber Kairo sagte, diese Botschaft für Captain Mallory sei von größter Dringlichkeit.«

»Ach nein, tatsächlich«, knurrte Miller misstrauisch. Sein Gesicht hellte sich auf. »Wahrscheinlich geht es um Beförderungen und Orden und Abreise und so weiter.« Er schaute Mallory hoffnungsvoll an, der die Nachricht entschlüsselt hatte. »Habe ich recht?«

»Nicht direkt. Es geht ganz vielversprechend los, wärmste Glückwünsche, und was du sonst noch willst, aber danach wird der Ton leider ein wenig dienstlicher.«

Mallory las die Nachricht vor:

SIGNAL EMPFANGEN HERZLICHE GLÜCKWÜNSCHE GROSSARTIGE LEISTUNG IHR VERDAMMTEN NARREN WARUM HABT IHR ANDREA GEHEN LASSEN? SOFORTIGER KONTAKT MIT IHM ABSOLUT ERFORDERLICH WERDEN EVAKUIERUNG VOR SONNENUNTERGANG VORNEHMEN UNTER ABLENKUNGSANGRIFF EINER DIVISION AUF BEHELFSFLUGPLATZ EINE MEILE SÜDÖSTLICH MANDRAKOS. SENDET CE VIA SIRDAR! DRINGEND 3 WIEDERHOLE DRINGEND 3. VIEL GLÜCK! JENSEN.

Miller nahm die Nachricht aus Mallorys ausgestreckter Hand und rückte das Stück Papier so lange hin und her, bis er seine verschleierten Augen so weit hatte, dass er etwas sehen konnte, las die Botschaft in unheilvollem Schweigen, gab sie an Mallory zurück und streckte sich lang auf seiner Pritsche aus. »Oh, mein Gott«, stöhnte er und lag reglos da, als befände er sich in einem schweren Schockzustand.

»Treffend kommentiert«, sagte Mallory trocken. Er schüttelte müde den Kopf und wandte sich an Ryan. »Es tut mir leid, Sir, aber wir müssen Sie um drei Dinge bitten: ein Gummiboot, ein tragbares Funkgerät und umgehende Rückkehr nach Navarone. Bitte stellen Sie Ihr Funkgerät auf eine Sonderfrequenz ein, damit es ständig von Ihrem Funkraum aus überwacht werden kann. Wenn Sie ein CE-Signal empfangen, funken Sie es nach Kairo.«

»CE?«, fragte Ryan.

»Mm. Genau.«

»Und das ist alles?«

»Wir könnten eine Flasche Brandy gebrauchen«, meldete sich Miller. »Etwas – irgendetwas, womit wir die Unbilden der langen Nacht, die uns bevorsteht, überstehen.«

Ryan zog eine Augenbraue hoch. »Eine Flasche ›Fünf Sterne‹, Corporal?«

»Würden Sie«, fragte Miller mürrisch, »einem Mann, der seinem Tod entgegengeht, etwa eine Flasche ›Drei Sterne‹ andrehen?«

Wie sich herausstellte, waren Millers düstere Erwartungen eines verfrühten Dahinscheidens grundlos – zumindest in jener Nacht, und die erwarteten schrecklichen Unbilden der langen Nacht, die vor ihnen lag, beschränkten sich auf körperliche Unbehaglichkeit.

Zu der Zeit, als die *Sirdar* sie zurück nach Navarone und so nah wie irgend möglich ans Ufer gebracht hatte, war der Himmel wolkenbedeckt, es regnete, und ein heftiger Südwestwind kam auf, und weder Mallory noch Miller wunderte es, dass sie sich, als sie mit ihrem Boot in Ufernähe waren, in einer ausgesprochen feuchten und miserablen Verfassung befanden. Und es war sogar noch weniger verwunderlich, dass sie, als sie den felsbrockenübersäten Strand endlich erreicht hatten, nass bis auf die Haut waren, denn ein Brecher hatte ihr Boot gegen einen ebenso schön geformten wie harten Felsen geschleudert, wobei es umkippte und sie beide ins Meer stürzten. Aber das war kaum von Bedeutung: Ihre Schmeisser-Maschinenpistolen, ihr Funkgerät und ihre Taschenlampen waren sicher in wasserdichten Beuteln verpackt, und es war die Hauptsache, dass sie diese unbeschädigt bergen konnten. Alles in allem war es eine perfekte Landung, überlegte Mallory, verglichen mit dem letzten Mal, als sie mit einem Boot nach Navarone gekommen waren: Damals waren ihre griechischen Nussschalen in die Fänge eines Sturms geraten und an dem senkrechten und allem Anschein nach nicht zu erkletternden Südkliff von Navarone zerschmettert worden.

Schlitternd, stolpernd und mit ätzenden Kommentaren, kämpften sie sich über den nassen Kiesstrand und die riesigen runden Felsbrocken vorwärts, bis sie plötzlich vor einem jäh in die Nacht ansteigenden Felsen ankamen. Mallory holte eine bleistiftdünne Taschenlampe heraus und begann, Stückchen für Stückchen des Abhangs mit ihrem schmalen konzentrierten Strahl abzuleuchten. Miller berührte seinen Arm. »Wollen wir es versuchen? Das Ding da raufzuklettern, meine ich.«

»Auf keinen Fall«, sagte Mallory. »Heute Abend ist bestimmt an der ganzen Küste kein einziger Soldat auf Wachtposten. Sie werden alle in der Stadt sein, um das Feuer einzudämmen. Außerdem gibt es für sie doch keinen ersichtlichen Grund mehr, Wache zu halten. Wir sind die Vögel, und die Vögel sind nach getaner Arbeit abgeflogen. Nur ein Irrer würde auf diese Insel zurückkommen.«

»Ich weiß, was wir sind«, sagte Miller gefühlvoll, »das brauchst du mir nicht zu sagen.«

Mallory lächelte in der Dunkelheit und fuhr mit der Untersuchung fort. Innerhalb einer Minute hatte er entdeckt, was er zu finden gehofft hatte – eine Rinne im Gestein. Er und Miller kletterten, so schnell es der trügerische Halt und ihr Gepäck erlaubten, zu der mit Tonschiefer und Felsbrocken übersäten Rinne hinauf: Nach fünfzehn Minuten hatten sie das Plateau darüber erreicht und hielten an, um Luft zu holen. Miller griff verstohlen in seinen Anorak. Gleich darauf hörte man ein leises Glucksen.

»Was machst du denn da?«, fragte Mallory.

»Ich dachte, ich hätte meine Zähne klappern gehört. Was soll eigentlich dieses blöde ›dringend 3 wiederhole dringend 3‹ in der Nachricht heißen?«

»Ich habe es noch nie gesehen. Aber ich weiß, was es bedeutet. Irgendjemand ist irgendwo in Lebensgefahr.«

»Ich kann dir gleich zwei davon nennen. Und was ist, wenn Andrea nicht kommen will? Er ist schließlich kein Angehöriger der Armee. Er muss nicht kommen. Und außerdem hatte er gesagt, er werde sofort heiraten.«

Mallory sagte mit Bestimmtheit: »Er wird kommen.«

»Warum bist du dessen so sicher?«

»Andrea ist der verantwortungsbewussteste Mann, den ich jemals kennengelernt habe. Er hat ein großes Verantwortungsgefühl – erstens für andere, zweitens für sich selbst. Deshalb kam er zurück nach Navarone – weil er wusste, dass die Leute ihn brauchten. Und deshalb wird er Navarone verlassen, wenn er das ›dringend 3‹-Signal sieht, weil er dann weiß, dass ihn irgendwo anders irgendjemand noch nötiger braucht.«

Miller bekam die Brandyflasche von Mallory zurück und

versenkte sie wieder in seinem Anorak. »So viel kann ich dir versprechen: Die zukünftige Mrs. Stavros wird bestimmt nicht besonders glücklich darüber sein.«

»Andrea Stavros auch nicht, und ich freue mich ganz und gar nicht darauf, ihm die Sache zu erzählen«, gestand Mallory. Er warf seinen Blick auf das Leuchtzifferblatt seiner Armbanduhr und sprang auf die Füße. »Bis Mandrakos haben wir noch eine halbe Stunde.«

Genau dreißig Minuten später huschten Mallory und Miller, die Schmeisser-Maschinenpistolen schussbereit in der Hand, lautlos von Schatten zu Schatten durch die Johannisbrotbaumplantagen am Rande des Dorfes Mandrakos. Plötzlich hörten sie genau vor sich das Klirren von Gläsern und Flaschenhälsen. Für die beiden Männer war eine möglicherweise gefährliche Situation wie diese so alltäglich, dass sie einander nicht einmal anschauten. Schweigend ließen sie sich auf Knie und Hände nieder und krochen vorwärts, während Miller mit jedem Meter, den sie weiter vordrangen, die Luft genießerischer einzog: Der griechische harzige Schnaps Ouzo hat eine außerordentliche Fähigkeit, die Atmosphäre in einem beachtlichen Umkreis mit seinem Duft zu tränken. Mallory und Miller kamen bei einer Buschgruppe an, ließen sich flach auf den Boden fallen und spähten geradeaus.

Nach den reich verzierten Westen, Kummerbünden und den prunkvollen Kopfbedeckungen zu urteilen, waren die beiden Gestalten, die an den Stamm eines Baumes gelehnt auf der Lichtung saßen, offensichtlich Einheimische: Die Gewehre auf ihren Knien ließen darauf schließen, dass sie als Wachen fungierten; aus der Art zu schließen, wie sie die Ouzo-Flasche fast auf den Kopf stellen mussten, um das bisschen, das noch darin war, herauszubekommen, nahmen sie ihre Pflichten nicht allzu ernst und hatten dies auch seit geraumer Zeit nicht getan. Mallory und Miller zogen sich etwas weniger vorsichtig zurück, als sie sich angeschlichen hatten, standen auf und schauten einander an. Ein Kommentar erübrigte sich. Mallory zuckte mit den Schultern, wandte sich nach rechts und ging weiter. Auf ihrem Weg ins Zentrum von Mandrakos, während sie durch die Johannisbrotwäldchen von einem Baum zum anderen huschten, stießen sie auf einige Posten, die sie aber leicht umgehen konnten, da sie damit beschäftigt waren, ihren Wachdienst angenehm zu gestalten. Miller zog Mallory in einen Hauseingang.

»Unsere Freunde da hinten«, sagte er, »was feiern die bloß?«

»Würdest du vielleicht nicht feiern? Navarone ist jetzt für die Deutschen nutzlos geworden. In einer Woche werden sie alle verschwunden sein.«

»Gut. Aber warum halten sie dann Wache?« Miller machte eine Kopfbewegung in Richtung auf eine kleine, weiß getünchte griechisch-orthodoxe Kirche, die in der Mitte des Dorfplatzes stand. Aus ihrem Inneren kam lautes Gemurmel. Außerdem drang durch die nur notdürftig verhängten Fenster ein heller Lichtschein. »Könnte es vielleicht etwas mit den Vorgängen da drin zu tun haben?«

»Es gibt einen Weg, das herauszufinden«, sagte Mallory.

Leise bewegten sie sich vorwärts, indem sie jede Deckungsmöglichkeit ausnutzten, bis sie endlich in den Schutz der zwei Strebepfeiler gelangten, die die Mauer der alten Kirche stützten. Zwischen den Pfeilern befand sich eins der sorgfältiger verhängten Fenster, durch das nur am unteren Rand ein schwacher Schimmer nach außen drang. Die beiden Männer blieben stehen und spähten durch die kleine Öffnung.

Das Innere der Kirche sah noch älter aus als die Außenmauer. Die hohen ungestrichenen Holzbänke waren aus dem Eichenholz längst vergangener Jahrhunderte zurechtgezimmert worden. Ungezählte Generationen von Kirchgängern hatten sie abgeschabt. Das Holz glänzte dunkel. Die getünchten Wände sahen aus, als brauchten sie innen ebenso dringend Stützpfeiler wie außen, sie waren so bröckelig, dass sie ihren Zweck wohl nicht mehr lang erfüllen würden, und das Dach machte den Eindruck, als ob es jeden Moment einstürzen könnte.

Das jetzt noch lautere Summen kam von Inselbewohnern fast jeden Alters und beiderlei Geschlechts, viele in feierlicher Kleidung, die nahezu alle Bänke in der Kirche besetzten. Das Licht kam von Hunderten von flackernden Kerzen, von denen viele alt und verbogen und verziert waren und die offensichtlich für diese besondere Gelegenheit angezündet worden waren. Sie standen auf dem Altar, entlang der Wände und im Mittelschiff. Vor dem Altar stand ein Priester, der geduldig auf irgendetwas wartete. Mallory und Miller schauten einander fragend an und wollten sich gerade aufrichten, als eine sehr tiefe und sehr ruhige Stimme hinter ihnen ertönte.

»Hände hinter den Kopf«, sagte sie liebenswürdig. »Und sehr langsam aufrichten. Ich habe eine Schmeisser-Maschinenpistole in der Hand.«

Langsam und vorsichtig, wie es die Stimme verlangt hatte, taten Mallory und Miller wie befohlen.

»Umdrehen. Vorsichtig.«

Sie drehten sich um – vorsichtig. Miller schaute die mächtige dunkle Gestalt an, die tatsächlich eine Maschinenpistole in der Hand hatte, und sagte irritiert: »Würde es Ihnen etwas ausmachen, mit dem verdammten Ding woanders hinzuzielen?«

Die dunkle Gestalt stieß einen erschreckten Laut aus, senkte die Waffe und beugte sich vor. Das dunkle zerfurchte Gesicht drückte lediglich einen Moment lang so etwas wie leichte Überraschung aus. Andrea Stavros hielt nicht viel von unnötigen Gefühlsausbrüchen, und sein Gesicht wurde sofort wieder ausdruckslos. »Die deutschen Uniformen«, erklärte er entschuldigend. »Sie haben mich zum Narren gehalten.«

»Du hättest mich auch zum Narren halten können«, sagte Miller. Er schaute ungläubig auf Andreas Kleidung, die lächerlich bauschige schwarzen Hose, die schwarzen Wasserstiefel, die kunstvoll bestickte Weste und den grellroten Kummerbund, schauderte und schloss angewidert die Augen: »Hast du dem Leihhaus von Mandrakos einen Besuch abgestattet?«

»Das ist die Tracht meiner Vorfahren«, sagte Andrea nachsichtig lächelnd. »Seid ihr über Bord gefallen?«

»Nicht absichtlich«, sagte Mallory. »Wir sind zurückgekommen, um dich zu sehen.«

»Ihr hättet euch auch einen besseren Zeitpunkt dafür aussuchen können.« Er zögerte, blickte zu einem kleinen erleuchteten Gebäude auf der anderen Straßenseite hinüber und nahm sie an den Armen. »Hier können wir reden.«

Er schob sie hinein und schloss die Tür hinter sich. Nach den Bänken und der spartanischen Einrichtung zu urteilen, war der Raum offensichtlich eine Art Versammlungsort: Beleuchtet wurde er von drei stark rauchenden Öllampen, deren Licht freundlich von Dutzenden von Schnaps-, Wein- und Bierflaschen und Gläsern reflektiert wurde, die fast jeden Zentimeter der Fläche von zwei langen, auf Böcken liegenden Tischplatten bedeckten. Die willkürliche und lieblose Anordnung der Erfrischungen sprach dafür, dass hier eine sehr überstürzte und hastig improvisierte Feier vorbereitet worden war. Die langen Reihen von Flaschen legten beredtes Zeugnis davon ab, dass die nicht vorhandene Qualität durch Quantität ausgeglichen werden sollte.

Andrea ging zu einem Tisch hinüber, nahm drei Gläser und eine Flasche Ouzo in die Hand und goss ein. Miller fischte seinen Brandy heraus und bot ihn an, aber Andrea war zu beschäftigt, um es zu bemerken. Er gab ihnen die Gläser. »Auf euer Wohl.« Andrea leerte sein Glas in einem Zug und fuhr nachdenklich fort: »Ihr seid bestimmt nicht ohne einen guten Grund zurückgekommen, mein lieber Keith.«

Schweigend nahm Mallory die Nachricht aus Kairo aus seiner wasserdichten Brieftasche und reichte sie Andrea, der sie halb widerwillig entgegennahm und las. Sein Gesicht verfinsterte sich.

Er fragte: »Heißt ›dringend‹ das, was ich glaube?«

Wieder schwieg Mallory. Er nickte nur und schaute Andrea unverwandt an.

»Das kommt mir sehr ungelegen.« Sein Ausdruck wurde noch finsterer. »Ausgesprochen ungelegen. Es gibt viel für mich zu tun in Navarone. Die Leute werden mich vermissen.«

»Mir kommt es auch ungelegen«, warf Miller ein. »Es gibt auch Dinge, die *ich* im West End von London tun könnte. Sie vermissen mich auch. Fragt die Barmädchen. Aber darauf kommt es wohl kaum an.«

Andrea betrachtete ihn einen Moment lang ruhig und wandte sich dann an Mallory. »Und du sagst gar nichts?«

»Ich habe nichts zu sagen.«

Langsam erhellte sich Andreas Gesicht, obwohl das Stirnrunzeln blieb. Er zögerte und griff dann wieder nach der Flasche Ouzo. Miller schauderte zimperlich.

»Bitte.« Er hielt ihm die Flasche Brandy hin.

Andrea lächelte, kurz und zum ersten Mal, goss etwas von Millers Five-Star in ihre Gläser, las die Nachricht noch einmal und gab sie an Mallory zurück. »Ich muss darüber nachdenken. Vorher muss ich auf jeden Fall noch etwas erledigen.«

Mallory schaute ihn forschend an: »Etwas erledigen?«

»Ich muss zu einer Hochzeit.«

»Zu einer Hochzeit?«, fragte Miller höflich interessiert.

»Müsst ihr beide alles wiederholen, was ich sage? Ja, zu einer Hochzeit.«

»Aber wen kennst du denn schon?«, fragte Miller. »Und noch dazu mitten in der Nacht.«

»Für manche Leute in Navarone ist die Nacht die einzig sichere Zeit«, entgegnete Andrea trocken. Er wandte sich ab, ging zur Tür, öffnete sie und zögerte.

Mallory fragte neugierig: »Wer heiratet denn?«

Andrea antwortete nicht. Stattdessen trat er an den Tisch, der ihm am nächsten stand, goss sich einen Becher voll Brandy und stürzte ihn in einem Zug hinunter. Er fuhr sich mit einer Hand durch das dicke dunkle Haar, rückte seinen Kummerbund zurecht, richtete sich gerade auf und ging entschlossen auf die Tür zu, die hinter ihm zugefallen war; dann starrten sie einander an.

Fünfzehn Minuten später starrten sie einander immer noch an, diesmal mit einem Ausdruck, der zwischen höchster Verwirrung und leichter Verblüffung wechselte. Sie saßen ganz hinten in der griechisch-orthodoxen Kirche auf einer Bank – der einzigen Sitzgelegenheit in der ganzen Kirche, die die Inselbewohner nicht okkupierten. Der Altar war mindestens achtzehn Meter von ihnen entfernt, aber da sie beide große Männer waren und nahe am Mittelschiff saßen, konnten sie recht gut sehen, was da vorn vor sich ging.

Um genau zu sein, es ging dort vorn gar nichts mehr vor. Die Zeremonie war vorüber. Gewichtig sprach der Priester den Segen, und Andrea und Maria, das Mädchen, das ihnen den Weg in die Festung von Navarone gezeigt hatte, drehten sich mit angemessener Würde um und schritten das Kirchenschiff entlang. Andrea beugte sich zu Maria hinunter, sein Gesichtsausdruck und sein Benehmen waren sanft und fürsorglich, und flüsterte ihr etwas ins Ohr, aber offensichtlich hatten die Worte wenig mit seinem Benehmen gemeinsam, denn in der Mitte des Kirchenschiffs kam es zu einem heftigen Wortwechsel zwischen den frisch getrauten Eheleuten. »Zwischen« ist vielleicht nicht das richtige Wort: Es war weniger ein Wortwechsel als vielmehr ein Monolog.

Maria, mit gerötetem Gesicht und blitzenden dunklen Augen, gestikulierte wie wild herum und beschimpfte Andrea in keineswegs verhülltem Zorn in der heftigsten Weise. Was Andrea betraf, so versuchte er, sie mit Tadeln und gutem Zureden zu besänftigen, aber er hatte dabei genauso viel Erfolg wie Canute, als er die Flut aufhalten wollte, und ängstlich schaute er sich um. Die Reaktionsskala der Gäste reichte von Unglauben über fassungsloses Staunen bis zu schlichtem Entsetzen. Offensichtlich war jedenfalls, dass alle das Schauspiel als eine höchst ungewöhnliche Nachwirkung einer Trauung betrachteten.

Als das Paar auf der Höhe der Bank angelangt war, auf der Mallory und Miller saßen, war der Streit – wenn man das, was sich da tat, als solchen bezeichnen konnte – auf seinem Höhepunkt angelangt. Als sie an der letzten Bank vorbeikamen, lehnte sich Andrea mit vorgehaltener Hand zu Mallory herüber.

»Dies«, sagte er sotto voce, »ist unser erster Ehekrach.«

Er hatte keine Zeit, noch etwas hinzuzufügen. Eine befehlende Hand ergriff seinen Arm und zerrte ihn buchstäblich aus der Kirche. Sogar nachdem sie die Kirche schon verlassen hatten, konnte man Marias Stimme noch laut und deutlich hören. Miller riss seinen Blick von der verlassenen Kirchentür los und schaute Mallory nachdenklich an.

»Ausgesprochen guter Laune, das Mädchen, was? Ich wünschte, ich könnte Griechisch. Was sie wohl gesagt hat?«

Mallorys Gesicht ließ keine Regung erkennen. »Vielleicht: Was ist mit meinen Flitterwochen?«, schlug er vor.

»Ah!« Millers Gesicht war ebenfalls ausdruckslos. »Sollten wir ihnen nicht besser nachgehen?«

»Warum?«

»Andrea wird mit den meisten Leuten fertig.« Das war eine von Millers üblichen Untertreibungen. »Aber diesmal hat er sich zu viel zugemutet.«

Mallory stand lächelnd auf und ging zur Tür, gefolgt von Miller, dem wiederum eine ungeduldig drängende Menge folgte, die verständlicherweise Wert darauf legte, sich den zweiten Akt dieser unvorhergesehenen Unterhaltung nicht entgehen zu lassen. Aber der Dorfplatz war menschenleer.

Mallory zögerte keinen Augenblick. Mit dem Instinkt, den er im Laufe seiner langen Bekanntschaft mit Andrea entwickelt hatte, ging er geradewegs über den Platz auf die Versammlungshalle zu, in der Andrea die erste seiner beiden dramatischen Feststellungen getroffen hatte. Sein Instinkt hatte ihn nicht betrogen. Andrea stand mit einem großen Glas Brandy in der Hand in der Mitte des Raumes und fingerte verärgert an einem sich allmählich ausbreitenden roten Fleck auf seiner Wange herum. Er hob den Kopf, als Mallory und Miller eintraten.

Mürrisch sagte er: »Sie ist zu ihrer Mutter zurückgegangen.«

Miller warf einen Blick auf seine Uhr: »Eine Minute und fünfundzwanzig Sekunden«, sagte er bewundernd. »Ein absoluter Weltrekord.«

Andrea warf ihm einen drohenden Blick zu, und Mallory fuhr hastig dazwischen.

»Du kommst also mit.«

»Natürlich komme ich mit«, sagte Andrea irritiert. Ohne Begeisterung warf er einen Blick auf die Gäste, die jetzt hereinschwärmten und ganz unfeierlich an ihnen vorbeidrängten, als sie sich, wie Kamele auf eine Oase, auf die flaschenbeladenen Tische stürzten. »Einer muss doch auf euch beide aufpassen.«

Mallory schaute auf die Uhr. »Noch dreieinhalb Stunden, bis das Flugzeug kommt. Wir schlafen schon im Stehen, Andrea. Wo können wir uns hinhauen – möglichst an einem sicheren Platz. Eure Wachen sind stockbesoffen.«

»Das sind sie schon, seit die Festung in die Luft geflogen ist«, sagte Andrea ungerührt. »Kommt mit.«

Miller warf einen Blick auf die Inselbewohner, die unter fröhlichem Durcheinandergerede und Gelächter mit Flaschen und Gläsern beschäftigt waren. »Und was ist mit deinen Gästen?«

»Was soll mit ihnen sein?« Andrea schaute seine Begleiter schlecht gelaunt an. »Schaut euch den Haufen doch an. Habt ihr schon mal eine Hochzeitsgesellschaft erlebt, die sich um das Brautpaar gekümmert hat? Kommt jetzt.«

Sie machten sich auf den Weg, und Andrea führte sie durch das Dorf und am Südende in das offene Land hinaus. Zweimal wurden sie von Wachen angesprochen, zweimal runzelte Andrea die Stirn und brummte irgendetwas, und daraufhin beeilten sie sich, zu ihren Ouzo-Flaschen zurückzukommen.

Es goss immer noch in Strömen, aber Mallorys und Millers Kleider waren bereits so aufgeweicht, dass ein bisschen mehr Regen kaum noch eine bedeutende Verschlechterung in ihrer Verfassung herbeiführen konnte, während Andrea überhaupt keine Notiz von dem Unwetter nahm. Er machte ein Gesicht wie ein Mann, der wichtigere Dinge im Kopf hat.

Nach fünfzehn Minuten blieb Andrea vor den Schwingtüren einer halb verfallenen, offensichtlich unbenutzten Scheune am Straßenrand stehen.

»In der Scheune ist Heu«, sagte er. »Hier seid ihr sicher.«

»Fein«, sagte Mallory. »Jetzt noch eine Botschaft an die *Sirdar*, damit sie ihr CE nach Kairo funken können und …«

»CE?«, fragte Andrea. »Was ist das?«

»Um Kairo wissen zu lassen, dass wir mit dir Kontakt aufgenommen haben und bereit sind, abgeholt zu werden … Und danach drei herrliche Stunden Schlaf.«

Andrea nickte. »Drei Stunden höchstens.«

»Drei *lange* Stunden«, sagte Mallory träumerisch. Ein flüchtiges Lächeln erhellte Andreas zerfurchtes Gesicht, als er Mallory auf die Schulter schlug.

»In drei langen Stunden«, sagte er, »kann ein Mann wie ich eine ganze Menge fertigbringen.«

Er drehte sich um und verschwand eilig in der regenverschleierten Nacht. Mallory und Miller schauten mit ausdruckslosen Gesichtern hinter ihm her, wandten sich dann einander zu und stießen die Schwingtüren des Schuppens auf.

Der Flugplatz von Mandrakos hätte von keiner zivilen Luftfahrtbehörde der Welt eine Lizenz bekommen. Die Rollbahn war nur etwas über eine halbe Meile lang, und an beiden Enden dieses angeblichen Flugfeldes erhoben sich steile Hügel.

Es war nicht breiter als sechsunddreißig Meter und mit Löchern übersät, die die Garantie dafür lieferten, dass das Fahrgestell jedes wie auch immer gearteten Flugzeugs ruiniert wurde. Aber die RAF hatte den Flughafen schon vorher benutzt, und so lag es im Bereich des Möglichen, dass er wenigstens dieses eine Mal noch seinen Zweck erfüllen würde.

Auf der Südseite war der Behelfsflugplatz von Johannisbrotbaumwäldchen begrenzt. Im kärglichen Schutz eines dieser Bäumchen saßen Mallory, Miller und Andrea und warteten. Wenigstens Mallory und Miller saßen, zusammengesunken und in ihren durchweichten Kleidern am ganzen Körper zitternd. Andrea jedoch hatte sich genießerisch ausgestreckt, die Hände hinter dem Kopf verschränkt, und schien die schweren Regentropfen nicht zu bemerken, die auf sein ungeschütztes Gesicht fielen. Er strahlte Zufriedenheit aus, ja fast sogar Behaglichkeit, wie er da lag und in die beginnende Morgendämmerung schaute, die die schwarzen Wolken über dem drohenden Massiv der türkischen Küste im Osten erhellte. »Sie kommen«, sagte er.

Mallory und Miller lauschten einige Sekunden lang angestrengt, dann hörten sie es auch – das entfernte Brummen näher kommender schwerer Flugzeuge. Die drei Männer standen auf und entfernten sich eilig vom Flugfeld. Eine Minute später überflog eine Schwadron von achtzehn Wellingtons, die man ebenso gut hörte, wie man sie in dem noch schwachen Tageslicht sah, nach ihrem Flug über die Berge rasch tiefer gehend, in einer Höhe von weniger als dreihundert Metern den Flugplatz und verschwand in Richtung Navarone. Zwei Minuten später hörten die drei Männer die Detonation und sahen den herrlichen orangefarbenen Pilz, der über der zerstörten Festung im Norden aufstieg, nachdem die Wellingtons ihre Bomben abgeworfen hatten. Vereinzelte leuchtende Blitze zeigten, wie schwach und wirkungslos die Bodenverteidigung sich wehrte. Sie war offensichtlich nur im Besitz von Handfeuerwaffen. Als die Festung in die Luft geflogen war, waren alle Abwehrwaffen gegen Luftangriffe mit zerstört worden. Der Angriff war kurz und heftig: Weniger als zwei Minuten, nachdem das Bombardement begonnen hatte, hörte es so unvermittelt auf, wie es angefangen hatte; dann hing nur noch das schwächer werdende und schließlich ganz ersterbende Geräusch der verschieden lauten Motoren in der Luft, als die Wellingtons sich immer weiter in Richtung Norden entfernten, nach Westen abdrehten und über dem dunklen Wasser der unbewegten Ägäis verschwanden.

Etwa eine Minute lang standen die drei Beobachter schweigend und regungslos am Rande des Flugplatzes. Schließlich fragte Miller verwundert: »Was macht uns bloß so wichtig?«

»Ich weiß es nicht«, meinte Mallory nachdenklich, »aber ich kann mir nicht vorstellen, dass es dir viel Freude machen wird, es herauszufinden.«

»Und das wird bald der Fall sein«, versetzte Andrea. Er wandte sich um und schaute nach Süden zu den Bergen hinüber. »Hört ihr das?«

Sie hörten zwar nicht das Geringste, aber sie zweifelten keinen Augenblick daran, dass es tatsächlich etwas zu hören gab. Andreas Gehör war ebenso sensationell wie seine Sehschärfe. Und dann hörten sie es plötzlich auch. Ein einzelner Bomber – ebenfalls eine Wellington – kam von Süden heran, kreiste ein paarmal über dem Flugplatz, als Mallory mit seiner Taschenlampe Blinkzeichen gab, schwebte ein, setzte schwer auf und holperte krachend über die mit Löchern übersäte Rollbahn auf sie zu. Weniger als dreißig Meter von ihnen entfernt kam er zum Stehen, und ein Licht begann auf der Kanzel aufzublinken.

Andrea sagte: »Also vergesst nicht: Ich habe versprochen, in einer Woche zurück zu sein.«

»Man sollte nie Versprechungen machen«, rügte ihn Miller streng. »Was ist, wenn wir nicht in einer Woche zurück sind? Was ist, wenn sie uns in den Pazifik schicken?«

»Dann lasse ich euch bei meiner Heimkehr den Vortritt, und ihr dürft die Erklärungen abgeben.«

Miller schüttelte den Kopf. »Ich weiß nicht, die Idee will mir nicht so recht gefallen.«

»Deine Feigheit können wir später diskutieren«, sagte Mallory. »Kommt schon. Los.«

Die drei Männer rannten auf die wartende Wellington zu.

Die Wellington war seit einer halben Stunde unterwegs zu ihrem Bestimmungsort, wo immer dieser auch sein mochte, und Andrea und Miller versuchten erfolglos, auf den ungleichmäßig gefüllten Strohsäcken, die im Rumpf des Flugzeugs auf dem Boden lagen, eine bequeme Stellung zu finden und den Kaffee in dem Becher, den sie in der Hand hielten, nicht zu verschütten, als Mallory aus der Kanzel zurückkam. Miller schaute ihn mit müder Resignation an, auf seinem Gesicht lag keine Spur von Begeisterung oder Abenteuergeist.

»Was hast du rausgekriegt?« Sein Tonfall ließ erkennen, dass er auf das Allerschlimmste gefasst war. »Wohin jetzt? Rhodos? Beirut? Zu den Fleischtöpfen von Kairo?«

»Termoli, sagte der Mann.«

»Termoli also. Wollte ich schon immer mal kennenlernen.« Miller machte eine Pause. »Wo, zum Teufel, liegt Termoli?«

»In Italien, glaube ich. Irgendwo an der südadriatischen Küste.«

»Oh, *nein*!« Miller rollte sich auf die Seite und zog sich die Decke über den Kopf. »Ich *hasse* Spaghetti.«

2. KAPITEL

Donnerstag, 14.00 bis 23.00

Die Landung auf dem Flugplatz von Termoli war genauso holprig wie vorher der quälende Start über die Rollbahn des Behelfsflugplatzes von Mandrakos. Der Militärflughafen von Termoli wurde offiziell und optimistisch als neu bezeichnet, aber in Wirklichkeit war er erst halb fertig, und das merkte man deutlich bei der schmerzhaften Landung und dem wilden Hasengehoppel bis zu dem aus Fertigteilen hergestellten Kontrollturm am Ostende des Feldes. Als Mallory und Andrea sich aus dem Flugzeug schwangen und endlich wieder feste Erde unter den Füßen hatten, machten beide nicht gerade glückliche Gesichter. Miller, der ziemlich unsicher hinter ihnen herstolperte und dafür bekannt war, einen beinahe schon pathologischen Widerwillen und Abscheu gegen alle Arten von Transportmitteln zu haben, sah sterbenskrank aus.

Aber es wurde ihm keine Zeit gegeben, Mitleid zu heischen oder zu finden. Ein mit Tarnfarbe angestrichener Armee-Jeep hielt neben dem Flugzeug, und der Sergeant hinter dem Steuer bedeutete ihnen schweigend, nachdem er sie flüchtig angesehen hatte, einzusteigen. Und dieses Schweigen behielt er stur bei, während sie durch das Trümmerfeld der kriegszerrissenen Straßen von Termoli fuhren. Mallory ließ sich von der Unfreundlichkeit nicht stören. Offensichtlich hatte der Fahrer strikte Anweisungen, nicht mit ihnen zu sprechen; eine Situation, die Mallory in der Vergangenheit schon oft genug erlebt hatte. Es gab nicht viele Gruppen von Unantastbaren, überlegte Mallory, aber seine Gruppe war eine: Niemand, mit vielleicht zwei oder drei Ausnahmen, hatte jemals die Erlaubnis gehabt, mit ihnen zu sprechen. Diese Maßnahme, das wusste Mallory, war völlig verständlich und berechtigt, aber es war auch eine Maßnahme, die mit den Jahren immer ermüdender wurde. Sie hatte zur Folge, dass man den Kontakt zu seinen Kameraden allmählich verlor.

Nach zwanzig Minuten hielt der Jeep außerhalb der Stadt am Fuße einer Freitreppe, die zu einem Haus hinaufführte. Der Jeepfahrer hob kurz die Hand, und ein bewaffneter Posten, der oben an der Treppe stand, erwiderte den Gruß mit einer ähnlich gleichgültigen Geste. Mallory nahm dies als Zeichen, dass sie ihr Ziel erreicht hatten, und stieg, da er dem Befehl des jungen Sergeant, absolutes Schweigen zu bewahren, nicht zuwiderhandeln wollte, ohne Aufforderung aus. Die anderen folgten ihm, und der Jeep setzte sich augenblicklich in Bewegung.

Das Haus – es sah eher aus wie ein bescheidener Palast – war ein prächtiges Beispiel für die Architektur der Renaissance – überall Säulengänge und Säulen und überall von Adern durchzogener Marmor –, aber Mallory interessierte sich mehr dafür, was sie im Haus erwartete, als für die Außenansicht. Auf der obersten Treppenstufe verstellte ihnen der junge Corporal, bewaffnet mit einer Lee-Enfield 303, den Weg. Er sah aus, als sei er aus der Highschool ausgerissen.

»Name bitte.«

»Captain Mallory.«

»Personalpapiere? Soldbücher?«

»Oh, mein Gott«, stöhnte Miller, »und mir geht es sowieso schon so mies.«

»Wir haben keine«, sagte Mallory sanft. »Führen Sie uns hinein, bitte.«

»Ich habe Anweisung …«

»Ich weiß, ich weiß«, fiel ihm Andrea ins Wort. Er beugte sich hinüber, nahm dem Corporal mühelos das Gewehr aus den verzweifelt verkrampften Händen, entfernte das Magazin, steckte es in die Tasche und gab das Gewehr zurück. »Bitte.«

Das Gesicht des Jungen wurde dunkelrot vor Wut, er zögerte einen Moment, sah die drei Männer etwas vorsichtig an, wandte sich um, öffnete die Tür und bedeutete ihnen, ihm zu folgen.

Vor ihnen lag ein langer, mit Marmor ausgelegter Korridor mit hohen, spitz zulaufenden Fenstern auf der einen und Ölschinken zwischen ledergepolsterten Doppeltüren auf der anderen Seite. Als sie die Hälfte des Ganges hinter sich gebracht hatten, tippte Andrea dem Corporal auf die Schulter und gab ihm ohne ein Wort das Magazin zurück. Der Corporal nahm es mit einem unsicheren Lächeln und schob es in das Gewehr. Nach weiteren zwanzig Schritten blieb er vor der letzten Doppeltür stehen, klopfte, hörte eine gedämpfte Antwort und stieß die Flügel der Tür auf, während er zur Seite trat, um die drei Männer vorbeizulassen. Dann trat er wieder auf den Gang hinaus und zog die Tür hinter sich zu.

Es war offensichtlich das Hauptarbeitszimmer des Hauses beziehungsweise Palastes, und es war in mittelalterlicher Pracht eingerichtet, alles in dunkler Eiche gehalten, brokatbestickte Seidenvorhänge, Lederpolsterung, in den Regalen, die die Wände bedeckten, ledergebundene Bücher, die zweifellos von alten Meistern stammten. Ein flauschiger Teppich, in einem matten Bronzeton schimmernd, reichte von einer Wand bis zur anderen. Alles in allem hätte sogar ein Mitglied des italienischen Vorkriegsadels hier nicht die Nase gerümpft.

Den Raum erfüllte ein angenehmer Duft, dessen Ursprung nicht schwer zu finden war: Man hätte einen kapitalen Ochsen in dem riesigen knisternden Kamin am anderen Ende des Raumes rösten können. Dicht beim Feuer standen drei junge Männer, die aber nicht die geringste Ähnlichkeit mit dem ziemlich unbrauchbaren Jungen hatten, der ihnen vorhin den Eintritt verwehren wollte. Vor allem waren sie wesentlich älter, wenn auch nicht gerade alte Männer. Sie waren grobknochig, breitschultrig und strahlten zähes und verbissenes Pflichtgefühl aus. Sie trugen die Uniformen einer Elitetruppe, der Marine Commandos, und sie passten ausgezeichnet in diese Uniformen. Aber was die Aufmerksamkeit Mallorys und seiner beiden Begleiter fesselte, war weder die abgenutzte Pracht des Raumes und seines Mobiliars noch die völlig unerwartete Gegenwart der drei Commandos, sondern der vierte Mann, groß und respektgebietend, der lässig an einem Tisch in der Mitte des Zimmers lehnte. Das von tiefen Furchen durchzogene Gesicht, der autoritäre Ausdruck, der wundervolle graue Bart und die durchdringenden blauen Augen machten diesen Mann zum Prototyp eines klassischen englischen Kapitäns, der er, wie die untadelige Uniform, die er trug, bewies, auch war. Den drei Männern rutschte das Herz in die Hosen, und Mallory, Andrea und Miller starrten ohne die geringste Begeisterung zu der eindrucksvollen Piratengestalt von Captain Jensen hinüber. Er war Angehöriger der Royal Navy, Chef des Nachrichtendienstes der Alliierten im Mittelmeerraum und außerdem der Mann, der sie erst vor so kurzer Zeit mit dem selbstmörderischen Auftrag nach Navarone geschickt hatte, von dessen Erledigung sie gerade zurückgekehrt waren. Die drei Männer schauten einander an und schüttelten in stiller Verzweiflung die Köpfe.

Captain Jensen richtete sich auf, lächelte strahlend und kam mit ausgestreckter Hand auf sie zu, um sie zu begrüßen.

»Mallory! Andrea! Miller!« Zwischen den Worten machte er eine dramatische Fünf-Sekunden-Pause. »Ich weiß nicht, was ich sagen soll! Eine großartige Leistung, eine großartige …« Er brach ab und musterte sie nachdenklich. »Sie scheinen gar nicht überrascht zu sein, mich zu sehen, Captain Mallory?«

»Das bin ich auch nicht. Mit allem Respekt, Sir, wann immer und wo immer es nach schmutziger Arbeit riecht, kann man sicher sein …«

»Ja, ja, ja. Richtig, richtig. Und wie geht es Ihnen allen?«

»Müde«, sagte Miller energisch. »Schrecklich müde. Wir brauchen ein bisschen Ruhe. Ich jedenfalls.«

Jensen sagte ernst: »Und das ist genau das, was Sie bekommen werden, mein Junge. Ruhe. Und zwar *lange*, *sehr* lange.«

»*Sehr* lange?« Miller schaute ihn ungläubig an.

»Sie haben mein Wort.« Jensen strich sich in momentaner Unsicherheit den Bart. »Jedenfalls, sobald Sie aus Jugoslawien zurück sind.«

»Jugoslawien?« Miller starrte ihn an.

»Heute Nacht.«

»Heute Nacht!«

»Mit dem Fallschirm.«

»Mit dem *Fallschirm*!«

Jensen sagte beherrscht: »Ich bin mir durchaus bewusst, dass Sie eine höhere Schulbildung haben und außerdem gerade von den griechischen Inseln zurückgekommen sind. Aber wir kommen auch ohne diesen griechischen Chor aus, wenn es Ihnen nichts ausmacht.«

Miller schaute Andrea überaus schlecht gelaunt an: »Adieu Flitterwochen.«

»Was war das?«, fragte Jensen scharf.

»Nur ein kleiner Scherz unter Freunden, Sir.«

Mallory wagte einen schüchternen Protest: »Sie vergessen, Sir, dass keiner von uns jemals mit einem Fallschirm abgesprungen ist.«

»Ich vergesse gar nichts. Man muss mit allem einmal anfangen. Was wissen Sie drei über den Krieg in Jugoslawien?«

»Über welchen Krieg?«, fragte Andrea vorsichtig.

»Genau!« In Jensens Stimme lag Befriedigung.

»Ich habe davon gehört«, ließ sich Miller vernehmen. »Da ist eine Gruppe von Wie-heißen-sie-doch-gleich – ach ja, Partisanen –, wenn ich nicht irre, die den deutschen Besatzungstruppen einen Untergrund-Widerstand entgegensetzt.«

»Es ist Ihr Glück, dass die Partisanen Sie nicht hören können«, sagte Jensen streng, »es ist ein ganz beträchtlicher ›Übergrund‹-Widerstand. Nach der letzten Zählung waren es 350 000, die achtundzwanzig deutsche und bulgarische Divisionen in Jugoslawien in Schach halten.« Er machte eine kurze Pause. »Das sind mehr, als die zusammengeschlossenen Armeen der Alliierten hier in Italien im Griff haben.«

»Das hätte mir doch jemand erzählen müssen«, beschwerte sich Miller. Dann erhellte sich seine Miene: »Wenn dort 350 000 von denen herumwimmeln, wozu sollten sie ausgerechnet *uns* noch brauchen?«

Jensen sagte ätzend: »Sie müssen lernen, Ihre Begeisterung zu zügeln, Corporal. Das Kämpfen dürfen Sie den Partisanen überlassen – und sie führen den grausamsten, härtesten und brutalsten Krieg, der augenblicklich in Europa geführt wird. Einen erbarmungslosen und gemeinen Krieg, in dem keine der beiden Seiten auch nur um ein Jota nachgibt und eine Kapitulation nicht zur Debatte steht. Waffen, Munition, Nahrungsmittel, Kleidung brauchen die Partisanen dringend. Aber sie haben diese achtundzwanzig Divisionen festgenagelt.«

»Ich will nichts damit zu tun haben«, murmelte Miller.

»Was sollen wir tun, Sir?«, fragte Mallory hastig.

»Dies.« Jensen löste seinen eiskalten Blick von Miller. »Niemand weiß das bis jetzt zu schätzen, aber die Jugoslawen sind unsere wichtigsten Verbündeten in Südeuropa. Ihr Krieg ist unser Krieg. Und sie führen einen Krieg, in dem sie nicht die geringste Aussicht haben zu gewinnen. Wenn nicht ...«

Mallory nickte: »Die Werkzeuge, um den Auftrag zu Ende zu bringen.«

»Nicht sehr originell, aber wahr. Die Werkzeuge, um den Auftrag zu Ende zu bringen. Wir sind die *einzigen* Leute, die hier sind, um sie mit Gewehren, Maschinengewehren, Munition, Kleidung und Medikamenten zu versorgen. Die anderen kommen nicht durch.« Er brach ab, nahm einen Stock in die Hand, ging mit fast zornigen Schritten zu der großen Wandkarte hinüber, die zwischen einigen der alten Meister hing, und schlug mit der Spitze des Bambusstocks dagegen. »Bosnien-Herzegowina, meine Herren. West-Mittel-Jugoslawien. Wir haben in den letzten zwei Monaten vier britische Militärmissionen abgeschickt, die mit den Jugoslawen Verbindung aufnehmen sollten – mit den jugoslawischen Partisanen. Die Leiter aller vier Missionen verschwanden spurlos. Neunzig Prozent unseres via Luftbrücke abgeschickten Nachschubs sind in die Hände der Deutschen gefallen. Sie haben alle unsere Funkcodes entschlüsselt und hier in Süditalien ein Netz von Agenten eingerichtet, mit denen sie offensichtlich Verbindung aufnehmen können, wann sie wollen. Verblüffende Fragen, meine Herren. Lebenswichtige Fragen. Ich will die Antworten haben. Kolonne 10 wird mir die Antworten beschaffen.«

»Kolonne 10?«, fragte Mallory mit höflichem Interesse.

»Das ist die Codebezeichnung für Ihre Operation.«

»Warum gerade dieser Name?«, fragte Andrea.

»Warum nicht? Haben Sie jemals eine Codebezeichnung gehört, die irgendeinen Bezug zu der Operation hatte, die sie bezeichnete? Das ist schließlich der Sinn der Sache, Mann.«

»Es könnte nicht vielleicht«, sagte Mallory hölzern, »etwas zu tun haben mit dem Frontalangriff auf irgendetwas, dem Sturm auf einen lebenswichtigen Ort?« Er beobachtete die nicht erfolgende Reaktion Jensens und fuhr im gleichen Ton fort: »Auf der Beaufort-Skala heißt Kolonne 10 ›Sturmangriff‹.«

»Sturmangriff!« Es ist schwierig, einen Ausruf und ein angstvolles Stöhnen in einem einzigen Wort zu vereinen, aber Miller schaffte es ohne Schwierigkeiten. »Oh, mein Gott, und alles, was ich will, ist eine sichere Ruhestätte, für immer.«

»Meine Geduld hat Grenzen, Corporal Miller«, sagte Jensen. »Ich könnte – ich sagte, ich *könnte* – mir meine Befürwortung, die ich in Bezug auf Ihre Person heute Morgen aussprach, noch einmal überlegen.«

»Auf meine Person?«, fragte Miller wachsam.

»Ich habe Sie für die ›Distinguished Conduct Medal‹ vorgeschlagen.«

»Sie wird großartig auf dem Deckel meines Sarges aussehen«, murmelte Miller.

»Was haben Sie gesagt?«

»Corporal Miller hat nur versucht, seiner Freude Ausdruck zu verleihen.« Mallory trat näher an die Wandkarte heran und studierte sie kurz. »Bosnien-Herzegowina – ein ganz schön großes Gebiet, Sir.«

»Zugegeben. Aber wir können die fragliche Stelle – den

Ort, an dem die Leute verschwanden – in einem Umkreis von zwanzig Meilen festlegen.«

Mallory wandte sich von der Karte ab und sagte langsam: »Für diese Sache sind ja beachtliche Vorbereitungen getroffen worden. Heute früh der Angriff auf Navarone. Die Wellington, die uns abholte. All das wurde – das schließe ich aus dem, was Sie uns gesagt haben – im Hinblick auf heute Nacht inszeniert. Ganz zu schweigen …«

»Wir haben an dieser Sache fast zwei Monate gearbeitet. Sie drei hätten an sich schon vor einigen Tagen hierherkommen sollen. Aber – äh – na, Sie wissen es ja.«

»Wir wissen es.« Die Androhung, seine DCM zurückzuhalten, hatte Miller erstarren lassen. »Ich möchte noch etwas anderes fragen. Warum gerade wir, Sir? Wir sind Saboteure, Sprengstoffexperten, Nahkampftruppen – und dies ist eine Arbeit für Untergrundspione, die Serbokroatisch oder was immer sprechen können.«

»Sie werden schon gestatten müssen, dass ich das selbst beurteile.«

Jensen schenkte ihnen ein gefährliches Lächeln. »Außerdem haben Sie immer Glück.«

»Das Glück verlässt müde Männer«, sagte Andrea, »und wir sind sehr müde.«

»Müde oder nicht, es gibt in Südeuropa kein Team, das Ihnen, was Findigkeit, Erfahrung und Geschicklichkeit betrifft, das Wasser reichen kann. Und was wichtig ist: Sie sind vom Glück begünstigt. Ich muss gemein sein, Andrea. Ich tue es nicht gern, aber ich muss. Aber ich habe Ihre Erschöpfung einkalkuliert und entsprechende Maßnahmen getroffen: Ich gebe Ihnen ein Team als Rückendeckung mit.«

Mallory schaute zu den drei jungen Soldaten hinüber, die

am Kamin standen, dann kehrte sein Blick fragend zu Jensen zurück, und Jensen nickte.

»Sie sind noch jung, ausgeruht und ganz wild darauf, mitzugehen. Marine Commandos, Mitglieder der am schärfsten ausgebildeten Truppen, die wir im Augenblick haben. Und sie haben vielseitige Begabungen, das kann ich Ihnen versichern. Nehmen Sie zum Beispiel Reynolds.« Jensen nickte einem sehr großen, dunkelhaarigen Sergeant von Ende zwanzig zu, einem Mann mit wind- und wettergegerbtem Gesicht. »Er kann alles, angefangen von Unterwassersabotage bis zum Steuern eines Flugzeugs. Und er wird heute Nacht ein Flugzeug steuern. Und, wie Sie unschwer selbst beurteilen können, ist er bestens geeignet, selbst Ihre schwersten Gepäckstücke zu tragen.«

Mallory sagte sanft: »Ich habe Andrea immer für einen ganz brauchbaren Träger gehalten, Sir.«

Jensen wandte sich an Reynolds: »Die Herren haben gewisse Zweifel. Geben Sie ihnen eine Kostprobe Ihres Könnens, damit sie sehen, dass Sie zu etwas nutze sind.«

Reynolds zögerte einen Moment, dann griff er nach einem schweren Feuerhaken aus Messing und begann, ihn allmählich mit bloßen Händen zusammenzubiegen. Offensichtlich war es nicht gerade ein leichtes Stück Arbeit, sein Gesicht lief rot an, die Adern auf seiner Stirn traten hervor und die Sehnen in seinem Nacken, und seine Arme zitterten vor Anstrengung, aber langsam und unerbittlich wurde der Feuerhaken zu einem U zusammengebogen. Mit einem fast entschuldigenden Lächeln streckte Reynolds Andrea den Feuerhaken hin, der ihn widerwillig entgegennahm. Er wölbte die Schultern nach vorn, seine Fingerknöchel traten weiß hervor, aber der Feuerhaken blieb in seiner U-Form. Andrea sah nachdenklich zu Reynolds auf, dann legte er schweigend den Feuerhaken weg.

»Sehen Sie, was ich meine?«, sagte Jensen. »Sie sind müde. Oder nehmen Sie Sergeant Groves. Auf dem schnellsten Wege von London über den Mittleren Osten hierhergekommen. Ehemaliger Flugzeugnavigator, mit seinen Kenntnissen über Sabotage, Sprengstoffe und elektrische Finessen auf dem neuesten Stand der Technik. Geradezu fantastisch für Todesfallen, Zeitbomben und verborgene Mikrofone, ein lebender Minendetektor. Und Sergeant Saunders ist ein Funker der Spitzenklasse.«

Miller sagte mürrisch zu Mallory: »Du bist ein zahnloser alter Löwe und schon längst aus dem Rennen.«

»Reden Sie keinen Unsinn, Corporal«, kam Jensens schneidende Stimme. »Sechs ist die ideale Zahl. Sie werden auf jedem Gebiet ein Double haben, und diese Männer können ihre Sache. Sie werden von unschätzbarem Wert sein. Falls das Ihrem Stolz guttun sollte: Sie waren ursprünglich nicht vorgesehen, Sie zu begleiten, sie waren als Reserveteam ausgewählt worden, falls Sie drei – nun, äh –«

»Aha.« Von Überzeugung war in Millers Stimme nichts zu bemerken.

»Alles klar jetzt?«

»Nicht ganz«, sagte Mallory. »Wer hat das Kommando?«

Jensen war ehrlich erstaunt: »Sie natürlich.«

»So.« Mallory sprach ruhig und freundlich. »Ich weiß, dass das Schwergewicht der Ausbildung – besonders bei den Marine Commandos – heute auf Initiative, Selbstvertrauen und Unabhängigkeit in Gedanken und Taten liegt. Das ist ausgezeichnet – wenn sie allein gefangen genommen werden.« Er lächelte beinah missbilligend. »Andernfalls erwarte ich augenblickliche und nicht infrage gestellte Befolgung der Befehle. *Meiner* Befehle. Sofort und total.«

»Und wenn nicht?«, fragte Reynolds.

»Eine überflüssige Frage, Sergeant. Sie kennen die Strafe für Ungehorsam gegen einen Offizier im Feld.«

»Gilt das auch für Ihre Freunde?«

»Nein.«

Reynolds wandte sich an Jensen. »Ich glaube nicht, dass mir das gefällt, Sir.«

Mallory ließ sich erschöpft in einen Sessel sinken, zündete sich eine Zigarette an, nickte zu Reynolds hinüber und sagte: »Ersetzen.«

»Was!« Jensen starrte ihn ungläubig an.

»Ersetzen Sie ihn, habe ich gesagt. Wir sind noch nicht weg, und schon hat er mein Urteil angezweifelt. Was soll dann erst werden, wenn wir draußen sind? Er ist gefährlich. Ich würde lieber eine tickende Bombe mit mir herumtragen.«

»Nun hören Sie mal, Mallory ...«

»Ersetzen Sie *ihn* oder *mich*.«

»Und *mich*«, sagte Andrea ruhig.

»Und *mich*«, fügte Miller hinzu.

Für einen Moment herrschte ein feindseliges Schweigen, dann näherte sich Reynolds Mallorys Sessel.

»Sir.«

Mallory schaute ohne ein Zeichen der Ermutigung zu ihm auf.

»Es tut mir leid«, fuhr Reynolds fort. »Ich bin über das Ziel hinausgeschossen. Ich werde diesen Fehler nicht noch einmal machen. Ich *möchte* mitmachen, Sir.«

Mallory warf Andrea und Miller einen schnellen Blick zu. Auf Millers Gesicht lag lediglich der Schock über Reynolds' unglaublich idiotische Begeisterung für den Kampf. Andrea, dessen Gesicht wie üblich keine Regung zeigte, nickte fast unmerklich. Mallory lächelte und meinte: »Wie Captain Jensen sagte, ich bin sicher, Sie werden ein großes Plus für uns sein.«

»Also, dann ist das erledigt.« Jensen tat, als würde er die fast greifbare Entschärfung der Spannung im Raum nicht bemerken. »Jetzt ist der Schlaf wichtig. Aber vorher möchte ich noch einen kurzen Bericht über Navarone.« Er schaute die drei Sergeants an. »Vertraulich!«

»Jawohl, Sir«, sagte Reynolds. »Sollen wir zum Flugplatz hinuntergehen und die Flugpläne, den Wetterbericht, die Fallschirme und die Versorgung überprüfen?«

Jensen nickte. Als die drei Sergeants die Flügeltür hinter sich geschlossen hatten, ging Jensen quer durch den Raum zu einer anderen Tür, öffnete sie und sagte: »Kommen Sie bitte herein, General.«

Der Mann, der jetzt ins Zimmer trat, war sehr groß und hager. Er war wahrscheinlich Mitte dreißig, sah aber viel älter aus. Sorgen, Erschöpfung, endlose Entbehrungen, die nicht zu trennen waren von zu vielen Jahren unaufhörlichen Kampfes um das nackte Leben, hatten das ursprünglich schwarze Haar fast weiß werden lassen, und körperliche und seelische Qualen hatten tiefe Furchen in das ledrige, sonnenverbrannte Gesicht gegraben. Die dunklen Augen leuchteten intensiv, es waren hypnotische Augen eines Mannes, der fanatisch auf ein bisher noch nicht realisiertes Ideal zuging. Er trug die Uniform eines britischen Offiziers, ohne Orden und Dienstgradabzeichen.

Jensen sagte: »Meine Herren, dies ist General Vukalovic. Der General ist stellvertretender Kommandeur der Partisanenstreitkräfte in Bosnien-Herzegowina. Die RAF hat ihn gestern herausgeflogen. Offiziell ist er als Arzt der Partisanen bei uns, der Medikamente holen will. General, das sind Ihre Männer.«

Vukalovic schaute sie prüfend der Reihe nach an, sein Gesicht war ausdruckslos. Er sagte: »Diese Männer sind müde,

Captain Jensen. Es steht so viel auf dem Spiel … zu müde, um das zu tun, was zu tun ist.«

»Er hat recht«, sagte Miller ernst.

»Wahrscheinlich steckt ihnen die Reise noch in den Knochen«, sagte Jensen milde. »Es ist ein ganz schöner Schlauch von Navarone bis hierher. Also …«

»Navarone?«, unterbrach ihn Vukalovic. »Das hier … das hier sind die Männer …«

»Man sieht es ihnen nicht an, da haben Sie recht.«

»Vielleicht habe ich mich in ihnen getäuscht.«

»Nein, das haben Sie nicht, General«, sagte Miller. »Wir sind erschöpft. Wir sind völlig …«

»Entschuldigen Sie«, fuhr Jensen scharf dazwischen. »Captain Mallory, mit zwei Ausnahmen wird der General der einzige Mensch in Bosnien sein, der weiß, wer Sie sind und was Sie tun. Ob der General die Identität der anderen preisgibt, ist ganz allein seine Sache. General Vukalovic wird Sie nach Jugoslawien begleiten, aber nicht mit demselben Flugzeug.«

»Warum nicht?«, fragte Mallory.

»Weil sein Flugzeug zurückkommen wird. Ihres nicht.«

»Aha«, machte Mallory. Es herrschte ein kurzes Schweigen, während er, Andrea und Miller den Hintergrund von Jensens Worten zu erfassen versuchten. Zerstreut warf Andrea ein Holzscheit in das zusammengesunkene Feuer und sah sich nach einem Feuerhaken um, aber der einzige Feuerhaken im Zimmer war der, den Reynolds zu einem U zusammengebogen hatte. Andrea hob ihn auf. Geistesabwesend und ohne die geringste Anstrengung bog Andrea ihn wieder gerade, stocherte im Feuer herum, bis die Funken sprühten, und legte den Feuerhaken weg. Vukalovic hatte die Szene mit sehr nachdenklicher Miene beobachtet.

Jensen fuhr fort: »Ihre Maschine, Captain Mallory, wird nicht zurückkommen, weil Ihre Maschine geopfert werden muss, damit das Ganze glaubwürdig aussieht.«

»Wir auch«, fragte Miller.

»Sie werden nicht viel erreichen, wenn Sie nicht tatsächlich mit beiden Beinen auf dem Boden stehen, Corporal Miller. Wo Sie hingehen, kann ein Flugzeug unter keinen Umständen landen! Deshalb springen Sie – und das Flugzeug wird zerschmettert.«

»Das hört sich äußerst glaubwürdig an«, stieß Miller hervor.

Jensen überhörte den Einwurf. »Die Realitäten des totalen Krieges sind hart. Deshalb habe ich die drei jungen Burschen hinausgeschickt – ich will ihren Enthusiasmus nicht dämpfen.«

»Ich kann meine Begeisterung kaum zügeln«, sagte Miller kummervoll.

»Oh, halten Sie schon endlich den Mund. Es wäre schön, wenn Sie herausfinden könnten, warum achtzig Prozent unserer abgeworfenen Güter in die Hände der Deutschen fallen, es wäre auch schön, wenn Sie herausfinden könnten, wo unsere gefangen genommenen Anführer sich aufhalten, und sie retten könnten. Aber das ist nicht wichtig. Dieser Nachschub und diese Agenten sind zu ersetzen. Was aber nicht zu ersetzen ist, das sind die siebentausend Männer unter dem Kommando von General Vukalovic, siebentausend Männer, die halb verhungert und fast ohne Munition dasitzen, siebentausend Männer ohne Hoffnung auf ein Morgen.«

»Und *wir* sollen ihnen helfen können?«, fragte Andrea besorgt. »Sechs Männer?«

Jensen entgegnete aufrichtig: »Ich weiß es nicht.«

»Aber Sie haben einen Plan?«

»Noch nicht. Nicht durchdacht. Die Andeutung einer Idee. Mehr nicht.« Jensen fuhr sich müde über die Stirn. »Ich bin selbst erst vor sechs Stunden aus Alexandrien angekommen.«

Er zögerte, dann zuckte er die Achseln. »Und heute Abend? Wer weiß. Ein paar Stunden Schlaf heute Nachmittag werden uns alle wieder auf die Beine bringen. Aber vorher möchte ich noch einen Bericht über Navarone. Es wäre sinnlos, wenn die anderen drei Herren warten würden – am Ende des Ganges liegen einige Schlafzimmer. Ich bin der Ansicht, Captain Mallory kann mir alles erzählen, was ich wissen möchte.«

Mallory wartete, bis sich die Tür hinter Andrea, Miller und Vukalovic geschlossen hatte, und sagte: »Wo soll ich meinen Bericht beginnen, Sir?«

»Welchen Bericht?«

»Über Navarone natürlich.«

»Zur Hölle mit Navarone. Das ist aus und vorbei.« Er nahm seinen Zeigestock in die Hand, ging durch das Zimmer auf die Wand zu und zog zwei weitere Landkarten herunter. »Also.«

»Sie haben einen Plan«, sagte Mallory bedächtig.

»Natürlich habe ich einen Plan«, entgegnete Jensen ungerührt. Er klopfte auf die Karte. »Zehn Meilen nördlich von hier. Die Gustav-Linie. Über ganz Italien, entlang der Flussläufe des Sangro und Liri. Hier haben die Deutschen die uneinnehmbarsten Verteidigungspositionen in der Geschichte moderner Kriegführung aufgebaut. Monte Cassino hier – daran haben sich einige unserer besten alliierten Divisionen die Zähne ausgebissen, manche sind dabei draufgegangen. Und hier – der Anzio-Landekopf. Fünfzigtausend Amerikaner, die um ihr Leben kämpfen. Fünf Monate schlagen wir uns jetzt schon den Kopf ein an der Gustav-Linie und dem Anzio-Verteidigungsgürtel. Unsere Verluste an Männern und Maschinen – nicht auszudenken. Unser Gewinn – nicht ein einziger Zentimeter.«

Mallory sagte schüchtern: »Sie hatten etwas über Jugoslawien gesagt, Sir.«

»Darauf komme ich noch«, sagte Jensen widerwillig. »Nun, unsere einzige Hoffnung, die Gustav-Linie zu durchbrechen, liegt darin, die deutschen Verteidigungskräfte zu schwächen, und der einzige Weg, auf dem wir *das* schaffen, ist, sie dazu zu überreden, einige ihrer Divisionen zurückzuziehen. Also bedienen wir uns der Allenby-Technik.«

»Ich verstehe.«

»Sie verstehen überhaupt nichts. General Allenby, Palästina, 1918. Er hatte eine Ost-West-Linie vom Jordan zum Mittelmeer. Er plante einen Angriff von Westen – also überzeugte er die Türken, dass der Angriff von Osten kommen würde. Er erreichte dies, indem er im Osten eine riesige Zeltstadt aufbaute, die nur von ein paar Hundert Männern besetzt war, die jedes Mal, wenn sich ein Spähflugzeug näherte, aus ihren Unterkünften stürzten und so taten, als hätten sie alle Hände voll zu tun. Er erreichte dies, indem er den Aufklärern riesige Armee-Lastwagen-Konvois servierte, die den ganzen Tag auf das Lager zurollten. Was die Türken nicht wussten, war, dass die gleichen Lastwagen die ganze Nacht über auf dem Weg nach Westen waren. Er hatte sogar fünfzehntausend Pferde aus Segeltuch herstellen lassen. Nun, wir tun das Gleiche.«

»Fünfzehntausend Segeltuchpferde?«

»Wirklich, sehr sehr komisch.« Jensen tippte wieder auf die Karte. »Jeder Flugplatz von hier bis Bari ist vollgestopft mit Bomber- und Segelflugzeug-Attrappen. Vor Foggia steht das größte Militärlager von ganz Italien – besetzt mit zweihundert Mann. In den Häfen von Bari und Taranto liegen massenweise drohende Landungssturmboote, alle aus Sperrholz. Den ganzen Tag über rollen endlose Reihen von Lastwagen und Panzern auf die adriatische Küste zu. Wenn Sie, Mallory, den Oberbefehl über die deutschen Truppen hätten, was würden Sie daraus schließen?«

»Ich würde einen Luftangriff und eine Invasion von See her auf Jugoslawien vermuten, aber ich wäre nicht sicher.«

»Genau die Reaktion der Deutschen«, sagte Jensen mit sichtlicher Befriedigung. »Sie machen sich ganz schöne Sorgen, sie machen sich derartige Sorgen, dass sie schon zwei Divisionen aus Italien abgezogen und nach Jugoslawien geschickt haben, um der Bedrohung zu begegnen.«

»Aber sie sind nicht sicher?«

»Nicht ganz. Aber fast.« Jensen räusperte sich. »Wissen Sie, alle unsere gefangen genommenen Anführer trugen eindeutige Beweise für eine Invasion Zentraljugoslawiens Anfang Mai bei sich.«

»Sie trugen Beweise ...« Mallory brach ab, warf Jensen einen langen forschenden Blick zu und fuhr dann ruhig fort: »Und wie haben es die Deutschen *fertiggebracht*, alle gefangen zu nehmen?«

»Wir sagten ihnen, dass sie kommen würden.«

»Es war *Absicht*!«

»Es waren Freiwillige, alles Freiwillige«, sagte Jensen hastig. Es gab offensichtlich einige Dinge im totalen Krieg, die sogar ihm nicht besonders behagten. »Und es wird Ihre Aufgabe sein, mein Lieber, die Fast-Überzeugung zu einer absoluten Gewissheit zu machen.« Anscheinend nicht bemerkend, dass Mallory ihn ohne eine Spur von Begeisterung ansah, drehte er sich dramatisch um und bohrte seinen Zeigestock auf eine Stelle auf der in großem Maßstab gezeichneten Landkarte Zentraljugoslawiens.

»Das Tal von Neretva«, sagte Jensen. »Der lebenswichtige Abschnitt der Haupt-Nordsüdroute durch Jugoslawien. Wer immer dieses Tal unter Kontrolle hat, hat ganz Jugoslawien unter Kontrolle – und niemand weiß das besser als die Deutschen. Wenn ein Angriff kommt, dann wissen sie, dass er hier kommen muss. Sie sind sich durchaus bewusst, dass eine Invasion Jugoslawiens möglich und zu erwarten ist, sie haben eine Heidenangst vor einer Verbindung der Alliierten und der Russen, die aus dem Osten herankommen, und sie *wissen*, dass ein solcher Zusammenschluss nur entlang dieses Tales erfolgen kann. Sie haben schon zwei bewaffnete Divisionen entlang dem Neretva-Tal, zwei Divisionen, die im Falle einer Invasion in einer Nacht ausradiert werden könnten. Von Norden her – hier versuchen sie, sich den Weg nach Süden zum Neretva-Tal mit einem ganzen Armeekorps zu erzwingen – aber der einzige Weg führt durch den Zenica-Käfig. Und Vukalovic und seine siebentausend Mann blockieren den Weg.«

»Vukalovic weiß darüber Bescheid?«, fragte Mallory. »Über das, was Sie tatsächlich vorhaben, meine ich?«

»Ja, und der Führungsstab der Partisanen. Sie kennen die Risiken und die Schwierigkeiten, die diese Sache mit sich bringt. Und sie akzeptieren sie.«

»Fotografien?«, fragte Mallory.

»Hier.« Jensen zog einige Fotografien aus einer Schreibtischschublade, wählte eine aus, strich sie glatt und legte sie auf den Tisch. »Das hier ist der Zenica-Käfig. Ein guter Name dafür: Es ist ein perfekter Käfig, eine perfekte Falle. Im Norden und Westen unbezwingbare Berge. Im Osten der Neretva-Damm und die Neretva-Schlucht. Im Süden der Neretva-Fluss. Im Norden des Käfigs, bei der kleinen Lücke hier, versucht das Elfte Armeekorps der Deutschen durchzubrechen. Hier im Westen – sie nennen es die Westschlucht – versucht ein anderer Truppenteil der Elften das Gleiche. Und hier im Süden liegen auf der anderen Seite des Flusses und in den Bäumen versteckt zwei bewaffnete Divisionen unter General Zimmermann auf der Lauer.«

»Und das hier?« Mallory deutete auf einen schmalen schwarzen Strich, der sich etwas nördlich von den zwei bewaffneten Divisionen über den Fluss spannte.

»Das«, sagte Jensen nachdenklich, »ist die Brücke über die Neretva.«

In Wirklichkeit sah die Neretva-Brücke bei Weitem imposanter aus als auf der vergrößerten Fotografie: Es war eine Auslegerkonstruktion aus massivem Stahl. Die Fahrbahn war mit einer schwarzen Asphaltschicht überzogen. Unter der Brücke schäumte die grünlich-weiße Neretva. Die Schneeschmelze hatte den Fluss erheblich ansteigen lassen. Im Süden begrenzte ein schmaler Wiesenstreifen den Fluss, und am Südufer stand ein dunkler hoher Kiefernwald. Im sicheren Schutz der düsteren Tiefen des Waldes lagen die beiden Divisionen von General Zimmermann auf der Lauer.

Nahe am Waldrand stand der Funkwagen der Division, ein plumpes und langes Vehikel, das sehr gut getarnt war.

General Zimmermann und sein Adjutant, Hauptmann Warburg, waren gerade im Wagen. Ihre Stimmung passte zu dem ständigen Zwielicht des Waldes. General Zimmermann hatte ein hageres, intelligentes Gesicht mit einer hohen Stirn und einer markanten Nase. Eines jener Gesichter, die sehr selten eine Gefühlsbewegung verraten, aber jetzt zeigte er seine Gefühle, seine Besorgnis und seine Ungeduld, als er sein Käppi zurückschob und sich mit den gespreizten Fingern durch die sich lichtenden Haare fuhr. Er sagte zu dem

Funker, der hinter ihm am Empfangsgerät saß:

»Noch kein Wort? Nichts?«

»Nichts, Herr General.«

»Sie sind in ständiger Verbindung mit Hauptmann Neufelds Lager?«

»Jede Minute, Herr General.«

»Und sein Funker sitzt die ganze Zeit am Gerät?«

»Die ganze Zeit, Herr General. Nichts. Einfach nichts.«

Zimmermann drehte sich um und ging die Stufen hinunter, gefolgt von Warburg. Er ging schweigend mit gesenktem Kopf, bis er außer Hörweite des Funkwagens war, und sagte dann: »Verdammt! Verdammt! Gottverdammt noch mal!«

»Sie sind also ganz sicher, Herr General.« Warburg war ein hochgewachsener, gut aussehender Mann von dreißig Jahren mit flachsblonden Haaren. Sein Gesicht drückte im Moment eine Mischung von Besorgnis und Unglücklichsein aus. »Dass sie kommen, meine ich?«

»Es steckt mir in den Knochen, mein Junge. Auf dem einen oder anderen Weg kommt es, kommt es, um uns alle zu vernichten.«

»Aber Sie können doch nicht *sicher* sein, Herr General!«, protestierte Warburg.

»Da haben Sie recht«, seufzte Zimmermann. »Ich kann nicht sicher sein. Aber eines weiß ich sicher: Wenn sie tatsächlich kommen, wenn die Gruppe von der Elften nicht im Norden durchbrechen kann, wenn wir diese verdammten Partisanen im Zenica-Käfig nicht ausradieren können …«

Warburg wartete darauf, dass er fortfuhr, aber Zimmermann schien sich in Träumereien verloren zu haben. Offensichtlich ohne jeden Bezug auf ihre Unterhaltung sagte Warburg: »Ich würde Deutschland gern wiedersehen. Nur noch einmal.«

»Würden wir das nicht alle gern, mein Junge, würden wir das nicht alle?« Zimmermann ging langsam auf den Waldrand zu und blieb dann unvermittelt stehen. Lange Zeit starrte er über die Brücke ins Neretva-Tal hinüber. Dann schüttelte er den Kopf, wandte sich um und war augenblicklich in den dunklen Tiefen des Waldes verschwunden.

Das Kiefernholzfeuer in dem großen Kamin des Arbeitszimmers in Termoli war fast heruntergebrannt. Jensen warf noch ein paar Scheite hinein, richtete sich auf, goss zwei Drinks ein und reichte einen Mallory.

Er sagte: »Nun?«

»Das ist der Plan?« Keine Andeutung seiner Ungläubigkeit und seiner nahen Verzweiflung war auf Mallorys Gesicht zu sehen. »Das ist der *ganze* Plan?«

»Ja.«

»Auf Ihre Gesundheit.« Mallory machte eine Pause. »Und auf meine.« Nach einer noch längeren Pause sagte er gedankenvoll: »Es dürfte ganz interessant sein, Dusty Millers Reaktion zu hören, wenn er heute Abend von dieser hübschen Geschichte erfährt.«

Wie Mallory vorausgesagt hatte, war Millers Reaktion interessant. Sechs Stunden später hörte Miller, der wie Mallory und Andrea jetzt die Uniform der britischen Armee trug, mit wachsendem Horror, wie sich Jensen ihren Arbeitsverlauf in den nächsten vierundzwanzig Stunden vorstellte. Als er zu Ende gesprochen hatte, wandte Jensen sich an Miller: »Na? Durchführbar?«

»Durchführbar?« Miller war entsetzt. »Das ist selbstmörderisch!«

»Andrea?«

Andrea zuckte die Achseln, hob seine Hände mit den Handflächen nach oben und sagte gar nichts.

Jensen nickte: »Es tut mir leid, aber ich habe keine Wahl. Ich glaube, es ist besser, wir gehen jetzt. Die anderen warten am Flugplatz.«

Andrea und Miller verließen den Raum und gingen den langen Flur hinunter. Mallory zögerte in der Tür und blockierte den Durchgang vorübergehend, drehte sich dann zu Jensen um, der ihn mit überrascht hochgezogenen Augenbrauen ansah.

»Lassen Sie es mich wenigstens Andrea sagen.«

Jensen schaute ihn einen Moment überlegend an, schüttelte dann kurz den Kopf und drängte sich an ihm vorbei in den Flur hinaus.

Zwanzig Minuten später kamen die vier Männer, ohne inzwischen auch nur ein einziges Wort gewechselt zu haben, auf dem Flughafen von Termoli an, wo Vukalovic und zwei Sergeants auf sie warteten. Der dritte, Reynolds, saß schon am Instrumentenpult seiner Wellington, die mit einer anderen am Ende der Rollbahn stand. Die Propeller rotierten bereits. Wiederum zehn Minuten später waren die Maschinen schon in der Luft, Vukalovic saß in der einen, Mallory, Miller, Andrea und die drei Sergeants in der anderen, auf dem Weg zu ihren getrennten Zielen.

Jensen, der allein auf dem Flugfeld stand, beobachtete die Flugzeuge, die höher und höher stiegen, seine übermüdeten Augen folgten ihnen, bis sie in der wolkenverhangenen Dunkelheit des mondlosen Himmels verschwanden. Dann, genauso wie es General Zimmermann an diesem Nachmittag getan hatte, schüttelte er sorgenvoll den Kopf, wandte sich um und ging langsamen Schrittes davon.

3. KAPITEL

Freitag, 00.30 bis 02.00

Sergeant Reynolds wusste, wie man mit einem Flugzeug umgehen musste, und ganz besonders mit diesem hier, dachte Mallory. Er handhabte seine Instrumente präzis und wirkte dabei völlig ruhig und entspannt. Nur sein Augenausdruck verriet seine Wachsamkeit. Nicht weniger fähig war Groves: Das schlechte Licht und die zu Verkrampfung führende Einengung seines winzigen Koppeltisches schienen ihn nicht zu stören, und als Flugzeugnavigator war er offensichtlich ebenso erfahren wie tüchtig. Mallory spähte durch das Glas der Kanzel hinaus, sah die weißen Schaumkämme der Wellen der Adria kaum dreißig Meter unter dem Rumpf des Flugzeugs vorbeirollen und wandte sich an Groves.

»Lauten die Anordnungen, dass wir so niedrig fliegen müssen?«

»Ja. Die Deutschen haben Radarkontrollen installiert auf einer der Inseln vor der jugoslawischen Küste. Wir gehen höher, wenn wir Dalmatien erreichen.«

Mallory nickte dankend und drehte sich um, um Reynolds weiter zu beobachten. »Captain Jensen hatte recht mit dem, was er über Sie sagte. Wie um alles in der Welt kommt ein Marine Commando dazu, eine von diesen Dingern zu kutschieren?«

»Ich habe genügend Übung«, sagte Reynolds. »Drei Jahre in der RAF, zwei davon als Sergeant-Pilot in einer Wellington-Bomber-Schwadron. Eines Tages in Ägypten flog ich eine Lysander ohne Erlaubnis. Alle taten das, aber die Kiste, die ich erwischte, hatte einen defekten Brennstoffmesser.«

»Wurden Sie heruntergeholt?«

»Allerdings.« Er grinste. »Es gab keine Schwierigkeiten, als ich um Versetzung bat. Sie hatten irgendwie das Gefühl, dass ich nicht so ganz der richtige Mann für die RAF war.«

Mallory schaute Groves an: »Und Sie?«

Groves lächelte breit: »Ich war sein Navigator in der alten Kiste. Wir wurden am gleichen Tag gefeuert.«

Mallory sagte bedächtig: »Nun, ich glaube, das könnte ganz nützlich sein.«

»Was ist nützlich?«, fragte Reynolds.

»Die Tatsache, dass Sie mit dem Gefühl, in Ungnade zu fallen, vertraut sind. Es wird Sie dazu befähigen, Ihre Rolle umso besser zu spielen, wenn die Zeit kommt.«

Reynolds sagte vorsichtig: »Ich bin nicht ganz sicher …«

»Bevor wir springen, möchte ich, dass Sie – Sie alle – die Abzeichen und Rangkennzeichen auf Ihren Uniformen, die irgendeinen Aufschluss geben könnten, abreißen.« Er machte eine Handbewegung in Richtung auf Andrea und Miller, die hinten auf dem Flugdeck saßen, um zu zeigen, dass sie ebenfalls eingeschlossen waren, und dann wandte er sich an Reynolds. »Die Feldwebelstreifen, den ganzen Regimentspomp, die Ordensbänder – den ganzen Kram.«

»Warum, zum Teufel, sollte ich das wohl tun?«

Reynolds war nicht gerade fügsam, dachte Mallory.

»Ich habe mir die Streifen *verdient*, die Streifen und die Bänder und den ganzen Pomp. Ich sehe nicht ein …«

Mallory lächelte: »Ungehorsam gegen einen Offizier …«

»Seien Sie doch nicht so empfindlich«, sagte Reynolds.

»Seien Sie doch nicht so empfindlich, *Sir*.«

»Seien Sie doch nicht so verdammt empfindlich, *Sir*«. Reynolds grinste plötzlich. »Okay, wer hat die Schere?«

»Sehen Sie«, erklärte Mallory, »das Allerletzte, was wir uns wünschen, ist, den Feinden in die Hände zu fallen.«

»Amen«, sagte Miller.

»Aber wenn wir die Informationen, die wir brauchen, beschaffen wollen, müssen wir nahe an ihrer Front oder sogar hinter ihren Linien operieren. Wir könnten erwischt werden. Deshalb haben wir unsere schöne Deck-Geschichte.«

Groves sagte ruhig: »Ist es erlaubt, die Deck-Geschichte zu erfahren, Sir?«

»Aber sicher ist es das«, sagte Mallory ärgerlich. Ernst fuhr er fort: »Ist Ihnen nicht klar, dass bei einem Auftrag wie diesem das Überleben nur von einer einzigen Sache abhängt – von völligem und gegenseitigem Vertrauen? Sobald wir anfangen, Geheimnisse voreinander zu haben, sind wir erledigt.«

In dem düsteren Zwielicht im rückwärtigen Flugdeck schauten Andrea und Miller einander an und tauschten ein müde-zynisches Lächeln.

Als Mallory die Kanzel verließ, um nach hinten zu gehen, streifte seine Hand Millers Schulter. Nach etwa zwei Minuten gähnte Miller herzhaft, streckte sich und machte sich auf den Weg nach hinten. Mallory wartete am Ende des Rumpfes. Er hatte zwei zusammengefaltete Papierstücke in der Hand, von denen er eins auseinanderfaltete und Miller zeigte, während er gleichzeitig eine Taschenlampe aufblitzen ließ. Miller starrte für einen Moment darauf und hob dann fragend die Augenbrauen.

»Und was soll das sein?«

»Das ist der Auslösemechanismus für eine 750-Pfund-Unterwasser-Mine. Lern es auswendig.« Miller schaute es ausdruckslos an und schielte dann nach dem anderen Blatt Papier, das Mallory in der Hand hielt.

»Und was hast du da?«

Mallory zeigte es ihm. Es war eine in großem Maßstab gezeichnete Karte, deren Mittelpunkt ein gewundener See war, dessen langer östlicher Ausläufer unvermittelt im rechten Winkel nach Süden abbog, wo er abrupt vor etwas endete, das wie ein Damm aussah. Unter dem Damm floss ein Fluss durch eine gewundene Schlucht.

»Wofür hältst du das? Zeig die beiden Dinger Andrea und sag ihm, er soll sie vernichten.«

Mallory ließ Miller zurück, in seine Hausaufgaben vertieft, und ging wieder zum Cockpit nach vorn. Er beugte sich über Groves' Kartentisch.

»Immer noch auf Kurs?«

»Jawohl, Sir. Wir fliegen grade über die Südspitze der Insel Hvar. Sie können ein paar Lichter auf dem Festland da vorn erkennen.« Mallory folgte seinem ausgestreckten Zeigefinger, machte ein paar Lichtquellen aus und streckte dann eine Hand aus, um sich aufrecht zu halten, als die Wellington plötzlich steil hochstieg. Er warf Reynolds einen Blick zu.

»Wir steigen jetzt, Sir. Vor uns liegen ein paar ganz schöne hohe Dinger. Wir sollten in etwa einer halben Stunde die Landelichter der Partisanen sehen.«

»Dreiunddreißig Minuten«, sagte Groves. »Eins zwanzig, wir sind fast da.«

Fast eine halbe Stunde lang blieb Mallory auf einem der Absprungsitze auf dem Cockpit sitzen und starrte vor sich hin. Einige Minuten später verschwand Andrea und tauchte nicht wieder auf. Auch Miller kam nicht zurück. Jetzt fungierte Groves als Navigator, Reynolds steuerte die Maschine, Saunders presste das Ohr an das tragbare Funkgerät, ohne dass ein Wort fiel. Um ein Uhr fünfzehn stand Mallory auf, tippte Saunders auf die Schulter, sagte ihm, er solle seine Ausrüstung zusammenpacken, und ging nach hinten. Er fand Andrea und einen kreuzunglücklich aussehenden Miller, die die Schnappverschlüsse ihrer Fallschirme bereits an der Sprungleine befestigt hatten. Andrea hatte die Tür aufgeschoben und warf winzige Papierschnitzel hinaus, die im Luftschraubenstrahl davonwirbelten. Mallory schauderte unter der plötzlichen Kälte zusammen. Andrea grinste, bat ihn, den Ausstieg freizugeben, und deutete hinunter. Er schrie in Mallorys Ohr: »Ganz schön viel Schnee da unten!«

Es lag tatsächlich viel Schnee da unten. Mallory verstand nun Jensens absolute Ablehnung, in dieser Gegend ein Flugzeug landen zu lassen. Das Terrain unter ihnen war stark zerklüftet und bestand fast ausschließlich aus tiefen gewundenen Tälern und steil aufragenden Bergen. Vielleicht die Hälfte der Landschaft war mit Kiefernwäldern bedeckt. Und alles war verhüllt von einer dicken Schneedecke. Mallory zog sich in den dürftigen Schutz der Wellington zurück und schaute auf die Uhr.

»Ein Uhr sechzehn.« Wie Andrea vorher musste auch er schreien, um sich verständlich zu machen.

»Vielleicht geht deine Uhr etwas vor?«, schrie Miller unglücklich.

Mallory schüttelte den Kopf, und Miller zuckte hilflos mit den Schultern. Eine Klingel schrillte, und Mallory bahnte sich seinen Weg zum Cockpit, wobei er sich an Saunders vorbeidrängen musste, der ihm entgegenkam. Als Mallory kam, wandte Reynolds kurz den Kopf und deutete dann geradeaus. Mallory beugte sich über seine Schulter und spähte nach unten. Er nickte.

Die drei Lichter, in der Form eines verlängerten V, lagen immer noch einige Meilen vor ihnen, aber sie waren deutlich zu sehen. Mallory drehte sich um, tippte Groves auf die Schulter und deutete nach hinten. Groves stand auf und ging. Mallory sagte zu Reynolds: »Wo sind die roten und grünen Signallichter für den Absprung?«

Reynolds deutete darauf.

»Drücken Sie den roten Knopf. Wie lange?«

»Dreißig Sekunden etwa.«

Mallory schaute wieder nach vorn und sagte zu Reynolds: »Autopilot. Öffnen Sie die Tanks.«

»Die … ich soll die … aber der ganze Brennstoff, der noch drin ist …«

»Öffnen Sie die verdammten Tanks! Und machen Sie, dass Sie nach hinten kommen. Fünf Sekunden.«

Reynolds tat wie befohlen. Mallory wartete, warf noch einen kurzen Blick auf die Landelichter, stand auf und ging rasch nach hinten. Als er die Tür, durch die er hinausspringen sollte, erreichte, war auch Reynolds, der letzte der fünf, verschwunden. Mallory befestigte die Schnappverschlüsse, packte den Türrahmen und stieß sich in die eisige bosnische Nacht hinaus.

Der unerwartet heftige Ruck, als der Fallschirm sich öffnete, ließ ihn nach oben schauen, aber der konkave Kreis des nun vollständig geöffneten Fallschirms wirkte beruhigend. Er blickte nach unten und sah erleichtert, dass sich die anderen fünf Fallschirme ebenfalls geöffnet hatten, zwei von ihnen schwankten ziemlich wild hin und her, wie sein eigener. Es gab eine Menge Dinge, dachte er, die er, Andrea und Miller noch lernen mussten. Unter anderem kontrollierte Fallschirmabsprünge.

Er schaute nach Osten, um zu sehen, ob er die Wellington ausmachen könnte, aber sie war nicht mehr zu sehen. Plötzlich – er lauschte angestrengt – hörte er, wie beide Motoren fast gleichzeitig aussetzten. Eine Ewigkeit schien zu vergehen, in der das Rauschen des Windes das einzige Geräusch in seinen Ohren war, dann hörte er eine Explosion, als der Bomber entweder am Boden – das konnte er nicht feststellen – oder an einer Bergwand zerschellte. Es waren keine Flammen zu sehen. Nur der Krach und dann Stille. Zum ersten Mal in jener Nacht brach der Mond durch.

Andrea landete auf einem unebenen Stück Boden, überschlug sich zweimal, kam unsicher auf die Füße, stellte fest, dass alle Knochen heil waren, drückte den Löseknopf seines Fallschirms und wirbelte dann instinktiv – Andrea hatte einen eingebauten Computer für Sicherung des Überlebens – einmal um die eigene Achse. Aber keine unmittelbare Gefahr drohte, wenigstens war nichts Derartiges zu entdecken. Dann unterzog Andrea den Landeplatz einer eingehenderen Untersuchung.

Sie hatten, dachte er erleichtert, ausgesprochenes Glück gehabt. Wären sie hundert Meter weiter südlich aufgekommen, hätten sie den Rest der Nacht, und, wie er schätzte, den Rest des Krieges damit verbracht, sich an den Spitzen der unglaublichsten Kiefern, die er je gesehen hatte, was die Höhe anbetraf, festzuklammern. Aber das Glück war wieder einmal auf ihrer Seite gewesen und hatte sie auf einer schmalen Lichtung landen lassen, die an den felsigen Steilhang eines Berges grenzte.

Um exakt zu sein, hatten alle Glück gehabt, bis auf einen. Vielleicht fünfzig Meter von der Stelle, an der Andrea gelandet war, bahnte sich eine Spitze des Waldes in die Lichtung. Der äußerste Baum dieser Spitze hatte sich zwischen einen der Abspringer und die Erde gestellt. Andreas Augenbrauen hoben sich in fragendem Erstaunen, dann rannte er mit großen Schritten auf den Baum zu.

Der Fallschirmspringer, der Ärger mit dem Baum bekommen hatte, baumelte am untersten Ast. Er hatte seine Hände in den Fallschirm gekrallt, seine Beine angezogen, Knie und Knöchel nahe aneinander in der klassischen Landehaltung, und seine Füße befanden sich etwa sechzig Zentimeter über dem Boden. Seine Augen hatte er fest zugekniffen. Corporal Miller schien sich ausgesprochen unglücklich zu fühlen.

Andrea richtete sich auf und tippte ihm sanft auf die Schulter, Miller öffnete die Augen und schaute Andrea an, der nach unten deutete. Miller folgte seinem Blick und streckte die Beine aus, wonach er sich noch etwa acht Zentimeter über dem Boden befand. Andrea zog ein Messer hervor, schnitt den zerfetzten Fallschirm ab, und Miller beendete seine Reise. Er rückte seine Jacke zurecht und hob mit völlig ausdruckslosem Gesicht fragend einen Ellenbogen. Andrea deutete mit ebenso ausdruckslosem Gesicht die Lichtung hinunter. Drei der anderen Fallschirmspringer waren bereits sicher gelandet: Der vierte, Mallory, kam gerade herunter.

Zwei Minuten später, als alle sechs Männer sich ein wenig abseits von dem östlichsten Landelicht trafen, kündigte ein Ausruf das Erscheinen eines jungen Soldaten an, der vom Waldrand her auf sie zurannte. Augenblicklich fuhren die Gewehre der Männer hoch, wurden aber sofort wieder gesenkt: Das hier war keine Situation für Gewehre. Der Soldat hatte das Gewehr am Lauf gepackt und schwenkte die freie Hand wild zum Gruß. Er trug so etwas Ähnliches wie eine Uniform, ausgebleicht und zerfetzt, die aus einer großen Auswahl von Armeen zusammengestohlen war, hatte lange Haare, eine Klappe über dem rechten Auge und einen wild wuchernden rotblonden Bart. Dass er sie willkommen hieß, stand außer Zweifel. Während er immer wieder unverständliche Begrüßungsworte wiederholte, schüttelte er ihnen allen die Hand, und ein breites Grinsen spiegelte seine Freude wider.

Innerhalb von dreißig Sekunden hatte sich mindestens ein Dutzend anderer zu ihm gesellt, alle bärtig, alle in unbeschreiblichen Uniformen, von denen nicht einmal zwei sich glichen, alle in der gleichen fast feiertäglichen Stimmung. Dann, wie auf ein Zeichen, verstummten sie plötzlich und wichen langsam zur Seite, als ein Mann, offensichtlich ihr Anführer, am Waldrand erschien und auf sie zukam. Er ähnelte seinen Männern kaum: Er war glatt rasiert, trug eine britische Uniform, die aus einem Stück geschneidert zu sein schien, und er lächelte keineswegs. Er sah wie ein Mann aus, der selten lächelt, wenn überhaupt jemals. Er war hochgewachsen, hatte ein scharf geschnittenes Gesicht. In seinem Gürtel steckten vier gefährlich aussehende Bowie-Messer, eine übertriebene Bewaffnung, die bei jedem anderen Mann unpassend und komisch ausgesehen hätte, die aber bei diesem Mann keine Heiterkeit auslöste. Sein Gesicht war dunkel und düster, und als er sprach, tat er dies auf Englisch, langsam und gespreizt, aber deutlich.

»Guten Abend.« Er sah sich fragend um. »Ich bin Captain Droshny.«

Mallory trat einen Schritt vor: »Captain Mallory.«

»Willkommen in Jugoslawien, Captain Mallory – im Jugoslawien der Partisanen.«

Droshny nickte in Richtung auf die allmählich verlöschende Fackel, verzog sein Gesicht zu etwas, das ein Lächeln sein sollte, aber machte keine Anstalten, Mallory die Hand zu geben. »Wie Sie sehen, haben wir Sie erwartet.«

»Die Lichter waren eine große Hilfe«, sagte Mallory anerkennend.

»Danke.« Droshny schaute nach Osten, wandte sich dann wieder Mallory zu und schüttelte den Kopf. »Ein Jammer um das Flugzeug.«

»Der ganze Krieg ist ein Jammer.«

Droshny nickte. »Kommen Sie. Unser Hauptquartier ist ganz in der Nähe.«

Es wurde nichts mehr gesprochen. Droshny ging voraus und verschwand sofort im Schutz der Bäume. Mallory, der sich hinter ihm hielt, war verblüfft über die Fußspuren, die Droshny in dem tiefen Schnee deutlich sichtbar hinterließ. Sie waren äußerst seltsam, fand Mallory. Jede Sohle hinterließ drei V-förmige Eindrücke: Die rechte Seite des vordersten V auf dem rechten Absatz hatte einen deutlich ausgeprägten Bruch. Ohne weiter darüber nachzudenken, notierte Mallory diese kleine Merkwürdigkeit. Es gab keinen Grund dafür als den, dass die Mallorys dieser Welt stets das Ungewöhnliche beobachten und festhalten. Es hilft ihnen, am Leben zu bleiben.

Die Böschung wurde steiler, der Schnee tiefer, und das Mondlicht schimmerte schwach durch die ausladenden schneebeladenen Zweige der Kiefern. Der leichte Wind kam von Osten. Die Kälte war durchdringend. Etwa zehn Minuten lang hörte man keinen Laut, dann wurde Droshnys Stimme hörbar, leise, aber deutlich und befehlend in ihrer Dringlichkeit.

»Still!« Er deutete mit einer dramatischen Geste nach oben: »Still. Hören Sie!« Sie blieben stehen, schauten nach oben und lauschten angestrengt. Zumindest Mallory und Miller schauten nach oben und lauschten angestrengt. Die Jugoslawen hatten andere Dinge im Kopf: Schnell, geübt und gleichzeitig rammten sie die Läufe ihrer Maschinengewehre und Gewehre in die Seiten und Rücken der sechs Fallschirmspringer mit einer Kraft und kompromisslosen Autorität, die alle begleitenden Befehle überflüssig machten.

Die sechs Männer reagierten erwartungsgemäß. Reynolds, Groves und Saunders, die weniger an den Wechsel des Schicksals gewöhnt waren als ihre drei älteren Begleiter, zeigten eine Mischung aus Wut und fassungsloser Überraschung. Mallory sah nachdenklich aus. Miller hob fragend eine Augenbraue. Andrea zeigte überhaupt keine Reaktion, wie vorausgesehen: Er war zu sehr damit beschäftigt, seine Reaktion auf körperliche Gewaltanwendung zu zeigen.

Seine rechte Hand, die er sofort als scheinbare Geste des Ergehens halb in Schulterhöhe gehoben hatte, fiel auf den Lauf des Gewehrs der Wache zu seiner Rechten und zwang ihn damit von sich weg, während sich sein linker Ellenbogen zielsicher in den Solarplexus des Mannes bohrte, der vor Schmerz nach Luft schnappte und ein paar Schritte rückwärts taumelte. Andrea, dessen beide Hände nun auf dem Lauf der Waffe lagen, entwand diese der Wache mühelos, hob sie in die Luft und ließ den Lauf heruntersausen. Die Wache brach zusammen, als wäre eine Brücke über ihr zusammengefallen. Die linke Wache wand sich immer noch in Schmerzen, stöhnte gequält und versuchte, ihr Gewehr auf Andrea anzulegen, als dieser mit dem Kolben seiner Waffe zuschlug: Der Mann gab einen kurzen hustenden Laut von sich und fiel bewusstlos auf den Waldboden.

Die Jugoslawen brauchten die drei Sekunden, in denen sich dies alles abgespielt hatte, um sich aus ihrer Erstarrung zu lösen. Ein halbes Dutzend Soldaten stürzte sich auf Andrea und riss ihn zu Boden. In dem wilden Kampf, der folgte, schlug Andrea verzweifelt um sich, bis einer der Jugoslawen begann, seinen Kopf mit dem Knauf einer Pistole zu bearbeiten. Mit zwei Gewehrläufen im Rücken und vier Händen an jedem Arm wurde Andrea auf die Beine gezogen. Zwei seiner Angreifer sahen ziemlich angeschlagen aus.

Droshny bohrte seine kalten und verbitterten Augen in Andreas, als er auf ihn zutrat, eines seiner Messer aus der Scheide zog und die Spitze mit einer solchen Wucht auf Andreas Kehle setzte, dass sie die Haut ritzte und ein paar Tropfen Blut über die Schneide rannen. Einen Moment lang sah es so aus, als wolle Droshny das Messer bis zum Heft hineinstoßen, aber dann glitt sein Blick ab und zu den beiden Männern, die zusammengekrümmt im Schnee lagen. Er winkte den am nächsten stehenden Mann mit einem Kopfnicken heran.

»Wie geht es den beiden?«

Ein junger Jugoslawe ließ sich auf die Knie nieder, untersuchte zuerst den Mann, der den Lauf des Gewehrs ins Gesicht bekommen hatte, berührte kurz seinen Kopf, untersuchte den zweiten Mann und stand auf. In dem schwachen Mondlicht war sein Gesicht unnatürlich blass.

»Josef ist tot. Ich glaube, das Genick ist gebrochen. Und sein Bruder … atmet … aber sein Kiefer scheint …« Er brach ab.

Droshnys Blick kehrte zu Andrea zurück. Er zog die Lippen zurück, lächelte mit der Liebenswürdigkeit eines Wolfes und drückte das Messer ein wenig kräftiger gegen Andreas Kehle.

»Ich sollte Sie jetzt umbringen. Ich werde Sie später umbringen.« Er schob sein Messer zurück in die Scheide, hielt seine zu Klauen verkrampften Hände vor Andreas Gesicht und schrie: »Persönlich. Mit diesen Händen.«

»Mit diesen Händen!« Langsam und vielsagend glitt Andreas Blick über die acht Hände, die seine Arme lähmten, und blickte dann Droshny verächtlich an: »Ihr Mut beängstigt mich.«

Es folgte ein kurzes und ungläubiges Schweigen. Die drei

jungen Sergeants starrten auf das Schauspiel, wobei ihre Gesichter verschiedene Grade von Bestürzung und Ungläubigkeit ausdrückten. Mallory und Miller beobachteten das Ganze ausdruckslos. Einen Moment lang sah Droshny aus, als glaubte er, sich verhört zu haben, dann verzerrte sich sein Gesicht vor Zorn, und er schlug Andrea mit dem Handrücken mitten ins Gesicht. Blut sickerte aus Andreas rechtem Mundwinkel, aber er blieb regungslos.

Droshnys Augen verengten sich zu schmalen Schlitzen. Andrea lächelte kurz. Droshny schlug wieder zu, diesmal mit der anderen Hand. Der Effekt war der gleiche wie vorher, nur dass diesmal Blut aus dem linken Mundwinkel sickerte. Andrea lächelte wieder, aber ein Blick in seine Augen ließ einen erschauern. Droshny drehte sich abrupt um, ging ein paar Schritte, hielt an und näherte sich Mallory.

»Sie *sind* doch der Anführer dieser Männer, Captain Mallory?«

»Das bin ich.«

»Sie sind ein sehr *schweigsamer* Anführer, Captain!«

»Was soll ich zu einem Mann sagen, der seine Waffen gegen seine Freunde und Verbündeten richtet?« Mallory schaute ihn leidenschaftslos an. »Ich werde mit Ihrem kommandierenden Offizier sprechen, nicht mit einem Irren.«

Droshnys Gesicht verdunkelte sich. Er machte einen Schritt auf Mallory zu, die Hand zum Schlag erhoben. Sehr schnell, aber so weich und gelassen, dass die Bewegung nicht hastig schien, und ohne sich um die beiden Gewehrläufe zu kümmern, die sich in seine Seite bohrten, hob Mallory seine Luger und richtete den Lauf auf Droshnys Gesicht. Das Klicken, mit dem er die Waffe entsicherte, dröhnte wie ein Hammerschlag in der plötzlich unnatürlichen Stille.

Abgesehen von einer kleinen Bewegung, die so langsam war, dass man sie fast nicht wahrnehmen konnte, waren sowohl Partisanen als auch Fallschirmspringer zu einem Bild erstarrt, das einem Fries an einem ionischen Tempel alle Ehre gemacht hätte. Auf den Gesichtern der drei Sergeants wie auch auf den meisten der Partisanen standen Verblüffung und Ungläubigkeit. Die beiden Männer, die Mallory in Schach hielten, sahen Droshny fragend an. Droshny schaute Mallory an, als sei er übergeschnappt. Andrea schaute niemanden an, während Miller eine Miene von wehleidiger Teilnahmslosigkeit an den Tag legte, wie nur er sie fertigbrachte. Aber es war Miller, der die eine kleine Bewegung machte, eine Bewegung, die damit endete, dass sein Daumen auf dem Sicherungshebel seiner Schmeisser lag. Nach einem kurzen Augenblick nahm er seinen Daumen wieder weg: Es würde eine Zeit für die Schmeisser kommen.

Droshny ließ seine Hand mit einer unendlich langsamen Bewegung sinken und trat zwei Schritte zurück. Sein Gesicht war immer noch rot vor Wut, die dunklen Augen grausam und unerbittlich, aber er bekam sich wieder in den Griff. Er sagte: »Wissen Sie nicht, dass wir Vorsichtsmaßnahmen treffen müssen? Bis wir sicher wissen, wer Sie sind?«

»Woher soll ich das wissen?« Mallory nickte zu Andrea hinüber. »Wenn Sie das nächste Mal Vorsichtsmaßnahmen für richtig halten, meinen Freund betreffend, sollten Sie Ihren Männern vielleicht raten, ein bisschen Abstand zu halten. Er reagiert auf die einzige Weise, die er kennt. Und ich weiß warum.«

»Das können Sie später erklären. Geben Sie Ihre Waffen ab.«

»Nein.« Mallory schob die Luger zurück ins Halfter.

»Sind Sie verrückt? Ich kann sie Ihnen abnehmen lassen.«

»Das stimmt«, sagte Mallory ruhig. »Aber dazu müssten Sie uns erst umbringen. Ich glaube nicht, dass Sie dann noch sehr lange Captain wären, mein Freund.«

Ein nachdenklicher Ausdruck löste die Wut in Droshnys Augen ab. Er gab einen scharfen Befehl auf Serbokroatisch, und wieder richteten die Soldaten ihre Gewehre auf Mallory und seine fünf Kameraden. Aber sie machten keinen Versuch, den Gefangenen die Waffen abzunehmen. Droshny drehte sich um, machte eine Handbewegung und begann, den steil ansteigenden Weg weiterzugehen. Droshny war ein Mann, den man nicht unterschätzen sollte, dachte Mallory.

Ungefähr zwanzig Minuten lang kletterten sie stolpernd den rutschigen Abhang hinauf. Eine Stimme ertönte aus der Dunkelheit vor ihnen, und Droshny antwortete, ohne stehen zu bleiben. Sie passierten zwei mit Maschinenkarabinern bewaffnete Wachtposten und waren eine Minute später in Droshnys Hauptquartier.

Es war ein bescheiden großes Militärlager – wenn ein weiter Kreis von roh behauenen und mit einem Querbeil gezimmerten Holzhütten als Lager bezeichnet werden konnte –, das in einer der tiefen Mulden im Waldboden aufgeschlagen worden war, die Mallory allmählich charakteristisch für Bosniens Landschaft schienen. Vom Grund dieser Mulde erhoben sich zwei konzentrische Kreise von Kiefern, die bei Weitem höher und dicker waren als alle Bäume, die man in Westeuropa findet, massive Kiefern, deren massive Äste vierundzwanzig bis dreißig Meter über dem Boden ineinandergriffen und eine schneebedeckte Kuppel bildeten, die so dicht war, dass nicht einmal eine dünne Schneeschicht auf der festgetretenen Erde des Lagers lag. Auf die gleiche Weise verhinderte die Kuppel, dass Licht nach oben durchdrang. Aus einigen Hüttenfenstern schimmerte Licht nach draußen, man machte keinen Versuch, sie zu verdunkeln. Man hatte sogar einige Öllampen im Freien aufgehängt, um das ganze Lagergelände zu beleuchten. Droshny blieb stehen und sagte zu Mallory: »Kommen Sie mit. Die Übrigen bleiben draußen.«

Er führte Mallory zu der Tür der größten Hütte des Lagers. Andrea nahm unaufgefordert seinen Sack von den Schultern und setzte sich darauf, und die anderen taten nach anfänglichem Zögern das Gleiche. Die Wachen überprüften sie zögernd, zogen sich dann zurück und bildeten einen Halbkreis um sie. Reynolds wandte sich an Andrea, sein Gesicht drückte das absolute Gegenteil von Bewunderung oder Freundlichkeit aus.

»Sie sind verrückt.« Reynolds' Stimme war ein gedämpftes zorniges Flüstern. »Ein Vollidiot. Sie hätten umgebracht werden können. Ihretwegen hätten wir alle umgebracht werden können. Haben Sie eine Kriegsneurose?«

Andrea antwortete nicht. Er zündete sich eine seiner widerlichen Zigarren an und betrachtete Reynolds mit milder Nachdenklichkeit, jedenfalls so mild, wie es ihm irgend möglich war.

»Verrückt ist gar kein Ausdruck!« Groves war, wenn das überhaupt möglich war, noch hitziger als Reynolds. »Oder *wussten* Sie vielleicht nicht, dass es ein Partisan war, den Sie umgebracht haben? *Wissen* Sie nicht, was das bedeutet? *Wissen* Sie vielleicht nicht, dass Leute wie diese immer Maßnahmen ergreifen müssen?«

Ob er es wusste oder nicht, verriet Andrea nicht. Er paffte seine Zigarre und ließ seinen friedvollen Blick von Reynolds zu Groves hinüberwandern.

Miller sagte besänftigend: »Na, na. Seien Sie doch nicht so. Vielleicht *war* Andrea ein bisschen voreilig, aber ...«

»Gott helfe uns allen«, sagte Reynolds wütend. Er warf seinen Kameraden einen verzweifelten Blick zu. »Tausend Meilen von zu Hause und jeder Hilfe entfernt und dann auch noch mit diesem Haufen von schießwütigen Größen von gestern am Hals.« Er wandte sich an Miller: »Seien Sie doch nicht so.«

Miller setzte sein wehleidiges Gesicht auf und schaute weg.

Der Raum war groß, kahl und ohne jeden Komfort. Die einzige Konzession an Behaglichkeit war ein knisterndes Kiefernholzfeuer in einer primitiven Feuerstelle. Das Mobiliar bestand lediglich aus einem kurz vor dem Zusammenbrechen stehenden Holzbohlentisch, zwei Stühlen und einer Bank. Aber diese Dinge nahm Mallory nur oberflächlich wahr. Er hörte kaum, dass Droshny sagte: »Captain Mallory. Dies ist mein kommandierender Offizier.« Er war zu sehr damit beschäftigt, den Mann anzustarren, der hinter dem Tisch saß.

Der Mann war klein, gedrungen und etwa Mitte dreißig. Die tiefen Linien um die Augen und den Mund konnten vom Wetter oder von Humor stammen oder von beidem. Gerade jetzt lächelte er leicht. Er trug die Uniform eines Hauptmanns der deutschen Armee und ein Eisernes Kreuz.

4. KAPITEL

Freitag, 02.00 bis 03.30

Der deutsche Hauptmann lehnte sich in seinem Stuhl zurück und legte die Fingerspitzen aneinander. Er sah aus wie ein Mann, der den Augenblick genoss.

»Hauptmann Neufeld, Captain Mallory.« Er schaute auf die Stellen an Mallorys Uniform, an denen die Abzeichen hätten sein sollen. »Wenigstens vermute ich das. Sie sind überrascht, mich zu sehen?«

»Ich bin *entzückt*, Sie kennenzulernen, Hauptmann Neufeld.« Auf Mallorys Gesicht hatte ein Lächeln die Überraschung abgelöst, und nun seufzte er in tiefer Erleichterung auf. »Sie können sich nicht vorstellen, *wie* entzückt.« Immer noch lächelnd drehte er sich zu Droshny um, und das Lächeln machte Bestürzung Platz: »Aber wer sind *Sie*? Wer ist dieser Mann, Hauptmann Neufeld? Wer in Dreiteufelsnamen sind diese Männer da draußen? Sie müssen … sie müssen …«

Droshny unterbrach ihn heftig: »Einer seiner Männer hat heute Nacht einen meiner Männer umgebracht.«

»Was!« Das Lächeln auf Neufelds Gesicht erlosch schlagartig, und er stand mit einem Ruck auf. Der Stuhl krachte zu Boden. Mallory ignorierte ihn und sah wieder Droshny an: »Wer *sind Sie*? Um Gottes willen, sagen Sie es mir!«

Droshny sagte langsam: »Man nennt uns Četniks.«

»Četniks? Četniks? Was, in aller Welt, sind Četniks?«

»Sie werden mir verzeihen, wenn ich lächle.« Neufeld hatte sich wieder gefangen, und auf seinem Gesicht lag eine seltsame Ausdruckslosigkeit, eine Ausdruckslosigkeit, in die nur seine

Augen nicht eingeschlossen waren: Dinge, sehr unangenehme Dinge konnten Leuten passieren, die den Fehler machten, Hauptmann Neufeld zu unterschätzen.

»Sie? Der Anführer der Männer, die in diesem speziellen Auftrag in dieses Land geschickt wurden, Sie wollten mir erzählen, dass Sie nicht gut genug informiert wurden, um zu wissen, dass die Četniks unsere jugoslawischen Verbündeten sind?«

»Verbündete? Ah!« Mallorys Gesicht klärte sich verstehend auf. »Verräter? Jugoslawische Kollaborateure? Ist das richtig?«

Aus Droshnys Kehle kam ein Stöhnen, und er bewegte sich auf Mallory zu, während sich seine rechte Hand um den Griff seines Messers schloss. Neufeld stoppte ihn mit einem scharfen Befehl und einer knappen abwinkenden Handbewegung.

»Und was meinen Sie mit speziellem Auftrag?«, erkundigte sich Mallory. Er schaute die Männer nacheinander an und lächelte dann, als begriffe er endlich, worauf Neufeld hinauswollte. »Oh, wir sind in speziellem Auftrag hier, das stimmt, aber nicht so, wie ich denke, dass Sie denken.«

»Nein?« Neufelds Technik, eine Augenbraue zu heben, war fast so gut wie die von Miller, dachte Mallory. »Warum haben Sie dann angenommen, dass wir Sie erwarteten?«

»Das weiß Gott«, sagte Mallory offen. »Wir dachten, die Partisanen würden uns erwarten. Deshalb musste Droshnys Mann sterben, fürchte ich.«

»Deshalb musste Droshnys Mann ...« Neufeld betrachtete Mallory mit müdem Blick, hob seinen Stuhl auf und setzte sich nachdenklich hin. »Ich glaube, es wäre besser, wenn Sie mir reinen Wein einschenkten.«

Wie es sich für einen wohlerzogenen Mann gehörte, der im West End von London zu Hause ist, benutzte Miller eine Serviette zum Essen, und das tat er auch jetzt. Er hatte sie oben in seinen Anorak gesteckt, saß auf seinem Rucksack mitten in Neufelds Lager und genoss vornehm ein undefinierbares Gulasch aus einer Blechbüchse. Die drei Sergeants, die ganz in seiner Nähe saßen, betrachteten das Bild in fassungslosem Staunen und nahmen dann ihre leise Unterhaltung wieder auf. Andrea, eine seiner unvermeidlichen stinkenden Zigarren im Mund, strolchte durch das Lager, wobei er das halbe Dutzend der wachsamen und verständlicherweise unruhigen Posten einfach ignorierte, und verpestete die Luft, wohin er auch kam. Durch die klirrend kalte Nachtluft kam der Klang einer tiefen Stimme, die zu einer Gitarre sang. Als Andrea seinen Rundgang durch das Lager beendet hatte, schaute Miller auf und nickte in Richtung der Musik.

»Wer ist der Solist?«

Andrea zuckte die Achseln: »Radio, vielleicht.«

»Sie sollten ein neues Radio kaufen. Mein geschultes Ohr ...«

»Hören Sie.« Reynolds' geflüsterte Unterbrechung war scharf und eindringlich. »Wir haben uns unterhalten.«

Miller machte ein bisschen Theater mit seiner Serviette und sagte liebenswürdig: »Tun Sie's nicht. Denken Sie an die gramgebeugten Mütter und Freundinnen, die Sie zurücklassen würden.«

»Was meinen Sie damit?«

»Ich spreche von dem Ausbruch, den Sie planen«, sagte Miller. »Ein anderes Mal vielleicht?«

»Warum nicht jetzt?«, fragte Groves kriegerisch. »Sie halten nicht Wache ...«

»Soso.« Miller seufzte. »Schauen Sie noch mal genauer hin.

Sie glauben doch nicht, dass Andrea Leibesübungen *liebt*?«

Die drei Sergeants schauten sich noch einmal um, vorsichtig und verstohlen, dann sahen sie fragend Andrea an.

»Fünf dunkle Fenster«, sagte Andrea. »Dahinter fünf dunkle Männer mit fünf dunklen Maschinengewehren.«

Reynolds sah zu Boden.

»Also.« Neufeld, fiel Mallory auf, hatte einen großen Hang dazu, die Fingerspitzen gegeneinanderzupressen. Mallory hatte einmal einen Scharfrichter mit genau der gleichen Neigung gekannt. »Das *ist* eine bemerkenswert seltsame Geschichte, die Sie uns da erzählen, Captain Mallory.«

»Da haben Sie recht«, stimmte Mallory zu. »Aber vergessen Sie nicht, die bemerkenswert seltsame Situation in Betracht zu ziehen, in der wir uns in diesem Moment befinden.«

»Sicher, sicher, das ist ein Punkt.« Langsam und nachdenklich zählte Neufeld weitere Punkte an seinen Fingern auf. »Sie haben, so behaupten Sie jedenfalls, einige Monate lang einen Penicillin- und Rauschgiftring in Süditalien geleitet. Als ein verbündeter Offizier der Alliierten hatten Sie angeblich keine Schwierigkeiten, Nachschub von der amerikanischen Armee und den Luftwaffenstützpunkten zu bekommen.«

»Es gab ein paar kleinere Schwierigkeiten gegen Ende«, gab Mallory zu.

»Darauf komme ich noch. Dieser Nachschub, behaupten Sie, wurde durch die Wehrmacht geschleust.«

»Ich wünschte, Sie hörten auf, das Wort ›behaupten‹ in diesem Tonfall zu gebrauchen«, sagte Mallory irritiert. »Prüfen Sie nach, was ich Ihnen erzählt habe. Fragen Sie Feldmarschall Kesselring, den Chef des Militärischen Nachrichtendienstes in Padua.«

»Mit Vergnügen.« Neufeld nahm den Hörer ab, gab eine kurze Anordnung durch und legte wieder auf.

Mallory sagte überrascht: »Sie haben direkte Verbindung zur Außenwelt? Von *hier* aus?«

»Ich habe direkte Verbindung zu einer Hütte, fünfzig Meter entfernt, wo wir ein Funkgerät mit starker Kapazität haben. Fahren wir fort. Sie behaupten weiter, Sie seien gefangen genommen und angeklagt worden und hätten auf die Verkündung Ihres Todesurteils gewartet. Habe ich das richtig verstanden?«

»Wenn Ihr Spionagesystem so gut ist, wie es immer heißt, dann wissen Sie morgen darüber Bescheid«, sagte Mallory trocken.

»Möglich, möglich. Sie sind dann ausgebrochen, haben die Wachen getötet und in einem Zimmer gehört, wie drei Agenten über einen Auftrag in Bosnien aufgeklärt wurden.« Wieder presste er die Fingerspitzen gegeneinander. »Sie könnten die Wahrheit gesagt haben. Was für einen Auftrag erhielten die drei Agenten, sagten Sie?«

»Ich habe nichts gesagt. Ich habe wirklich nicht aufgepasst. Es hatte etwas mit der Suche nach vermissten britischen Anführern und der Zerstörung Ihres Spionagenetzes zu tun. Ich bin aber nicht sicher. Wir hatten wichtigere Dinge im Kopf.«

»Das glaube ich Ihnen«, sagte Neufeld ironisch. »Zum Beispiel Ihre Haut. Was ist mit Ihren Epauletten passiert, Captain? Wo sind die Ordensbänder und die Knöpfe?«

»Sie haben offensichtlich noch nie einer englischen Gerichtsverhandlung beigewohnt, Hauptmann Neufeld.«

Neufeld sagte milde: »Sie hätten sie ja selbst abreißen können.«

»Und dann drei Viertel des Benzins, das in den Tanks war, ausleeren, bevor wir das Flugzeug stahlen?«

»Ihre Tanks waren nur viertel voll?«

Mallory nickte.

»Und die Maschine ist abgestürzt, ohne Feuer zu fangen?«

»Wir hatten nicht vor abzustürzen«, sagte Mallory müde. »Wir hatten vor zu landen. Aber wir hatten keinen Brennstoff mehr – und, wie wir jetzt wissen, kamen wir auch noch am falschen Platz an.«

Neufeld sagte geistesabwesend: »Jedes Mal wenn die Partisanen Landefackeln setzen, machen wir es auch – *und* wir wussten, dass Sie – oder irgendjemand – kommen würden. Kein Brennstoff, was?« Wieder sagte Neufeld kurz etwas ins Telefon und wandte sich dann wieder an Mallory. »Das ist alles sehr befriedigend – wenn es wahr ist. Jetzt bleibt nur noch der Tod von Hauptmann Droshnys Mann zu klären.«

»Die Sache tut mir leid. Es war ein schreckliches Missverständnis. Aber sicher können Sie es verstehen. Das Allerletzte, was wir wollten, war, bei Ihnen zu landen und direkten Kontakt mit Ihnen aufzunehmen. Wir haben davon gehört, was mit britischen Fallschirmspringern passiert, die über deutschem Gebiet abspringen.«

Neufeld presste wieder seine Fingerspitzen aneinander. »Wir befinden uns im Krieg. Fahren Sie fort.«

»Unsere Absicht war es, im Gebiet der Partisanen zu landen, uns über die Linien zu schleichen und uns zu ergeben. Als Droshny seine Gewehre auf uns richten ließ, dachten wir, es wären Partisanen, die erfahren hatten, dass wir das Flugzeug gestohlen haben. Und das konnte für uns nur eines bedeuten.«

»Warten Sie draußen. Hauptmann Droshny und ich werden in einer Minute nachkommen.«

Mallory verließ den Raum. Andrea, Miller und die drei Sergeants saßen geduldig auf ihren Rucksäcken. Aus der Ferne wehte immer noch die Musik herüber. Einen Moment lang hob Mallory den Kopf, um zuzuhören, und ging dann hinüber zu den anderen. Miller tupfte sich geziert die Lippen mit der Serviette ab und schaute zu Mallory auf.

»Nette Unterhaltung gehabt?«

»Ich habe ihm ein bisschen Seemannsgarn vorgesponnen. Die Geschichte, über die wir im Flugzeug gesprochen hatten.« Er sah die drei Sergeants an. »Spricht einer von Ihnen Deutsch?«

Alle drei schüttelten die Köpfe.

»Großartig. Vergessen Sie auch, dass Sie Englisch sprechen. Wenn Sie gefragt werden, wissen Sie gar nichts.«

»Wenn ich nicht gefragt werde«, sagte Reynolds bitter, »weiß ich deswegen auch nichts.«

»Umso besser«, sagte Mallory ermutigend. »Dann können Sie auch nichts sagen.«

Er brach ab und drehte sich um, als Neufeld und Droshny im Türrahmen erschienen. Neufeld kam auf ihn zu und sagte: »Wie wäre es mit einem Schluck Wein und etwas zu essen, während wir auf die Bestätigung warten?« Wie vorher hob Mallory den Kopf und hörte dem Singen zu. »Zuallererst müssen Sie unseren fahrenden Sänger kennenlernen.«

»Wir begnügen uns mit Wein und Essen«, sagte Andrea.

»Ihre Vorurteile sind unberechtigt. Sie werden sehen. Kommen Sie.«

Der Speisesaal, wenn man ihn mit einer so hochtrabenden Bezeichnung ehren wollte, lag etwa vierzig Meter entfernt. Neufeld öffnete die Tür, und man sah eine primitive Behelfshütte mit zwei wackligen Tischen und vier Bänken, die auf der nackten Erde standen. Am Ende des Raums brannte das unvermeidliche Kiefernholzfeuer in der unvermeidlichen steinernen Feuerstelle. Nahe am Feuer, an einem der entfernteren Tische, saßen drei Männer – nach den Wintermänteln und den Gewehren, die an ihrer Seite herunterhingen, zu urteilen, konnte es sich nur um zeitweise beurlaubte Wachen handeln – und tranken Kaffee und lauschten dem Gesang eines Mannes, der vor dem Feuer auf dem Boden saß.

Der Sänger trug eine zerfetzte anorakähnliche Jacke, eine, wenn das möglich war, noch zerfetztere Hose und ein Paar kniehohe Stiefel, die an jeder nur möglichen Naht aufklafften. Von seinem Gesicht war nicht viel zu sehen, außer einer Masse dunklen Haares und einer großen Brille mit dunklen Gläsern.

Neben ihm saß, offensichtlich schlafend, den Kopf an seine Schulter gelehnt, ein Mädchen. Sie trug einen Mantel der britischen Armee mit hohem Kragen, der sich in einem fortgeschrittenen Zustand der Auflösung befand. Er war so lang, dass er ihre angezogenen Beine völlig bedeckte. Die ungekämmten platinblonden Haare, die über ihre Schulter herunterfielen, hätten auf eine Skandinavierin schließen lassen, aber die hohen Backenknochen, die dunklen Augenbrauen und die langen dunklen Wimpern waren eindeutig slawisch.

Neufeld ging quer durch den Raum und blieb neben dem Feuer stehen. Er beugte sich über den Sänger und sagte: »Petar, ich möchte dir ein paar Freunde vorstellen.«

Petar ließ seine Gitarre sinken, blickte auf, drehte sich um und berührte das Mädchen zart am Arm. Augenblicklich hob das Mädchen den Kopf, und ihre Augen, große tiefschwarze Augen, öffneten sich weit. Sie hatte einen Augenausdruck wie ein gehetztes Tier. Sie schaute wild um sich, sprang auf die Füße, winzig in dem riesigen Mantel, der ihr fast bis zu den

Knöcheln reichte, und hielt dem Gitarristen die Hand hin, um ihm aufzuhelfen. Als er aufgestanden war, stolperte er: Offensichtlich war er blind.

»Das ist Maria«, sagte Neufeld. »Maria, das ist Captain Mallory.«

»Captain Mallory.« Ihre Stimme war sanft und ein wenig heiser. Sie sprach ein beinahe akzentfreies Englisch. »Sind Sie Engländer, Captain Mallory?«

Es war jetzt wohl kaum der Moment und der Ort, seine Vorfahren aus Neuseeland zu verkünden, überlegte er. Er lächelte. »Nun, so etwas Ähnliches.«

Maria lächelte zurück. »Ich habe mir immer gewünscht, einmal einen Engländer kennenzulernen.« Sie machte einen Schritt auf ihn zu, schob seine ausgestreckte Hand beiseite und schlug ihn mit der offenen Hand und mit aller Kraft ins Gesicht.

»Maria!« Neufeld starrte sie an. »Er ist auf unserer Seite.«

»Ein Engländer *und* ein Verräter!« Sie hob wieder die Hand, aber ihr Arm wurde in der Bewegung von Andreas festem Griff aufgehalten. Sie versuchte einen Moment, sich loszumachen, aber als sie sah, dass es vergeblich war, gab sie auf, ihre dunklen Augen glänzten in dem zornigen Gesicht. Andrea hob seine freie Hand und rieb sich die eigene Wange in zärtlicher Erinnerung.

Er sagte bewundernd: »Teufel, sie erinnert mich an meine Maria.« Er grinste Mallory an. »Ganz schön geschickt mit ihren Händen, diese Jugoslawen.«

Mallory rieb sich kummervoll die Wange und wandte sich an Neufeld: »Vielleicht Petar … das war doch sein Name …«

»Nein.« Neufeld schüttelte den Kopf. »Später. Essen wir jetzt.«

Er ging voraus zu dem Tisch am anderen Ende des Raumes, bedeutete den anderen mit einer Handbewegung, sich zu setzen, setzte sich selbst und fuhr fort: »Es tut mir leid. Das war meine Schuld. Ich hätte es besser wissen sollen.«

Miller sagte vorsichtig: »Ist sie ... ist sie in Ordnung?«

»Sie halten sie für ein wildes Tier?«

»Sie wäre wohl ein ziemlich gefährliches Haustier, meinen Sie nicht auch?«

»Sie hat an der Universität von Belgrad studiert. Sprachen. Mit ›cum laude‹ abgeschlossen, wurde mir erzählt. Einige Zeit nach Beendigung ihres Studiums kehrte sie in ihr Zuhause in den bosnischen Bergen zurück. Sie fand ihre Eltern und zwei kleine Brüder niedergemetzelt. Sie ... nun ... seitdem ist sie so.«

Mallory drehte sich auf seinem Stuhl um und schaute das Mädchen an. Ihre dunklen Augen waren unverwandt auf ihn gerichtet, und der Ausdruck darin war alles andere als ermutigend. Mallory drehte sich wieder zu Neufeld um.

»Wer hat das getan? Mit ihren Eltern, meine ich.«

»Die Partisanen«, sagte Droshny wild. »Ihre schwarzen Seelen sollen verdammt sein. Die Partisanen. Marias Leute waren unsere Leute. Četniks.«

»Und der Sänger?«, fragte Mallory.

»Ihr älterer Bruder.« Neufeld schüttelte den Kopf. »Blind von Geburt an. Wo sie auch hingehen, sie führt ihn an der Hand. Sie sieht für ihn, sie ist sein Leben.«

Sie saßen schweigend da, bis Wein und Essen gebracht wurden. Wenn eine Armee auf ihrem Magen marschieren müsste, würde diese nicht sehr weit kommen, dachte Mallory: Er hatte gehört, dass die Nahrungsmittelsituation bei den Partisanen verzweifelt war, aber wenn das hier ein repräsentatives Beispiel war, ging es den Četniks und Deutschen nicht viel besser. Ohne jede Begeisterung nahm er ein bisschen von dem grauen Stew auf den Löffel – es wäre unmöglich gewesen, eine Gabel zu benutzen –, einem Stew, in dem kleine merkwürdige Stückchen nicht zu definierenden Fleisches verloren in einer schmierigen Bratensoße dunkler Herkunft herumschwammen. Er schaute hinüber zu Andrea und wunderte sich über die Gleichgültigkeit seiner Geschmacksnerven: Andreas Teller war schon fast leer. Miller wandte sich mit Grausen von seinem Teller ab und trank vorsichtig den schweren Rotwein.

Die drei Sergeants hatten bisher ihr Essen noch nicht eines Blickes gewürdigt. Sie waren ausschließlich damit beschäftigt, das Mädchen neben dem Feuer anzuschauen. Neufeld bemerkte ihr Interesse und lächelte.

»Ich bin auch der Meinung, dass ich noch nie so ein schönes Mädchen gesehen habe, und der Himmel weiß, wie sie erst aussähe, wenn sie gewaschen wäre. Aber sie ist nicht für Sie, meine Herren. Sie ist für keinen Mann bestimmt. Sie ist schon verheiratet.« Er blickte in die fragenden Gesichter und schüttelte den Kopf: »Nein, nicht mit einem Mann. Mit einer Idee, wenn Sie den Tod eine Idee nennen wollen. Den Tod der Partisanen.«

»Bezaubernd«, murmelte Miller. Kein anderer Kommentar wurde laut. Was hätte man auch sagen sollen? Sie aßen in einem Schweigen, das nur von dem leisen Gesang neben dem Feuer unterbrochen wurde. Die Stimme war melodisch, aber die Gitarre war jämmerlich verstimmt. Andrea stieß seinen leeren Teller zurück, schaute den blinden Musiker irritiert an und wandte sich an Neufeld.

»Was singt er da?«

»Ein altes bosnisches Liebeslied, habe ich mir sagen lassen.

Sehr alt und sehr traurig. Auf Englisch gibt es das Lied auch.« Er schnalzte mit den Fingern. »Ja, das ist es. ›The Girl I left behind me.‹«

»Sagen Sie ihm, er soll etwas anderes singen«, stieß Andrea hervor. Neufeld schaute ihn verwirrt an und wandte sich dann ab, als ein deutscher Feldwebel hereinkam und sich zu ihm herunterbeugte, um ihm etwas ins Ohr zu flüstern. Neufeld nickte, und der Feldwebel verließ die Hütte.

»So.« Neufeld blickte nachdenklich vor sich hin. »Eine Funknachricht von der Patrouille, die Ihr Flugzeug gefunden hat. Die Tanks waren tatsächlich leer. Ich glaube kaum, dass wir noch auf die Bestätigung aus Padua zu warten brauchen, was meinen Sie, Captain Mallory?«

»Ich verstehe nicht.«

»Macht nichts. Sagen Sie, haben Sie je von einem General Vukalovic gehört?«

»General wie?«

»Vukalovic.«

»Der ist nicht auf unserer Seite«, sagte Miller überzeugt. »Nicht mit so einem Namen.«

»Sie müssen die einzigen Menschen in Jugoslawien sein, die ihn *nicht* kennen. Jeder sonst kennt ihn. Partisanen, Četniks, Deutsche, Bulgaren, alle. Er ist einer ihrer sogenannten Nationalhelden.«

»Reichen Sie den Wein rüber.«

»Sie sollten lieber zuhören«, sagte Neufeld scharf. »Vukalovic befehligt fast eine Division von Partisanen-Infanteristen, die in einer Schlinge des Neretva-Flusses seit fast drei Monaten in der Falle sitzen. Wie die Männer, die er anführt, ist auch Vukalovic verrückt. Sie haben nicht den geringsten Schutz. Sie haben kaum Waffen, fast keine Munition mehr, und außerdem sind sie kurz vor dem Verhungern. Ihre Armee ist in Fetzen gekleidet. Sie sind erledigt.«

»Warum fliehen sie dann nicht?«, fragte Mallory.

»Eine Flucht ist unmöglich. Der reißende Fluss schneidet ihnen den Weg im Osten ab. Im Norden und Westen sind unüberwindliche Berge. Der einzig denkbare Weg wäre die Brücke im Süden, die Brücke über die Neretva. Und dort warten zwei bewaffnete Divisionen von uns.«

»Keine Schluchten?«, fragte Mallory. »Keine Durchgangsmöglichkeiten durch die Berge?«

»Zwei. Blockiert von unseren besten Kampftruppen.«

»Warum geben sie dann nicht auf?«, fragte Miller vernünftig. »Hat ihnen niemand die Kriegsregeln beigebracht?«

»Sie sind verrückt, sage ich Ihnen. Komplett verrückt.«

Genau im gleichen Augenblick bewiesen Vukalovic und seine Partisanen einigen anderen Deutschen, wie hochgradig verrückt sie waren.

Die Westschlucht war eine schmale, gewundene, mit Felsbrocken übersäte und von Steilwänden begrenzte Schlucht, die den einzigen Durchgang durch die unüberwindlichen Berge bildete, die den Zenica-Käfig nach Osten abschlossen. Drei Monate lang hatten deutsche Infanterie-Einheiten – Einheiten, die seit Kurzem eine steigende Anzahl von erfahrenen alpinen Truppen bei sich hatten – versucht, den Durchgang zu erzwingen: Drei Monate waren sie unter Blutvergießen zurückgetrieben worden. Aber die Deutschen gaben nicht auf, und in dieser klirrend kalten Nacht, in der der Mond immer wieder zwischen den Wolken hervorkam und zwischendurch sanfter Schnee fiel, versuchten sie es wieder. Die Deutschen führten ihren Angriff mit der kalten berufsmäßigen Geschicklichkeit durch, die das

Ergebnis langer und harter Erfahrung war. Sie drangen durch die Schlucht in drei ziemlich gleichmäßigen und klug angeordneten Linien vor. Die Kombination aus weißen Schneeanzügen, dem Ausnutzen jeder noch so kleinen Deckung und die Tatsache, dass sie den Zeitpunkt für ihr kurzes Vorwärtshuschen so wählten, dass in diesen Momenten gerade der Mond zeitweise verdunkelt war, machte es fast unmöglich, sie zu sehen. Dennoch war es nicht schwierig, sie auszumachen, sie hatten offensichtlich reichlich Munition für Maschinenpistolen und Gewehre, und das Mündungsfeuer blitzte ununterbrochen. Fast genauso ununterbrochen, aber in einiger Entfernung vor ihnen konnte man durch das scharfe flache Krachen gesprengter Felsbrocken den jeweiligen Standort der sich langsam vorwärtsschiebenden Artilleriebarriere feststellen, die den Deutschen durch den mit Felsbrocken übersäten Engpass voranging.

Die jugoslawischen Partisanen warteten an der Spitze der Schlucht, verschanzt hinter einer Felsbarriere aus hastig aufgetürmten Steinen und zersplitterten Baumstämmen, die vom deutschen Artilleriefeuer zerstört worden waren. Obwohl der Schnee tief und der Wind aus dem Osten schneidend waren, trugen nur einige der Partisanen Wintermäntel. Sie waren in außerordentlich verschiedene Uniformen gekleidet. Uniformen, die in der Vergangenheit Mitgliedern der englischen, deutschen, italienischen, bulgarischen und jugoslawischen Armee gehört hatten: Das einzige Erkennungszeichen, das sie alle gemeinsam hatten, war ein roter Stern, der auf die rechte Seite ihrer Feldmützen genäht war. Die Uniformen waren fadenscheinig und zerfetzt und boten wenig Schutz gegen die durchdringende Kälte, sodass die Männer am ganzen Körper zitterten. Ein großer Teil von ihnen schien verwundet zu sein: Überall sah man geschiente Beine, Arme in Schlingen und verbundene Köpfe. Aber eines war ihnen gemeinsam: Ihre verkniffenen und abgemagerten Gesichter, Gesichter, in denen die Zeichen der Entbehrungen übertroffen wurden von der ruhigen und absoluten Entschlossenheit von Männern, die nichts mehr zu verlieren haben.

In der Mitte der Gruppe der Partisanen standen zwei Männer im Schutz des dicken Stammes einer der Kiefern, die noch stehen geblieben waren. Das von weißen Fäden durchzogene Haar und das zerfurchte – und jetzt sogar noch erschöpftere – Gesicht von General Vukalovic waren unverkennbar. Aber die dunklen Augen leuchteten strahlend wie immer, als er sich vorbeugte und von dem Mann, der mit ihm in Deckung stand, eine Zigarette entgegennahm und sich Feuer geben ließ. Es war ein Offizier mit dunkler Haut und einer Hakennase, dessen schwarzes Haar zur Hälfte unter einem blutdurchtränkten Verband verschwand. Vukalovic lächelte.

»Natürlich bin ich verrückt, mein lieber Stephan. Sie sind verrückt – oder Sie hätten diese Position vor Wochen aufgegeben. Wir sind alle verrückt, wussten Sie das nicht?«

»Ich weiß nur eins.« Major Stephan rieb sich mit einem Handrücken über den wochenalten Bart. »Ihre Fallschirmlandung vor einer Stunde. Das war verrückt. Warum Sie …«

Er brach ab, als ein Gewehr nur ein paar Meter von ihnen entfernt krachte, ging zu einer Stelle hinüber, an der ein magerer Junge, nicht älter als siebzehn, in die weiße Düsternis der Schlucht über das Visier einer Lee-Enfield nach unten spähte. »Haben Sie ihn erwischt?«

Der Junge drehte sich herum und schaute auf. Ein Kind, dachte Vukalovic verzweifelt, ein richtiges Kind. Er hätte noch in die Schule gehen sollen. Der Junge sagte: »Ich weiß es nicht sicher, Sir.«

»Wie viele Patronen haben Sie noch? Zählen Sie sie.«

»Das ist nicht nötig. Sieben.«

»Schießen Sie nicht, bevor Sie ganz sicher sind.« Stephan wandte sich wieder Vukalovic zu: »Gott im Himmel, General, Sie wären den Deutschen fast in die Hände geflattert.«

»Ohne Fallschirm wäre ich noch schlimmer dran gewesen«, sagte Vukalovic milde.

»Es ist nur so wenig Zeit.« Stephan schlug sich mit der Faust in die Handfläche ...»Nur noch so wenig Zeit. Es war verrückt von Ihnen zurückzukommen. Sie brauchen Sie so viel nötiger als ...« Er blieb abrupt stehen, horchte für den Bruchteil einer Sekunde, warf sich auf Vukalovic und riss ihn mit sich zu Boden, als eine winselnde Granate zwischen einigen lockeren Felsbrocken nur ein paar Meter entfernt niederging und beim Auftreffen explodierte. Ganz in der Nähe schrie ein Mann tödlich verwundet auf. Noch eine Granate landete, dann eine dritte und vierte, alle nur zehn Meter voneinander entfernt.

»Jetzt haben sie sich eingeschossen. Der Teufel soll sie holen.« Stephan stand auf und schaute die Schlucht hinunter. Einige Sekunden lang konnte er überhaupt nichts sehen, denn eine schwarze Wolkenbank hatte sich vor den Mond geschoben. Dann brach der Mond wieder durch, und er konnte den Feind deutlicher sehen, als ihm lieb war. Nach einem sicherlich vorher vereinbarten Signal versuchten sie gar nicht mehr, Deckung zu finden: Sie trampelten mit der höchstmöglichen Geschwindigkeit die gewundene Schlucht heran, Maschinenpistolen und Gewehre schussbereit in den Händen – und im gleichen Moment, in dem der Mond durchbrach, zogen sie die Auslöser ihrer Waffen durch. Stephan warf sich hinter einen Felsbrocken.

»Jetzt!«, schrie er. »Jetzt!«

Die erste Salve aus den Waffen der zerlumpten Partisanen dauerte nur ein paar Sekunden, dann fiel ein schwarzer Schatten über das Tal. Das Feuer wurde eingestellt. »Feuert weiter!«, schrie Vukalovic. »Nicht aufhören! Sie schließen uns ein!« Er ließ eine Salve aus seiner eigenen Maschinenpistole los und sagte zu Stephan: »Sie wissen, was ihnen blüht, unsere Freunde da unten.«

»Das sollen sie auch.« Stephan machte eine Stabgranate scharf und schleuderte sie den Hügel hinunter. »Sehen Sie sich an, wie viel sie von uns gelernt haben.«

Wieder kam der Mond zum Vorschein. Die vordersten Männer der deutschen Infanterie waren nicht mehr als acht Meter entfernt. Auf beiden Seiten wurden Handgranaten geworfen, auf Kernschussweite abgefeuert. Einige deutsche Soldaten fielen, aber die meisten kamen durch und warfen sich auf die Verschanzung. Einen Moment herrschte ein wüstes Durcheinander. Hier und dort entwickelten sich Kämpfe von Mann zu Mann. Männer schrien einander an, fluchten einander an, brachten einander um. Aber die Barriere hielt stand. Plötzlich schoben sich wieder dicke schwarze Wolken vor den Mond, Dunkelheit legte sich über die Schlucht, und langsam wurde es still. In weiter Entfernung wurde das Donnern des Artilleriefeuers und der Granatwerfer zu einem gedämpften Rollen und verstummte schließlich ganz.

»Eine Falle?«, fragte Vukalovic Stephan leise. »Glauben Sie, dass sie wiederkommen?«

»Nicht heute Nacht.« Stephan war ganz sicher. »Sie sind tapfer, aber …«

»Aber nicht verrückt.«

»Aber nicht verrückt.«

Blut strömte über Stephans Gesicht. Eine Wunde hatte sich geöffnet, aber er lächelte. Er richtete sich mühsam auf und drehte sich um, als ein stämmiger Sergeant herankam und flüchtig salutierte.

»Sie sind weg, Major. Wir haben diesmal sieben Mann verloren. Vierzehn sind verwundet.«

»Stellen Sie zweihundert Meter weiter unten Wachtposten auf«, sagte Stephan. Er wandte sich an Vukalovic. »Haben Sie das gehört, Sir? Sieben Tote. Vierzehn Verwundete.«

»Bleiben wie viele?«

»Zweihundert. Vielleicht zweihundertfünf.«

»Von vierhundert.« Vukalovics Mund verzerrte sich. »Mein Gott, von vierhundert.«

»Und sechzig von ihnen sind verwundet.«

»Wenigstens können Sie sie jetzt zum Verbandsplatz hinunterschaffen.«

»Es gibt keinen Verbandsplatz«, sagte Stephan heftig. »Ich hatte keine Zeit, es Ihnen zu sagen. Er wurde heute früh zerbombt. Beide Ärzte sind tot. Alle Medikamente und ärztlichen Einrichtungen … puff. Einfach so.«

»Weg? Alles weg?« Vukalovic schwieg lange. »Ich lasse etwas vom Hauptquartier schicken. Die Männer, die gehen können, können selbst zum Hauptquartier laufen.«

»Die Verwundeten wollen nicht gehen, Sir. Nicht mehr.«

Vukalovic nickte verstehend und fuhr fort: »Wie viel Munition?«

»Für zwei Tage. Drei, wenn wir sorgfältig damit umgehen.«

»Sechzig Verwundete.« Vukalovic schüttelte langsam ungläubig den Kopf. »Keine ärztliche oder sonstige Hilfe für sie. Munition fast am Ende. Keine Nahrung. Kein Schutz. Und sie wollen nicht weg. Sie sind auch verrückt?«

»Ja, Sir.«

»Ich gehe zum Fluss hinunter«, sagte Vukalovic. »Um Colonel Lazio im Hauptquartier aufzusuchen.«

»Ja, Sir.« Stephan lächelte schwach. »Ich zweifle, ob Sie sein geistiges Gleichgewicht in einem besseren Zustand vorfinden werden als meins.«

»Ich glaube nicht, dass ich damit rechnen kann«, sagte Vukalovic.

Stephan salutierte und wandte sich ab, wischte Blut von seinem Gesicht, ging ein paar schwankende Schritte und kniete sich dann hin, um einem schwer verwundeten Mann zu helfen. Vukalovic schaute ihm mit verschlossenem Gesicht nach und schüttelte den Kopf. Dann ging auch er.

Mallory beendete seine Mahlzeit und zündete sich eine Zigarette an. Er sagte: »Was wird also mit den Partisanen geschehen, die im Zenica-Käfig, wie Sie ihn nennen, sitzen?«

»Sie werden ausbrechen«, sagte Neufeld. »Zumindest werden sie es versuchen.«

»Aber Sie haben doch selbst gesagt, dass das unmöglich ist.«

»Nichts ist für diese verrückten Partisanen so unmöglich, dass sie es nicht doch versuchen. Ich wünschte bei Gott«, sagte Neufeld bitter, »wir kämpften gegen normale Menschen wie Engländer oder Amerikaner. Jedenfalls haben wir die Information – eine verlässliche Information – erhalten, dass ein Ausbruchversuch droht. Dumm ist nur, dass es diese zwei Durchgänge gibt – vielleicht gehen sie sogar so weit, sich den Weg über die Neretva-Brücke zu erzwingen –, und wir wissen nicht, an welcher Stelle der Ausbruch erfolgen wird.«

»Das ist sehr interessant.« Andrea schaute säuerlich zu dem

Blinden hinüber, der immer noch das gleiche alte bosnische Liebeslied sang. »Können wir jetzt vielleicht etwas schlafen?«

»Nicht heute Nacht, fürchte ich.« Neufeld wechselte ein Lächeln mit Droshny. »*Sie* werden nämlich für uns herausfinden, an welcher Stelle der Ausbruch stattfinden soll.«

»Werden wir das?« Miller leerte sein Glas und griff nach der Flasche. »Ziemlich ansteckende Krankheit, dieser Wahnsinn.«

Neufeld überging den Einwurf. »Das Hauptquartier der Partisanen befindet sich etwa zehn Kilometer von hier. Sie werden dort Bericht erstatten als vertrauenswürdige Engländer, die sich verlaufen haben. Dann, sobald Sie ihre Pläne herausgefunden haben, sagen Sie ihnen, dass Sie zu Ihrem Hauptquartier in Drvar gehen, was Sie natürlich nicht tun. Sie kommen stattdessen hierher zurück. Was könnte einfacher sein?«

»Miller hat recht«, sagte Mallory mit Überzeugung. »Sie *sind* verrückt.«

»Langsam glaube ich, dass viel zu viel über diese Verrücktheit geredet wird.« Neufeld lächelte. »Wäre es Ihnen vielleicht lieber, wenn Hauptmann Droshny Sie seinen Leuten übergäbe? Ich kann Ihnen versichern, sie sind sehr aufgebracht über den – äh – plötzlichen Tod ihres Kameraden.«

»Das können Sie nicht von uns verlangen!« Mallorys Gesicht war verzerrt vor Wut. »Die Partisanen bekommen früher oder später eine Funknachricht über uns. Und dann … na, Sie wissen ja, was dann. Sie können das einfach nicht von uns verlangen.«

»Ich *kann* und ich *werde*.« Neufeld sah Mallory und seine fünf Kameraden ohne Begeisterung an. »Ich habe nämlich zufällig nicht besonders viel für Rauschgiftschmuggler und Drogenhändler übrig.«

»Ich glaube nicht, dass in gewissen Kreisen Ihre Meinung viel Gewicht haben dürfte«, sagte Mallory.

»Was soll das heißen?«

»Kesselrings Leiter des Militärischen Nachrichtendienstes wird das gar nicht gefallen.«

»Wenn Sie nicht zurückkommen, werden sie nie etwas erfahren. *Wenn* Sie wiederkommen«, Neufeld lächelte und berührte den Orden an seinem Hals, »werden sie mir wahrscheinlich hierzu noch Eichenlaub verehren.«

»Reizender Mensch, nicht wahr?«, sagte Miller zu niemand Bestimmtem.

»Kommen Sie also.« Neufeld stand vom Tisch auf. »Petar?«

Der blinde Sänger nickte, warf sich die Gitarre über die Schulter und stand auf, seine Schwester ebenfalls.

»Was soll das?«, fragte Mallory.

»Führer.«

»Die beiden?«

»Nun«, sagte Neufeld vernünftig, »Sie können wohl nicht gut allein hinfinden, oder? Petar und seine Schwester ..., nun seine Schwester ... kennt Bosnien besser als die Füchse.«

»Aber werden die Partisanen nicht ...«, begann Mallory, als Neufeld ihn unterbrach.

»Sie kennen Bosnien nicht. Diese beiden gehen hin, wo immer sie wollen, und niemand wird sie von seiner Tür wegjagen. Die Bosnier glauben, und weiß Gott mit genügend Grund, dass sie verflucht sind und das Auge des Bösen auf ihnen ruht. Dies ist ein Land des Aberglaubens, Captain Mallory.«

»Aber ... aber wie wollen sie wissen, wohin sie uns bringen sollen?«

»Das werden sie schon wissen.« Neufeld nickte Droshny zu, der in schnellem Serbokroatisch auf Maria einredete. Sie wiederum sprach mit Petar, der einige merkwürdige Töne von sich gab.

»Das ist eine seltsame Sprache«, bemerkte Miller.

»Er hat einen Sprachfehler«, sagte Neufeld kurz. »Er wurde damit geboren. Er kann singen, aber nicht sprechen – warum, hat man noch nicht herausgefunden. Wundern Sie sich, dass die Leute glauben, verflucht zu sein?« Er wandte sich an Mallory: »Warten Sie mit Ihren Männern draußen.«

Mallory nickte und bedeutete den anderen vorauszugehen. Neufeld hatte sich sofort in eine kurze, leise Diskussion mit Droshny vertieft, der nickte, einen seiner Četniks zu sich beorderte und ihn mit einem Auftrag wegschickte. Als er draußen war, zog Mallory Andrea beiseite und flüsterte ihm etwas ins Ohr, unhörbar für alle außer Andrea, dessen genickte Zustimmung kaum zu bemerken war.

Neufeld und Droshny schoben sich aus der Hütte, gefolgt von Maria, die Petar an der Hand führte. Als sie sich Mallorys Gruppe näherte, ging Andrea wie zufällig auf sie zu, die unvermeidliche stinkende Zigarre im Mund. Er pflanzte sich vor einem sehr verwirrten Neufeld auf und blies ihm hochmütig den Rauch ins Gesicht.

»Ich glaube, ich mag Sie nicht besonders, Hauptmann Neufeld«, verkündete er. Er warf einen Blick auf Droshny hinüber: »Und diesen Stahlwarenhändler auch nicht.«

Neufelds Gesicht verfinsterte sich augenblicklich und verzerrte sich vor Wut. Aber er hatte sich schnell wieder im Griff und sagte beherrscht: »Ihre Meinung über mich interessiert mich nicht.« Er nickte Droshny zu. »Aber laufen Sie nicht Hauptmann Droshny über den Weg, mein Freund. Er ist ein Bosnier, und ein stolzer noch dazu – und er versteht es, mit einem Messer umzugehen wie kein anderer im ganzen Balkan.«

»Wie kein anderer …« Andrea brach in schallendes Gelächter aus und blies Droshny Rauch ins Gesicht. »Ein Messerschleifer in einer komischen Oper.«

Droshnys Fassungslosigkeit war vollkommen, aber von kurzer Dauer. Er fletschte die Zähne, dass es jedem bosnischen Wolf zur Ehre gereicht hätte, riss ein gebogenes Messer aus seinem Gürtel und warf sich auf Andrea, die Schneide schnellte nach oben, aber Andrea, dessen Klugheit nur noch von der außerordentlichen Schnelligkeit übertroffen wurde, mit der er seinen riesigen Körper beherrschte, war nicht mehr an der Stelle, als das Messer ankam. Aber seine Hand war da. Sie erfasste das Gelenk der Hand, die das Messer hielt, als sie hinaufzuckte, und augenblicklich stürzten die beiden großen Männer zu Boden und rollten im Schnee herum, während sie um das Messer kämpften.

So unerwartet, so völlig unglaublich war die Geschwindigkeit, in der sich der Kampf von einem Augenblick zum anderen entwickelte, dass sich einige Sekunden lang niemand rührte. Die drei jungen Sergeants, Neufeld und die Četniks zeigten nichts als fassungsloses Staunen. Mallory, der nahe neben dem Mädchen mit den großen Augen stand, rieb sich nachdenklich das Kinn, während Miller sorgsam die Asche von seiner Zigarette abstreifte und die Szene mit leicht gelangweilter Miene betrachtete.

Fast gleichzeitig warfen sich Reynolds, Groves und zwei Četniks auf das ringende Paar auf dem Boden und versuchten, sie auseinanderzuziehen. Droshny und Andrea wurden auf die Beine gezogen, der Erstere mit verzerrtem Gesicht und hasserfüllten Augen. Andrea nahm wieder seine Zigarre zur Hand, die er irgendwo wiedergefunden hatte, nachdem sie getrennt worden waren.

»Sie Wahnsinniger!«, schleuderte Reynolds Andrea wild ins Gesicht. »Sie geisteskranker Idiot! Sie ... Sie sind ein verdammter Psychopath. Sie werden es noch schaffen, dass man uns alle umbringt!«

»Das würde mich nicht im Geringsten überraschen«, sagte Neufeld nachdenklich. »Kommen Sie. Schluss mit diesen Narrheiten.«

Er führte sie vom Lagergelände, und auf ihrem Weg gesellte sich ein halbes Dutzend Četniks zu ihnen, deren Anführer offensichtlich der junge Bursche mit dem roten Bart und der Augenklappe war, der Mann, der sie als Erster begrüßt hatte, als sie gelandet waren.

»Wer sind diese Leute, und wozu sind sie hier?«, fragte Mallory Neufeld. »Sie kommen nicht mit uns.«

»Eskorte«, erklärte Neufeld. »Nur für die ersten sieben Kilometer.«

»Eskorte? Was sollen wir mit einer Eskorte? Uns droht keine Gefahr von Ihrer Seite, und auch von der Seite der Partisanen ist nichts zu befürchten, wenn man Ihren Worten Glauben schenken kann.«

»Wir machen uns keine Sorgen um Sie«, sagte Neufeld trocken. »Wir machen uns Sorgen um den Wagen, der Sie den größten Teil der Strecke transportieren wird. Fahrzeuge sind sehr selten und sehr wertvoll in diesem Teil Bosniens – und es wimmelt nur so von Partisanenpatrouillen.«

Zwanzig Minuten später erreichten sie in einer nun endgültig mondfinsteren Nacht und während es schneite eine Straße – eine Straße, die nicht viel mehr war als ein gewundener Pfad, der sich durch das Tal schlängelte. Dort erwartete sie eines der seltsamsten vierrädrigen Gefährte, die Mallory und seine Kameraden jemals gesehen hatten, ein unglaublich alter und zerbeulter Lastwagen. Schwarze Rauchwolken quollen aus dem Inneren hervor, sodass er auf den ersten Blick zu brennen schien. In Wirklichkeit aber war es einer der lange vor dem Krieg gebauten Lastwagen, die von einem Holzfeuer vorangetrieben wurden, ein Gefährt, das auf dem Balkan einmal sehr gebräuchlich gewesen war.

Miller betrachtete das rauchumhüllte Vehikel und wandte sich an Neufeld: »Das nennen Sie ein Fahrzeug?«

»Nennen Sie es, wie Sie wollen. Wenn Sie lieber zu Fuß gehen möchten?«

»Zehn Kilometer! Ich werde mich der Erstickungsgefahr aussetzen.« Miller kletterte hinein, gefolgt von den anderen, bis nur noch Neufeld und Droshny draußen standen.

»Ich erwarte Sie noch vor Mittag zurück.«

»Wenn wir überhaupt zurückkommen«, sagte Mallory. »Wenn die Funknachricht durchgekommen ist ...«

»Sie können kein Omelett machen, ohne Eier zu zerschlagen«, sagte Neufeld ungerührt.

Mit Geratter und Geschüttel, rauchausstoßend und dampfspuckend kam der Lastwagen in Bewegung, begleitet von dem Husten der rotäugigen Männer unter der Plane auf der Ladefläche, und bewegte sich langsam vorwärts, während Neufeld und Droshny ihm nachstarrten. Neufeld schüttelte seinen Kopf: »Solche gerissenen kleinen Kerle.«

»Solche *außerordentlich* gerissenen kleinen Kerle«, stimmte Droshny zu. »Aber ich will den Großen, Hauptmann.«

Neufeld schlug ihm auf die Schulter. »Sie werden ihn bekommen, mein Freund. Nun, sie sind außer Sicht. Es wird Zeit für Sie zu gehen.«

Droshny nickte, stieß einen schrillen Pfiff durch die Finger aus. Augenblicklich erklang das entfernte Surren eines gestarteten Motors, und kurz darauf kam ein ältlicher Fiat hinter einer Baumgruppe hervor und näherte sich auf der festgefahrenen Schneedecke der Straße, während die Schneeketten laut klirrten, und hielt neben den beiden Männern. Droshny kletterte auf den Beifahrersitz, und der Fiat fuhr in der Spur des Lastwagens davon.

5. KAPITEL

Freitag, 03.30 bis 05.00

Für die vierzehn Personen, die auf den schmalen Seitenbänken unter der Plane auf dem Lastwagen zusammengepfercht saßen, konnte die Fahrt nicht gerade als angenehm bezeichnet werden. Es gab kein Polster auf den Sitzen, das Fahrzeug schien überhaupt nicht gefedert zu sein, und die zerrissene Plane ließ zu gleichen Teilen jede Menge eisige Nachtluft und in den Augen brennenden Rauch herein. Wenigstens, dachte Mallory, half ihnen das, nicht einzuschlafen.

Andrea saß ihm gegenüber und schien die erstickende Luft im Lastwagen gar nicht zu bemerken, eine Tatsache, die nicht im Mindesten überraschend war, wenn man die beißende Rauchwolke in Betracht zog, die von dem schwarzen Stumpen herüberwehte, den Andrea zwischen den Zähnen hatte. Andrea schaute scheinbar träge zu Mallory hinüber, und ihre Blicke trafen sich. Mallory nickte einmal, eine Kopfbewegung von wenigen Millimetern, die nicht einmal der misstrauischste Beobachter bemerkt hätte. Andrea senkte den Blick, bis seine Augen auf Mallorys rechter Hand lagen, die locker auf seinem Knie lag. Mallory lehnte sich zurück und seufzte, und dabei glitt seine rechte Hand herab, bis sein Daumen senkrecht nach unten zeigte. Andrea stieß eine beißende Rauchwolke aus wie ein Vulkan und blickte gleichgültig zur Seite.

Einige Kilometer lang klapperte und quietschte der Lastwagen über den Talboden, drehte dann nach links auf einen noch schmaleren Pfad ab und begann, eine Anhöhe hinaufzukeuchen. Weniger als zwei Minuten später nahm der Fiat, in dem ein ausdrucksloser Droshny saß, die gleiche Kurve.

Der Hang war jetzt so steil, und die Räder verloren so sehr den Halt auf der gefrorenen Oberfläche des Weges, dass der alte holzfeuerbetriebene Lastwagen nur noch in Schrittgeschwindigkeit vorwärtskam. Im Innern des Lasters waren Mallory und Andrea wachsam wie immer, aber Miller und die drei Sergeants schienen zu dösen, ob vor Erschöpfung oder wegen beginnender Bewusstlosigkeit, war schwer zu sagen. Maria und Petar, die Hand in Hand dasaßen, schienen zu schlafen. Die Četniks jedoch hätten nicht wacher sein können und bewiesen plötzlich, dass die Schlitze und Löcher in der Plane nicht zufällig da waren: Droshnys sechs Männer knieten auf den Bänken und hatten die Läufe ihrer Maschinenpistolen durch die Löcher der Plane geschoben. Es war klar, dass der Lastwagen jetzt in das Gebiet der Partisanen kam oder zumindest in ein Gebiet, das als Niemandsland in diesem wilden und zerklüfteten Gebiet galt.

Der Četnik, der ganz vorn im Laster saß, zog seinen Kopf plötzlich von einem Loch in der Plane zurück und donnerte mit dem Kolben seiner Waffe gegen das Fenster, das zum Führerhaus ging. Der Lastwagen kam mit einem Kreischen zum Stehen, der rotbärtige Četnik sprang vom Wagen, sah sich schnell nach einem möglichen Hinterhalt um und bedeutete dann den anderen, ebenfalls auszusteigen, wobei die drängenden Handbewegungen zeigten, dass er ganz und gar nicht scharf darauf war, an diesem Ort auch nur einen Moment länger zu bleiben, als unbedingt nötig war. Einer nach dem anderen sprangen Mallory und seine Kameraden auf den gefrorenen Schnee hinunter. Reynolds half dem blinden Sänger vom Wagen und streckte dann die Hand aus, um Maria ebenfalls zu helfen, die mühsam über die Ladeklappe kletterte. Wortlos schlug sie seine Hand beiseite und sprang behände zu Boden. Reynolds starrte sie in verletztem Staunen an.

Mallory bemerkte, dass der Lastwagen neben einer kleinen Lichtung angehalten hatte. Hin und her rangierend und noch dickere Qualmwolken als vorher ausstoßend, wendete er in erstaunlich kurzer Zeit und klirrte mit bedeutend höherer Geschwindigkeit den Pfad hinunter, als er heraufgekommen war. Die Četniks starrten ausdruckslos von der Ladefläche aus zurück.

Maria nahm Petars Hand, schaute Mallory eisig an, warf ihren Kopf zurück und betrat einen winzigen Fußpfad, der im rechten Winkel von der »Straße« abbog.

Mallory zuckte die Achseln und ging ebenfalls los, gefolgt von den drei Sergeants. Einige Sekunden blieben Andrea und Miller, wo sie waren, und starrten nachdenklich auf die Kurve, um die der Laster gerade verschwunden war. Dann machten auch sie sich auf den Weg und sprachen leise miteinander.

Der alte holzfeuerbetriebene Lastwagen behielt seine hohe Geschwindigkeit nicht lange bei. Weniger als vierhundert Meter hinter der Kurve, die ihn außer Sichtweite von Mallory und seinen Kameraden brachte, kam er zum Stehen. Zwei Četniks, der rotbärtige Anführer der Eskorte und ein anderer Mann mit schwarzem Bart, sprangen über die Ladeklappe und verschwanden in der schützenden Deckung des Waldes. Der Lastwagen ratterte davon, der Qualm hing schwer in der eisigen Nachtluft.

Einen Kilometer weiter unten auf der Straße spielte sich eine fast identische Szene ab. Der Fiat kam schlitternd zum Stehen,

Droshny kletterte vom Beifahrersitz und verschwand zwischen den Kiefern. Der Fiat wendete und fuhr ebenfalls den Weg zurück, den er gekommen war.

Der Pfad, der den dicht bewaldeten Abhang hinaufführte, war sehr schmal und sehr gewunden. Der Schnee war nicht festgetreten, sondern sehr weich und tief und machte das Vorwärtskommen schwierig. Der Mond war jetzt endgültig verschwunden; der Schnee, den ihnen der Ostwind ins Gesicht blies, wurde ständig dichter, und die Kälte war durchdringend. Der Pfad gabelte sich immer wieder, aber Maria, die mit ihrem Bruder voranging, zögerte nicht ein einziges Mal, sie wusste oder schien genau zu wissen, wohin sie ging. Einige Male rutschte sie im tiefen Schnee aus, das letzte Mal so heftig, dass sie ihren Bruder mit sich zu Boden riss. Als es wieder passierte, ging Reynolds zu ihr und nahm sie am Arm, um ihr zu helfen. Sie schlug wild mit der Hand nach ihm und riss ihren Arm weg. Reynolds starrte sie erstaunt an und wandte sich dann an Mallory.

»Was, zum Teufel, ist denn los mit … ich meine, ich habe doch nur versucht, ihr zu helfen …«

»Lassen Sie sie in Ruhe«, sagte Mallory. »Sie sind einer von ihnen.«

»Ich bin einer von …«

»Sie tragen eine englische Uniform. Das ist alles, was das arme Kind versteht. Lassen Sie sie.«

Reynolds schüttelte verständnislos den Kopf. Er rückte seinen Rucksack zurecht, schaute den Weg zurück, wollte weitergehen und schaute wieder zurück. Er erwischte Mallory am Arm und deutete hinunter.

Andrea war bereits dreißig Meter zurückgefallen. Niedergedrückt vom Gewicht seines Rucksacks, seiner Schmeisser und der Last der Jahre, hatte er offensichtlich Mühe, den Aufstieg zu schaffen, und blieb jede Sekunde weiter zurück. Auf eine Handbewegung von Mallory machte der ganze Trupp halt, spähte durch das Schneetreiben hinunter und wartete darauf, dass Andrea aufholte. In diesem Moment begann Andrea wie ein Betrunkener zu stolpern und fasste sich an die rechte Seite, als hätte er Schmerzen. Reynolds schaute Groves an, dann schauten die beiden Saunders an: Alle drei schüttelten langsam den Kopf. Als Andrea bei ihnen ankam, war sein Gesicht vor Schmerz verzerrt.

»Es tut mir leid.« Seine Stimme kam abgerissen und heiser. »Es geht schon wieder.«

Saunders zögerte und trat dann auf Andrea zu. Er lächelte entschuldigend und streckte die Hand aus, um nach dem Rucksack und der Schmeisser zu greifen.

»Komm, Väterchen, gib das Zeug her.«

Für den Bruchteil einer Sekunde zuckte ein drohender Ausdruck über Andreas Gesicht, mehr geahnt als zu sehen, dann nahm er den Rucksack von den Schultern und reichte ihn müde an Saunders weiter. Saunders nahm ihn entgegen und versuchte, die Schmeisser ebenfalls an sich zu nehmen.

»Danke.« Andrea lächelte schwach. »Aber ohne sie käme ich mir verloren vor.«

Unsicher kletterten sie weiter und schauten sich immer wieder um, ob ihnen Andrea folgte. Ihre Zweifel waren begründet. Nach dreißig Sekunden blieb Andrea stehen, verdrehte die Augen und krümmte sich vor Schmerzen. Er sagte keuchend: »Ich muss mich ausruhen … Geht weiter. Ich komme nach.«

Miller sagte besorgt: »Ich bleibe bei dir.«

»Ich brauche niemanden«, sagte Andrea unfreundlich. »Ich kann mich um mich selber kümmern.«

Miller sagte nichts. Er schaute Mallory an und wandte sich dann abrupt ab, sodass er den Abhang hinaufschaute. Mallory nickte einmal kurz und machte dem Mädchen ein Zeichen. Widerwillig setzten sie sich in Bewegung und ließen Andrea und Miller zurück. Zweimal sah Reynolds über die Schulter zurück, sein Gesicht drückte eine seltsame Mischung von Besorgnis und Ärger aus. Dann zuckte er die Achseln und wandte sich dem Berg zu.

Andrea, mit finsterem Gesicht und immer noch seine Rippen umkrampfend, blieb zusammengekrümmt, bis der Letzte des Trupps hinter der nächsten Kurve des aufwärts führenden Weges verschwunden war, dann richtete er sich mühelos auf, prüfte die Windrichtung mit einem angefeuchteten Zeigefinger, stellte fest, dass der Wind den Weg hinaufblies, holte eine Zigarre hervor, zündete sie an und rauchte in tiefen Zügen und mit offensichtlicher Zufriedenheit. Die unvermittelte Besserung seines Zustands war überraschend, aber Miller schien nicht überrascht. Er schaute grinsend den Berg hinunter und nickte. Andrea grinste zurück und ließ Miller mit einer eleganten Geste den Vortritt.

Dreißig Meter weiter unten, an der Stelle, von der aus sie fast hundert Meter des Weges übersehen konnten, verschwanden sie hinter dem mächtigen Stamm einer Kiefer. Etwa zwei Minuten lang standen sie regungslos und starrten den Hügel hinunter und horchten angestrengt, dann nickte Andrea plötzlich, bückte sich und legte seine Zigarre an einen geschützten trockenen Fleck hinter der Kiefer auf den Boden.

Sie wechselten kein Wort – es war nicht nötig. Miller kroch um den Kiefernstamm herum, bis er auf der talzugewandten Seite war, und legte sich dann sorgfältig ausgestreckt in den

Schnee, die Arme ausgebreitet, das offensichtlich blinde Gesicht dem fallenden Schnee zugewandt.

Hinter der Kiefer drehte Andrea seine Schmeisser um und hielt sie nun am Lauf, holte ein Messer aus einem geheimen Winkel seiner Kleidung und steckte es in seinen Gürtel. Beide Männer blieben so regungslos, als wären sie hier gestorben und im Laufe des langen und harten jugoslawischen Winters starr gefroren. Miller sah die zwei Četniks viel eher als sie ihn, wahrscheinlich weil sein ausgebreiteter Körper so tief in den weichen Schnee eingesunken war, dass er ihn fast völlig verbarg. Zuerst waren sie nicht mehr als zwei verschwommene und geisterhafte Schemen, die allmählich Gestalt annahmen. Als sie näher kamen, erkannte er in ihnen den Leiter der Eskorte und einen seiner Männer.

Sie waren bis auf dreißig Meter herangekommen, als sie Miller entdeckten. Sie blieben abrupt stehen, starrten auf ihn hinunter, standen etwa fünf Sekunden regungslos da, sahen einander an, rissen sich die Maschinenpistolen von der Schulter und begannen stolpernd den Hügel hinaufzurennen. Miller schloss die Augen. Er brauchte sie nicht mehr, seine Ohren gaben ihm alle Informationen, die er brauchte: Die näher kommenden knirschenden Schritte im Schnee, das abrupte Aufhören der Schritte und dann der schwere Atem, als ein Mann sich über ihn beugte.

Miller wartete, bis er den Atem des Mannes tatsächlich auf seinem Gesicht fühlte, dann öffnete er die Augen: Nicht einmal dreißig Zentimeter von seinen eigenen Augen entfernt waren die Augen des rotbärtigen Četniks. Miller warf seine ausgebreiteten Arme nach oben und nach innen, seine sehnigen Finger gruben sich tief in die Kehle des erschrockenen Mannes über ihm.

Andrea hatte seine Schmeisser schon hoch in die Luft geschwungen, als er lautlos hinter dem Stamm der Kiefer hervorkam. Der schwarzbärtige Četnik wollte seinem Freund gerade zu Hilfe kommen, als er Andrea entdeckte und beide Arme in die Luft warf, um sich zu schützen. Ein paar Strohhalme hätten ihm ebenso viel genutzt. Andrea schnitt eine Grimasse über den physischen Schock, den der Angriff verursacht hatte, ließ die Schmeisser fallen, zog sein Messer heraus und warf sich auf den anderen Četnik, der immer noch verzweifelt in Millers Würgegriff zappelte. Miller stand auf, und er und Andrea starrten auf die beiden toten Männer hinunter. Miller schaute verwirrt den rotbärtigen Mann an, beugte sich plötzlich nieder, griff nach dem Bart und zog daran. Er blieb ihm in der Hand und enthüllte ein glatt rasiertes Gesicht und eine Narbe, die von einem Mundwinkel bis zum Kinn hinunter lief.

Andrea und Miller wechselten einen nachdenklichen Blick, aber keiner von beiden gab einen Kommentar. Sie zerrten die toten Männer vom Weg herunter in den Schutz des Unterholzes. Andrea hob einen dürren Ast auf, fegte die Schleifspuren im Schnee weg und am Fuß der Kiefer alle Spuren des Zusammentreffens. Innerhalb einer Stunde, das wusste er, würden die Spuren, die er mit dem Zweig hinterlassen hatte, unter einer neuen Schneeschicht verschwunden sein. Er hob seine Zigarre auf und warf den Ast weit in den Wald hinein. Ohne sich noch einmal umzusehen, gingen die beiden Männer mit schnellen Schritten den Hügel hinauf.

Und auch wenn sie zurückgeschaut hätten, wäre es ihnen unmöglich gewesen, das Gesicht zu sehen, das hinter dem Stamm eines Baumes weiter unten hervorspähte. Droshny war gerade im richtigen Moment an der Wegbiegung angekommen, um zu sehen, wie Andrea die Spuren verwischte und den

Ast in den Wald warf. Was das bedeuten sollte, konnte er sich allerdings nicht vorstellen.

Er wartete, bis Andrea und Miller außer Sicht waren, wartete noch einmal zwei Minuten, um ganz sicherzugehen, und lief dann schnell den Pfad hinauf, während sein dunkles Brigantengesicht eine Mischung aus Verwirrung und Misstrauen zeigte. Er erreichte die Kiefer, an der die beiden Četniks in die Falle gegangen waren, sah sich kurz in allen vier Himmelsrichtungen um und folgte dann den Spuren, die Andrea mit seinem Ast hinterlassen hatte, in den Wald. Seine Verwirrung wich, dann wurde das Misstrauen durch völlige Gewissheit ersetzt.

Er teilte die Büsche und sah auf die beiden Četniks hinunter, die halb begraben in einem Schneeloch lagen, in einer seltsamen zusammengesunkenen formlosen Haltung, die man nur im Tode hat. Nach einigen Augenblicken richtete er sich auf, drehte sich um und schaute den Hügel hinauf in die Richtung, in der Andrea und Miller verschwunden waren: Sein Gesichtsausdruck war alles andere als angenehm.

Andrea und Miller kamen gut voran. Als sie eine der ungezählten Biegungen des Weges erreichten, hörten sie vor sich leise Gitarrenmusik, seltsam gedämpft und sanft durch den fallenden Schnee. Andrea verlangsamte seinen Gang, warf seine Zigarre weg, beugte sich vor und krallte seine Hand in seine Rippen. Besorgt nahm Miller seinen Arm.

Der Haupttrupp befand sich, wie sie sahen, weniger als dreißig Meter vor ihnen. Auch sie kamen nur langsam voran. Die Tiefe des Schnees und das steilere Ansteigen des Hügels machten jede schnellere Bewegung unmöglich. Reynolds schaute zurück – Reynolds verbrachte eine ganze Menge Zeit damit, über seine Schulter rückwärts zu schauen, er schien reichlich nervös zu sein –, entdeckte Andrea und Miller und rief Mallory etwas zu, der den Trupp anhalten ließ und wartete, bis Andrea und Miller bei ihnen angelangt waren. Mallory schaute Andrea besorgt an.

»Wird es schlimmer?«

»Wie weit noch?«, fragte Andrea heiser.

»Kann nicht mehr als eine Meile sein.«

Andrea sagte nichts, er stand nur da, atmete schwer und trug den verzweifelten Gesichtsausdruck eines kranken Mannes zur Schau, der über die Aussicht nachdenkt, noch eine Meile durch hohen Schnee bergauf zu klettern. Saunders, der schon zwei Rucksäcke trug, näherte sich schüchtern Andrea. Er sagte: »Ich würde gern helfen, wissen Sie, wenn ...«

»Ich weiß.« Andrea lächelte schmerzlich, nahm die Schmeisser von der Schulter und reichte sie Saunders. »Danke, mein Sohn.«

Petar zupfte immer noch sanft an den Saiten seiner Gitarre, ein unbeschreiblich gespenstischer Klang in dem dunklen und geisterhaften Kiefernwald. Miller sah ihn an und fragte Mallory: »Was soll das Geklimper, während wir marschieren?«

»Ich könnte mir vorstellen, dass das die Parole ist.«

»Wie Neufeld sagte? Niemand rührt unseren singenden Četnik an?«

»So was Ähnliches.«

Sie gingen weiter. Mallory ließ die anderen vorbei, bis er und Andrea am Schluss gingen. Mallory warf Andrea einen nicht sonderlich interessierten Blick zu, seine Miene drückte nur Anteilnahme an dem Zustand seines Freundes aus. Andrea fing seinen Blick auf und nickte kurz. Mallory schaute weg.

Fünfzehn Minuten später wurden sie von drei Männern, die alle mit Maschinenpistolen bewaffnet waren, angehalten.

Die Männer schienen aus dem Nichts aufgetaucht zu sein. Die Überraschung war so vollkommen, dass nicht einmal Andrea etwas hätte tun können – nicht einmal, wenn er sein Gewehr gehabt hätte. Reynolds sah Mallory drängend an, aber er bekam ein Lächeln und Kopfschütteln zur Antwort.

»Alles in Ordnung. Partisanen – sehen Sie sich den roten Stern auf ihren Feldmützen an. Nur ein paar Posten, die einen der Hauptwege bewachen.«

Und so war es auch. Maria sprach kurz mit einem der Soldaten, der zuhörte, nickte und den Weg hinauflief, wobei er dem Trupp mit einer Handbewegung bedeutete, ihm zu folgen. Die beiden anderen Partisanen blieben hinten und bekreuzigten sich, als Petar sanft über die Gitarrensaiten strich. Neufeld hatte nicht übertrieben, dachte Mallory, als er ihnen erzählt hatte, welch ehrfürchtiger Respekt und welche Furcht dem blinden Sänger und seiner Schwester entgegengebracht wurden.

Innerhalb von zehn Minuten erreichten sie das Hauptquartier der Partisanen, ein Hauptquartier, das in der Anlage und der Wahl des Ortes dem Lager von Neufeld seltsam ähnelte: Der gleiche Kreis von rohen Hütten, tief in die gleiche Jamba – Mulde – gebaut, mit ähnlichen riesigen Kiefern, die sich darüber auftürmten. Der Anführer sagte etwas zu Maria, und sie wandte sich an Mallory. Der Abscheu auf ihrem Gesicht machte deutlich, wie sehr es ihr gegen den Strich ging, überhaupt mit ihm zu sprechen.

»Wir sollen zur Gästehütte gehen. Sie müssen dem Kommandanten Bericht erstatten. Dieser Soldat wird Sie hinführen.«

Der Anführer nickte bestätigend. Mallory folgte ihm quer über das Gelände zu einer ziemlich großen, einigermaßen hell beleuchteten Hütte. Der Anführer klopfte, öffnete die Tür, winkte Mallory hinein und trat hinter ihm in den Raum.

Der Kommandant war ein hochgewachsener hagerer Mann mit dem aristokratischen Adlergesicht, das man so oft in den bosnischen Bergen findet. Er ging mit ausgestreckter Hand auf Mallory zu und lächelte.

»Major Broznik, zu Ihren Diensten. Es ist sehr spät, aber wie Sie sehen, sind wir noch immer auf. Obwohl ich sagen muss, dass ich Sie früher erwartet hatte.«

»Ich weiß nicht, wovon Sie sprechen.«

»Sie wissen nicht ... Sie *sind* doch Captain Mallory, oder nicht?«

»Ich habe den Namen noch nie gehört.« Mallory schaute Broznik unverwandt an, warf einen blitzschnellen Seitenblick auf den Anführer und schaute dann wieder Broznik an. Broznik runzelte einen Moment lang die Stirn, dann klärte sich sein Gesicht auf. Er sagte etwas zu dem Anführer, der darauf den Raum verließ. Mallory streckte die Hand aus.

»Captain Mallory, zu Ihren Diensten. Es tut mir leid, Major Broznik, aber ich bestehe darauf, dass wir allein reden.«

»Sie vertrauen niemandem? Nicht einmal in meinem Lager?«

»Niemandem.«

»Nicht einmal Ihren eigenen Männern?«

»Ich traue ihnen zu, Fehler zu machen. Ich traue sogar mir zu, Fehler zu machen. Ich traue selbst Ihnen zu, Fehler zu machen.«

»Wie bitte?« Brozniks Stimme war so kalt wie seine Augen.

»Sind bei Ihnen jemals zwei Männer verschwunden, einer mit roten Haaren, der andere mit schwarzen, und der Rothaarige hatte eine Klappe über dem Auge und eine Narbe vom Mund bis zum Kinn?«

Broznik kam näher. »Was wissen Sie über diese beiden Männer?«

»Kannten Sie sie?«

Broznik nickte und sagte langsam: »Wir verloren sie in einem Gefecht. Letzten Monat.«

»Fanden Sie ihre Leichen?«

»Nein.«

»Es gab auch keine zu finden. Sie waren desertiert – übergelaufen zu den Četniks.«

»Aber sie *waren* Četniks – sie hatten sich auf unsere Seite geschlagen.«

»Sie wurden wieder umgedreht. Sie haben uns heute Nacht verfolgt. Auf Befehl von Captain Droshny. Ich habe sie töten lassen.«

»Sie haben sie töten lassen?«

»Verstehen Sie doch, Mann«, sagte Mallory müde. »Wenn sie hierhergekommen wären – was sie ganz sicher nach einer angemessenen Zeit nach unserer Ankunft beabsichtigten –, hätten wir sie nicht erkannt, und Sie hätten sie als entflohene Gefangene willkommen geheißen. Sie hätten über jede unserer Bewegungen Bericht erstattet. Und sogar, wenn wir sie nach ihrer Ankunft hier erkannt und etwas unternommen hätten, wäre es immerhin möglich, dass Sie hier noch andere Četniks haben, die ihren Anführern berichtet hätten, dass wir ihre Wachhunde beiseitegeschafft haben. Also entledigten wir uns ihrer ohne Aufsehen an einem sehr abgelegenen Ort und versteckten sie.«

»Es stehen keine Četniks unter meinem Befehl, Captain Mallory.«

Mallory sagte trocken: »Man muss ein sehr schlauer Bauer sein, Major, um aus zwei schlechten Äpfeln, die ganz oben auf dem Fass liegen, sicher zu schließen, dass es weiter unten keine gibt.«

Mallory lächelte, um seinen Worten die Schärfe zu nehmen, und fuhr munter fort: »Und nun, Major, brauche ich einige Informationen über Hauptmann Neufeld.«

Es wäre eine beträchtliche Untertreibung gewesen zu sagen, dass die Gästehütte wohl kaum eine so freundliche Bezeichnung verdiente. Als Schutz für ein wenig beachtetes Haustier wäre sie kaum zumutbar gewesen. Als Unterkunft für Menschen fehlte es ihr an allem, was unsere moderne europäische Gesellschaft als das Minimum für ein zivilisiertes Leben betrachtet. Sogar die Spartaner des alten Griechenland hätten sie für unzumutbar gehalten. Ein wackliger Tisch, eine Bank, ein sterbendes Feuer und jede Menge festgetretenen Erdbodens. Es reichte nicht ganz, um sich so weit von der Heimat entfernt zu Hause zu fühlen.

Es waren sechs Leute in der Hütte, drei standen, einer saß, zwei hatten sich auf dem holprigen Boden ausgestreckt. Petar, zum ersten Mal allein ohne seine Schwester, saß auf dem Boden, die Gitarre mit beiden Händen umklammert, und starrte blicklos in die langsam verglühenden Holzscheite. Andrea, in offensichtlich genüsslicher Behaglichkeit in einem Schlafsack ausgestreckt, paffte friedlich etwas, das, nach den häufigen leidenden Blicken, die in seine Richtung geworfen wurden, zu urteilen, eine noch widerlichere Zigarre als gewöhnlich zu sein schien. Miller, der sich ebenfalls genießerisch zurückgelehnt hatte, las etwas, das aussah wie ein dünner Gedichtband. Reynolds und Groves, die keinen Schlaf finden konnten, standen untätig an dem einzigen Fenster der Hütte und starrten geistesabwesend auf das trübe beleuchtete Lager hinaus. Sie wandten sich um, als Saunders sein Funkgerät aus der Tasche nahm und damit zur Tür ging.

Mit leichter Bitterkeit in der Stimme sagte Saunders: »Schlafen Sie gut.«

»Schlafen Sie gut?« Reynolds hob fragend eine Augenbraue. »Und wo gehen Sie hin?«

»Zum Funkgerät. Nachricht nach Termoli. Sie müssen sich nicht Ihren Schönheitsschlaf verderben lassen, während ich funke.«

Saunders verließ die Hütte. Groves setzte sich an den Tisch und bettete seinen müden Kopf in die Hände. Reynolds blieb am Fenster, beobachtete, wie Saunders das Lagergelände überquerte und eine verdunkelte Hütte am anderen Ende des Platzes betrat. Bald schimmerte Licht nach draußen.

Reynolds' Augen blickten in die Richtung, aus der plötzlich ein rechteckiger Lichtschein auf den Lagerplatz fiel. Die Tür von Major Brozniks Hütte hatte sich geöffnet, und einen Moment lang stand Mallory dort wie ein Schattenriss, in der Hand etwas, das wie ein Blatt Papier aussah. Dann schloss sich die Tür, und Mallory ging in Richtung auf die Funkerhütte davon.

Reynolds wurde plötzlich sehr wachsam, sehr still. Mallory hatte weniger als ein Dutzend Schritte gemacht, als eine dunkle Gestalt sich aus dem noch tieferen Schatten einer Hütte löste und sich ihm in den Weg stellte. Ganz automatisch glitt Reynolds' Hand zu der Luger an seinem Gürtel, zog sich dann aber wieder langsam zurück. Was immer diese Gegenüberstellung für Mallory bedeutete, jedenfalls keine Gefahr, denn Maria, das wusste Reynolds, trug keine Waffe. Und fraglos war es Maria, die sich nun in so offensichtlich intensiver Unterhaltung mit Mallory befand.

Reynolds presste verwirrt sein Gesicht gegen die Fensterscheibe. Fast zwei Minuten lang starrte er auf diesen erstaunlichen Anblick des Mädchens, das Mallory mit so viel Bösartigkeit geohrfeigt hatte, das keine Gelegenheit hatte verstreichen lassen, um seine Abneigung, die schon an Hass grenzte, deutlich zu machen, und das sich jetzt nicht nur lebhaft, sondern auch offensichtlich sehr freundschaftlich mit ihm unterhielt. Reynolds' Verständnislosigkeit über diese unerklärliche Wendung war so vollkommen, dass er in einen tranceähnlichen Zustand verfiel, eine Verzauberung, die sich abrupt löste, als er sah, dass Mallory einen schützenden Arm um ihre Schultern legte und sie in einer Weise tätschelte, die sowohl tröstend als auch leidenschaftlich oder auch beides zugleich sein konnte. Auf jeden Fall rief diese Geste keine Abwehrreaktion bei dem Mädchen hervor. Es war immer noch unerklärlich, aber die einzige Möglichkeit, diesen Vorfall zu deuten, war eine reichlich unheilverkündende. Reynolds wirbelte herum und nickte Groves schweigend und drängend zu, ans Fenster zu kommen. Groves stand schnell auf, ging ans Fenster und schaute hinaus, aber von Maria war nichts mehr zu sehen. Mallory war allein und ging über den Lagerplatz auf die Funkbude zu, das Blatt Papier immer noch in der Hand. Groves sah Reynolds fragend an.

»Sie waren zusammen«, flüsterte Reynolds. »Mallory und Maria. Ich habe sie gesehen. Sie haben sich unterhalten.«

»Was? Bist du sicher?«

»Ich schwöre es dir. Ich *habe* sie gesehen. Er hatte sogar seinen Arm um ihre … weg vom Fenster, Maria kommt!«

Ohne Eile drehten sie sich um und setzten sich gleichgültig an den Tisch. Sekunden später trat Maria ein und ging, ohne irgendjemanden anzuschauen oder anzusprechen, zum Feuer hinüber, setzte sich neben Petar und nahm seine Hand. Etwa eine Minute später kam Mallory herein und setzte sich auf einen Strohsack neben Andrea, der seine Zigarre aus dem Mund nahm und ihn leicht fragend ansah. Mallory vergewisserte sich verstohlen, dass er nicht unter Beobachtung stand, und nickte dann. Andrea wandte sich wieder seiner Zigarre und damit seiner Behaglichkeit zu.

Reynolds warf Groves einen unsicheren Blick zu und sagte dann zu Mallory: »Sollten wir nicht eine Wache aufstellen, Sir?«

»Eine Wache?« Mallory lächelte amüsiert. »Wozu denn, um Himmels willen? Dies ist ein Partisanenlager, Sergeant. Wir sind hier bei Freunden, wissen Sie. Und, wie Sie wohl gesehen haben, haben sie ihr eigenes ausgezeichnetes Bewachungssystem.«

»Man weiß nie ...«

»*Ich* weiß. Schlafen Sie doch ein bisschen.«

Reynolds fuhr hartnäckig fort: »Saunders ist ganz allein da drüben. Mir gefällt der ...«

»Er verschlüsselt und funkt eine kurze Nachricht für mich. Es dauert nur ein paar Minuten.«

»Aber ...«

»Maul halten«, sagte Andrea grob. »Haben Sie nicht gehört, was der Captain gesagt hat?«

Reynolds fühlte sich mittlerweile reichlich unbehaglich, so unbehaglich, dass man es aus seiner feindseligen Entrüstung sofort entnehmen konnte.

»Maul halten? Warum sollte ich mein Maul halten? Ich nehme keine Befehle von Ihnen entgegen. Und wenn wir schon gerade dabei sind, einander zu sagen, was wir tun sollen, dann würde ich vorschlagen, dass Sie endlich diese verdammte stinkende Zigarre ausmachen.«

Miller senkte müde seinen Gedichtband.

»Ich bin ganz Ihrer Meinung, was die Zigarre betrifft, junger Mann. Aber vergessen Sie nicht, dass Sie mit einem Colonel im Dienst der Armee sprechen.«

Miller kehrte zu seiner Lektüre zurück. Ein paar Sekunden starrten Reynolds und Groves einander mit offenem Mund an, dann stand Reynolds auf und sah Andrea an. »Es tut mir außerordentlich leid, Sir. Ich ... mir war nicht klar ...«

Andrea brachte ihn mit einer Handbewegung zum Schweigen und vertiefte sich wieder in den Genuss seiner Zigarre. Die Minuten verstrichen in Schweigen. Maria saß vor dem Feuer, hatte ihren Kopf an Petars Schulter gelehnt und rührte sich nicht. Sie schien zu schlafen. Miller schüttelte seinen Kopf in hingerissener Bewunderung über etwas, das eine der esoterischen Enthüllungen der dichterischen Muse zu sein schien, schloss widerwillig das Buch und rutschte in seinem Schlafsack hinunter. Andrea drückte seine Zigarre aus und tat das Gleiche. Mallory schien bereits zu schlafen. Groves legte sich hin, und Reynolds, der sich über den Tisch lehnte, legte seinen Kopf auf die Arme. Fünf Minuten lang, vielleicht auch mehr, verharrte Reynolds in dieser Stellung, unbehaglich vor sich hin dösend, dann hob er den Kopf, setzte sich mit einem Ruck auf, schaute auf seine Uhr, ging zu Mallory hinüber und rüttelte ihn an der Schulter. Mallory fuhr hoch.

»Zwanzig Minuten«, sagte Reynolds drängend. »Zwanzig Minuten, und Saunders ist immer noch nicht zurück.«

»Gut, gut, dann sind es eben zwanzig Minuten«, sagte Mallory geduldig. »Er kann leicht so lange gebraucht haben, bis er Kontakt gekriegt hat, und funken soll er ja auch noch.«

»Jawohl, Sir. Darf ich es nachprüfen?«

Mallory nickte müde und schloss die Augen. Reynolds griff

nach seiner Schmeisser, verließ die Hütte und zog die Tür leise hinter sich zu. Er entsicherte die Waffe und rannte quer über den Lagerplatz.

Das Licht in der Funkerhütte brannte noch. Reynolds versuchte, durch das Fenster zu spähen, aber der Frost der klirrend kalten Nacht hatte es völlig undurchsichtig gemacht. Reynolds glitt zur Tür. Er legte den Finger auf den Abzug und öffnete die Tür auf die Art, wie es allen Commandos beigebracht wurde – mit einem heftigen Tritt mit dem rechten Fuß.

Es war niemand in der Funkbude, wenigstens niemand, der ihm irgendwie schaden konnte. Langsam senkte Reynolds sein Gewehr und betrat die Hütte zögernd wie ein Schlafwandler, sein Gesicht war zu einer Maske des Schreckens erstarrt.

Saunders lehnte müde über dem Funkertisch, sein Kopf ruhte in einem unnatürlichen Winkel abgebogen darauf, beide Arme hingen seitlich schlaff bis auf den Boden herunter. Der Griff eines Messers ragte zwischen seinen Schulterblättern hervor. Fast unbewusst registrierte Reynolds, dass keine Blutspuren zu sehen waren – der Tod war unmittelbar eingetreten. Das Funkgerät lag auf dem Boden, eine verdrehte zerfetzte Masse von Metall, die offensichtlich irreparabel zerstört worden war. Versuchsweise, er wusste selbst nicht, warum, streckte er eine Hand aus und berührte den toten Mann an der Schulter. Saunders schien in Bewegung zu kommen, seine Wange glitt über die Tischplatte, er kippte nach einer Seite und stürzte schwer auf die zerschmetterten Überreste des Funkgeräts. Reynolds beugte sich über ihn. Graue Pergamenthaut hatte die Sonnenbräune abgelöst, blinde, gebrochene Augen bewachten ein Gehirn, das aufgehört hatte zu arbeiten. Reynolds fluchte kurz und verbittert, richtete sich auf und rannte aus der Hütte.

Alle in der Gästehütte schliefen oder schienen zu schlafen. Reynolds trat zu Mallory, ließ sich auf ein Knie nieder und rüttelte ihn grob an der Schulter. Mallory kam in Bewegung, öffnete ein Paar übermüdete Augen und stützte sich auf einen Ellenbogen auf. Er warf Reynolds einen fragenden Blick zu, in dem keine Begeisterung lag.

»Bei Freunden, haben Sie gesagt.« Reynolds sprach leise, bösartig, fast zischend. »Sicher, haben Sie gesagt. Saunders geht es gut, haben Sie gesagt. Sie wüssten es, haben Sie gesagt. Sie haben es verdammt gewusst.«

Mallory sagte nichts. Er setzte sich abrupt auf seinem Strohsack auf, und im gleichen Moment waren seine Augen hellwach. Er sagte: »Saunders?«

Reynolds erwiderte: »Ich glaube, Sie kommen besser mit mir.«

Schweigend verließen die beiden Männer die Hütte, schweigend überquerten sie den verlassenen Lagerplatz, und schweigend betraten sie die Funkerhütte. Mallory blieb in der Tür stehen. Vielleicht zehn Sekunden lang, die Reynolds jedoch unnötig lang erschienen, starrte Mallory auf den toten Mann und das zerstörte Funkgerät, ohne dass sich auf seinem Gesicht auch nur die geringste Gefühlsregung widerspiegelte. Reynolds missverstand den Ausdruck beziehungsweise den Mangel an Ausdruck und konnte seinen angestauten Zorn nicht länger zurückhalten.

»Jeder Hund hat das Anrecht darauf, einmal zu beißen«, sagte Mallory milde. »Aber ich möchte diesen Ton nicht mehr hören. Was soll ich, zum Beispiel, unternehmen?«

»Was tun?« Reynolds kämpfte sichtbar um seine Beherrschung. »Finden Sie den netten Herrn, der das hier auf dem Gewissen hat.«

»Ihn zu finden dürfte sehr schwierig sein«, gab Mallory zu bedenken. »Unmöglich, würde ich sogar sagen. Wenn der Mörder einer aus dem Lager ist, dann wird er sich hier im Lager verkrochen haben. Wenn er von draußen kam, ist er bis jetzt schon eine Meile von hier weg und entfernt sich in jeder Sekunde weiter von uns. Gehen Sie Andrea und Miller und Groves wecken, und sagen Sie ihnen, sie sollen herkommen. Und dann gehen Sie zu Major Broznik und erzählen ihm, was passiert ist.«

»Ich werde ihnen schon sagen, was passiert ist«, sagte Reynolds bitter. »Und ich werde ihnen auch sagen, dass es niemals passiert *wäre*, wenn Sie auf mich gehört hätten. Aber Sie wollten ja nicht hören, o nein, Sie wollten nicht hören.«

»Also hatten Sie recht und ich unrecht. Und jetzt tun Sie, was ich Ihnen gesagt habe.«

Reynolds zögerte, er war offensichtlich an der Schwelle zur offenen Revolte. Misstrauen und Herausforderung flackerten über sein zorniges Gesicht. Doch dann brachte etwas in Mallorys Gesichtsausdruck ihn dazu, wieder vernünftig zu denken und nachzugeben, und er nickte in mürrischer Feindseligkeit, drehte sich um und ging davon. Mallory wartete, bis er um die Ecke der Hütte verschwunden war, brachte seine Taschenlampe zum Vorschein und begann, ohne sich davon viel zu versprechen, den festgetretenen Schnee vor der Funkerhütte zu untersuchen. Aber fast sofort blieb er stehen, beugte sich nieder und brachte den Strahl seiner Taschenlampe ganz nahe an den Boden.

Es war wirklich nur eine Andeutung eines Fußabdrucks, nur die vordere Hälfte einer rechten Schuhsohle. Das Muster zeigte zwei V-förmige Zeichen, das vordere V mit einer sauber ausgeschnittenen Unterbrechung. Mallory, der sich nun schneller bewegte, folgte der Richtung, die die Schuhspitze anzeigte, und entdeckte noch zwei ähnliche Einkerbungen, schwach, aber eindeutig, bevor der gefrorene Schnee in die gefrorene Erde des Lagergeländes überging, eine Erde, die zu hart war, um irgendwelche Fußspuren zu zeigen. Mallory verfolgte seine Schritte zurück und löschte sorgfältig alle drei Abdrücke mit seiner Schuhspitze aus. Er erreichte die Funkerhütte nur zwei Sekunden bevor Reynolds, Andrea, Miller und Groves ankamen. Major Broznik und einige seiner Männer kamen wenig später nach.

Sie suchten im Inneren der Hütte nach Hinweisen auf die Person des Mörders, aber es gab keine Hinweise. Zentimeter für Zentimeter suchten sie den festgetretenen Schnee rings um die Hütte ab, ebenfalls ohne den geringsten Erfolg. Unterstützt von mittlerweile vielleicht sechzig oder siebzig verschlafenen Soldaten, durchsuchten sie gleichzeitig alle Gebäude und den Wald rund um das Lagergebiet: Aber weder das Lager noch der Wald lieferten irgendwelche Hinweise.

»Wir können die Sache genauso gut abblasen«, sagte Mallory schließlich. »Er ist spurlos verschwunden.«

»Es sieht so aus«, stimmte Major Broznik zu. Er war sehr bestürzt und bitterböse, dass so etwas in seinem Lager hatte geschehen können. »Wir verdoppeln lieber die Posten für den Rest der Nacht.«

»Das ist nicht nötig«, sagte Mallory. »Unser Freund kommt nicht zurück.«

»Das ist nicht nötig«, äffte Reynolds ihn wild nach. »Es war auch für den armen Saunders nicht nötig, haben Sie gesagt. Und wo ist Saunders jetzt? Schläft er gemütlich in seinem Bett? Zur Hölle! Es ist nicht ...«

Andrea stieß einen warnenden Laut hervor und trat einen

Schritt näher an Reynolds heran, aber Mallory machte eine kurze beschwichtigende Geste mit seiner rechten Hand. Er sagte: »Es liegt natürlich ganz in Ihrer Hand, Major. Es tut mir leid, dass wir daran schuld sind, dass Sie und Ihre Männer eine schlaflose Nacht hatten. Bis morgen früh.« Er lächelte schief. »Das ist ja nicht mehr lang hin.« Er wandte sich zum Gehen und sah sich Groves gegenüber, der ihm den Weg verstellte, einem Groves, dessen gewöhnlich fröhliches Gesicht jetzt die erbitterte Feindseligkeit von Reynolds widerspiegelte.

»Er ist also spurlos verschwunden, was? Auf und davon. Und damit ist die Sache erledigt, wie?«

Mallory schaute ihn nachdenklich an. »Nicht ganz, nein. Das würde ich nicht sagen. Ein bisschen Zeit. Wir finden ihn.«

»Ein bisschen Zeit? Vielleicht sogar noch, bevor er an Altersschwäche stirbt?«

Andrea sah Mallory an. »Vierundzwanzig Stunden?«

»Weniger.«

Andrea nickte, und er und Mallory wandten sich um und gingen auf die Gästehütte zu. Reynolds und Groves sahen den beiden Männern nach, während Miller nahe hinter ihnen stand, und schauten dann einander an. Ihre Gesichter waren immer noch niedergedrückt und verbittert.

»Sind das nicht zwei nette warmherzige Burschen? Völlig gebrochen über den Tod des armen Saunders.« Groves schüttelte den Kopf. »Es macht ihnen nichts. Es macht ihnen einfach nichts.«

»Oh, das würde ich nicht sagen«, sagte Miller schüchtern. »Das sieht nur so aus. Und das ist nicht das Gleiche.«

»Gesichter wie geschnitzte Indianer«, stieß Reynolds hervor. »Sie haben nicht einmal gesagt, dass es ihnen leidtut, dass Saunders umgebracht wurde.«

»Nun«, sagte Miller geduldig, »das ist zwar ein Klischee, aber verschiedene Leute reagieren verschieden. Zugegeben, Gram und Zorn sind die natürlichen Reaktionen in so einem Fall, aber wenn Mallory und Andrea ihre Zeit damit verbrächten, auf diese Weise auf alle Dinge zu reagieren, die ihnen in ihrem Leben schon passiert sind, hätten sie die letzten Jahre kaum überstanden. Deshalb reagieren sie nicht mehr so. Sie unternehmen etwas. So, wie sie gegen den Mörder Ihres Freundes etwas unternehmen werden. Vielleicht haben Sie es nicht mitbekommen, aber Sie haben soeben der Verkündigung eines Todesurteils beigewohnt.«

»Woher wissen *Sie* denn das?«, fragte Reynolds unsicher. Er nickte in Richtung auf Mallory und Andrea, die gerade die Gästehütte betraten. »Und woher wissen *sie* das? Ohne zu sprechen, meine ich.«

»Telepathie.«

»Was meinen Sie mit Telepathie?«

»Es würde zu lang dauern«, sagte Miller müde. »Fragen Sie mich morgen früh noch einmal.«

6. KAPITEL

Freitag, 08.00 bis 10.00

Die verzweigten, schneebeladenen Kronen der Kiefern bildeten eine fast undurchdringliche Kuppel, die wirkungsvoll Major Brozniks Lager, dessen Hütten eng beieinander auf dem Grund der Jamba standen, gegen fast jeglichen Lichtschimmer vom Himmel abschirmte. Sogar an einem Mittag im Hochsommer herrschte hier unten nicht mehr als zwielichtige Dämmerung. An einem Morgen wie diesem, eine Stunde nach Tagesanbruch, während vom wolkenbedeckten Himmel dichter Schnee fiel, konnte man die Lichtverhältnisse genauso gut für eine sternenhelle Nacht halten. Im Inneren der Speisehütte, in der Mallory und seine Begleiter mit Major Broznik frühstückten, war es außerordentlich düster, und die Dunkelheit wurde von den zwei rauchenden Öllampen, die die einzigen primitiven Beleuchtungsmöglichkeiten darstellten, eher verstärkt als gemildert.

Die düstere Atmosphäre wurde noch vertieft durch das Benehmen und die Mienen der Männer, die am Frühstückstisch saßen. Sie aßen in niedergedrücktem Schweigen, die Köpfe gesenkt, und sahen einander kaum an. Die Vorfälle der vergangenen Nacht hatten sie alle tief bestürzt, aber am schwersten hatten sie zweifellos Reynolds und Groves getroffen, deren Gesichter immer noch den Schock über Saunders' Ermordung widerspiegelten. Sie rührten ihr Essen nicht an und saßen bedrückt vor ihren Tellern.

Um die Atmosphäre stiller Verzweiflung vollkommen zu machen, war das Frühstück, das der Küchenchef der Partisanen am frühen Morgen servierte, kaum genießbar. Es wurde von zwei Partisankas – weiblichen Mitgliedern der Armee Marschall Titos – serviert und bestand aus Polenta, einem reichlich unappetitlichen Gericht, das aus Mais hergestellt wird, und Raki, einem jugoslawischen Geist, der an Schärfe seinesgleichen sucht. Miller löffelte sein Frühstück mit betontem Widerwillen.

»Nun«, sagte er an niemanden gewandt, »es ist wenigstens mal was anderes.«

»Das ist alles, was wir haben«, sagte Broznik entschuldigend. Er legte seinen Löffel weg und stieß den Teller zurück. »Und nicht einmal das kann ich essen. Nicht heute Morgen. Jeder Eingang zur Jamba ist bewacht, und trotzdem war ein Mörder heute Nacht in meinem Lager. Aber vielleicht kam er gar nicht an den Wachen vorbei. Vielleicht war er schon drin. Stellen Sie sich das vor – ein Verräter in meinem eigenen Lager. Und wenn das der Fall ist, kann ich ihn nicht einmal finden. Ich kann es nicht einmal glauben.«

Ein Kommentar war überflüssig, es gab nichts mehr zu sagen, was nicht schon gesagt worden war, und niemand schaute in Brozniks Richtung. Sein Unbehagen, seine Verwirrung und sein Zorn wurden aus seiner Stimme deutlich genug. Andrea, der seinen Teller bereits mit offensichtlichem Genuss leer gegessen hatte, sah die zwei unberührten Teller an, die vor Reynolds und Groves standen, und sah dann fragend die beiden Männer an, die den Kopf schüttelten. Andrea streckte die Hand aus, stellte die beiden Teller vor sich und fuhr fort, mit großem Appetit zu essen. Reynolds und Groves blickten ihn in schockierender Fassungslosigkeit an, möglicherweise ehrfürchtig vor Andreas unverwöhnten Geschmacksnerven, aber wahrscheinlich eher überrascht über die Gefühllosigkeit eines Mannes, der so herzhaft essen konnte, nachdem erst ein paar

Stunden vorher einer seiner Kameraden getötet worden war. Miller seinerseits sah Andrea entsetzt an, probierte noch eine winzige Löffelspitze von der Polenta und rümpfte die Nase in vornehmem Abscheu. Er legte seinen Löffel weg und schaute mürrisch zu Petar hinüber, der sich, mit der Gitarre über der Schulter, selbst auf eine seltsame Weise fütterte.

Miller fragte irritiert: »Schleppt er immer die verdammte Gitarre mit sich herum?«

»Unser Verlorener«, sagte Broznik leise. »So nennen wir ihn. Unser armer blinder Verlorener. Er trägt sie immer mit sich herum oder hat sie neben sich liegen. Sogar wenn er schläft – haben Sie das gestern Abend nicht bemerkt? Die Gitarre bedeutet für ihn so viel wie sein Leben. Vor ein paar Wochen hat einer meiner Männer sie aus Spaß wegnehmen wollen. Petar hat ihn fast umgebracht, obwohl er blind ist.«

»Er muss stocktaub sein«, sagte Miller nachdenklich. »Es ist das entsetzlichste Gitarrenspiel, das ich je gehört habe.«

Broznik lächelte schwach. »Zugegeben. Aber verstehen Sie denn nicht? Er kann sie fühlen. Er kann sie berühren. Sie gehört ihm. Es ist das Einzige, was ihm auf der Welt noch geblieben ist, in einer dunklen und einsamen und leeren Welt. Unser armer Verlorener.«

»Er könnte sie wenigstens stimmen«, stieß Miller hervor.

»Sie sind ein guter Kerl, mein Freund. Sie versuchen uns von dem abzulenken, was heute vor uns liegt. Aber das kann niemand schaffen.« Er wandte sich an Mallory. »Ebenso wenig, wie Sie hoffen können, Ihren verrückten Plan auszuführen, Ihre gefangenen Agenten zu retten und das deutsche Spionagenetz hier zu zerstören. Das ist Irrsinn. Irrsinn!«

Mallory machte eine vage Handbewegung. »Das müssen ausgerechnet Sie mir sagen. Wie sitzen Sie denn hier? Ohne

Nahrung. Ohne Geschütze. Ohne Transportmöglichkeiten. Fast ohne Gewehre – und praktisch ohne Munition für diese wenigen Gewehre. Ohne Medikamente. Ohne Panzer. Ohne Flugzeuge. Ohne Hoffnung – und doch kämpfen Sie weiter. Finden Sie das normal?«

»Touché.« Broznik lächelte, schob die Flasche Raki über den Tisch, wartete, bis Mallory sein Glas gefüllt hatte, und sagte dann: »Auf die Irren dieser Welt.«

»Ich habe vorhin oben an der Westschlucht mit Major Stephan gesprochen«, sagte General Vukalovic. »Er hält uns alle für verrückt. Sind Sie auch dieser Meinung, Colonel Lazio?«

Der Mann, der ausgestreckt neben Vukalovic lag, senkte sein Fernglas. Er war ein stämmiger, sonnenverbrannter untersetzter Mann in mittleren Jahren, dessen schwarzer Schnauzbart aussah, als wäre er gewachst. Nach einem Moment des Nachdenkens sagte er: »Ganz ohne Zweifel, Sir.«

»Sogar Sie?«, protestierte Vukalovic. »Mit einem tschechischen Vater?«

»Er kam aus der Hohen Tatra«, erklärte Lazio, »da sind nur Verrückte.«

Vukalovic lächelte, stützte sich etwas bequemer auf seinem Ellenbogen auf, spähte zwischen zwei Felsen hindurch die Schlucht hinunter, hob sein Fernglas an die Augen und suchte die Gegend im Süden ab, wobei er das Glas langsam immer höher hob. Unmittelbar vor ihm fiel ein kahler felsiger Abhang ungefähr sechzig Meter weit sanft ab. Am Ende ging er allmählich in ein grasbewachsenes Plateau über, das an der breitesten Stelle nicht mehr als zweihundert Meter maß, das sich aber auf beiden Seiten in die Länge dehnte, so weit man sehen konnte. Auf der rechten Seite verlief das Plateau nach Westen, auf der linken Seite in einem Bogen nach Osten, dann nach Nordosten und schließlich nach Norden. Am Rande des Plateaus fiel das Land plötzlich steil ab und ging in das Ufer eines breiten und reißenden Flusses über, eines Gebirgsflusses, grün von dem schmelzenden Eis im Frühling und weiß an den Stellen, an denen er über die gezackten Felsen und kleinen Schwellen schäumte. Genau südlich von der Stelle, an der Vukalovic und Lazio lagen, spannte sich eine grün-weiß angestrichene stählerne Auslegerbrücke über den Fluss. Am anderen Flussufer erhob sich ein flacher grasbewachsener Hügel, der nach hundert Metern vor einem sich weit nach Süden erstreckenden Wald riesiger Kiefern endete. Verstreut zwischen den ersten Kiefern standen einige Metallungeheuer – Panzer. Jenseits des Flusses und des Waldes erhoben sich zerklüftete Berge, deren schneebedeckte Gipfel mit der Sonne, die sich weiter südöstlich durch die Schneewolken gekämpft hatte, um die Wette zu strahlen schienen.

Vukalovic senkte sein Fernglas und seufzte.

»Eine Ahnung, wie viele Panzer da drüben im Wald stehen?«

»Ich wünschte bei Gott, ich wüsste es.« Lazio hob hilflos die Hände. »Vielleicht zehn. Vielleicht zweihundert. Wir haben keine Ahnung. Wir haben Späher hinübergeschickt, aber sie kamen nie zurück. Vielleicht wurden sie von der Strömung der Neretva weggeschwemmt.« Nachdenklich sah er Vukalovic an. »Durch die Zenica-Schlucht, durch die Westschlucht oder über die Brücke da – Sie haben nicht die geringste Ahnung, von wo der Angriff kommen wird, nicht wahr, Sir?«

Vukalovic schüttelte den Kopf.

»Aber Sie rechnen damit, dass er bald kommt?«

»Sehr bald.« Vukalovic schlug mit der geballten Faust auf

den Boden. »Gibt es denn *keine* Möglichkeit, diese verdammte Brücke zu zerstören?«

»Fünfmal hat es die RAF versucht«, sagte Lazio deprimiert. »An einem Tag siebenundzwanzig Flugzeuge verloren – entlang der Neretva lauern zweihundert AA-Gewehre, und der nächste Landeplatz für Messerschmitts ist nur zehn Flugminuten entfernt. Die Deutschen haben die britischen Bomber, die unser Ufer überqueren, auf den Radarschirmen – und die Messerschmitts warten bereits auf sie, wenn sie ankommen. Und vergessen Sie nicht, dass die Brücke auf beiden Seiten in den Felsen eingelassen ist.«

»Also ein direkter Schlag oder gar nichts?«

»Ein direkter Schlag auf ein Ziel, das sieben Meter breit und dreitausend Meter entfernt ist. Es ist unmöglich. Und noch dazu ist das Ziel so gut getarnt, dass man es kaum aus fünfhundert Meter Entfernung erkennen kann. Doppelt unmöglich.«

»Und unmöglich für uns«, sagte Vukalovic kalt.

»Unmöglich für uns. Wir haben unseren letzten Versuch zwei Nächte zuvor gemacht.«

»Sie haben … und ich habe Ihnen ausdrücklich befohlen, es nicht zu tun.«

»Sie haben uns *gebeten*, es nicht zu tun. Aber ich, Colonel Lazio, wusste es natürlich besser. Sie begannen Leuchtkugeln abzufeuern, als unsere Leute das Plateau zur Hälfte überquert hatten. Weiß der Himmel, woher sie wussten, dass wir kamen. Dann kamen die Suchscheinwerfer …«

»Und dann die Schrapnelle«, beendete Vukalovic den Satz. »Und die Oerlikons. Verluste?«

»Ein halbes Bataillon.«

»Ein halbes Bataillon! Und nun sagen Sie mir, mein lieber Lazio, was in dem völlig unwahrscheinlichen Fall passiert wäre, wenn Ihre Leute die Brücke erreicht hätten?«

»Sie hatten Amatol-Sprengkapseln, Handgranaten ...«

»Keine Knallfrösche?«, fragte Vukalovic mit beißendem Spott. »Die hätten vielleicht etwas genutzt. Die Brücke ist aus Stahl und im Felsen einbetoniert. Mann! Es war reiner Wahnsinn, diesen Versuch zu machen!«

»Ja, Sir.« Lazio senkte den Blick. »Vielleicht sollten Sie mich entlassen.«

»Ich glaube, das sollte ich.« Vukalovic betrachtete aufmerksam das erschöpfte Gesicht seines Gegenübers. »Und ich würde es auch tun. Wenn nicht ...«

»Wenn nicht ...?«

»Wenn nicht alle meine anderen Regimentskommandeure ebenso wahnsinnig wären wie Sie. Und wenn die Deutschen angreifen – vielleicht sogar heute Nacht?«

»Wir stehen hier. Wir sind Jugoslawen und wissen nicht, wo wir sonst hinsollen. Was könnten wir anderes tun?«

»Was Sie tun könnten? Zweitausend Männer, bewaffnet mit Knallbüchsen! Die meisten dieser zweitausend Männer sind schwach, dem Verhungern nahe und haben kaum noch Munition. Und Sie stehen hier. Sie könnten sich jederzeit ergeben, das wissen Sie doch.«

Lazio lächelte. »Bei allem Respekt, General, jetzt ist nicht der Augenblick für Witze.«

Vukalovic schlug ihm auf die Schulter. »Ich habe es auch nicht witzig gemeint. Ich gehe zum Damm hinauf, zum nordöstlichen Stützpunkt. Ich möchte nachsehen, ob Colonel Janzy genauso verrückt ist wie Sie. Und – Colonel?«

»Sir?«

»Wenn der Angriff kommt, werde ich vielleicht den Befehl zum Rückzug geben.«

»Rückzug?«

»Nicht Übergabe. Rückzug. Rückzug, damit wir hoffentlich siegen.«

»Ich bin sicher, der General weiß, was er sagt.«

»Das weiß der General nicht.« Vukalovic stand auf, um zu gehen. Die Möglichkeit, von einem Scharfschützen, der am anderen Neretva-Ufer lauerte, erschossen zu werden, schien ihn nicht zu beunruhigen. »Haben Sie jemals von einem Mann mit dem Namen Captain Mallory gehört? Keith Mallory, ein Neuseeländer?«

»Nein«, sagte Lazio sofort. Er machte eine Pause und fuhr dann fort: »Warten Sie mal. Ein Bursche, der Berge hinaufkletterte?«

»Genau. Aber wie ich erfahren habe, hat er auch noch andere Fähigkeiten.« Vukalovic rieb sich sein Stoppelkinn. »Wenn alles, was ich über ihn gehört habe, stimmt, ist er ein ziemlich fähiger Mann.«

»Und was ist mit diesem ziemlich fähigen Mann?«, fragte Lazio.

»Nur dies: Wenn alles verloren ist und es keine Hoffnung mehr gibt, dann gibt es immer, irgendwo auf der Welt, einen Mann, an den man sich wenden kann. Vielleicht gibt es nur diesen einen Mann. Meistens gibt es nur diesen einen Mann. Aber dieser eine Mann ist immer da.« Er schwieg nachdenklich. »So heißt es wenigstens.«

»Ja, Sir«, sagte Lazio höflich. »Aber was diesen Keith Mallory betrifft …«

»Bevor Sie heute Abend einschlafen, beten Sie für ihn. Ich werde es auch tun.«

»Ja, Sir. Und was ist mit uns? Soll ich für uns auch beten?«

»Das«, sagte Vukalovic, »wäre gar keine schlechte Idee.«

Die Hänge der Mulde, in der Major Broznik sein Lager aufgeschlagen hatte, waren sehr steil und rutschig, und die Karawane von Männern und Ponys hatte Schwierigkeiten, hinaufzukommen. Das heißt, die meisten hatten Schwierigkeiten. Die Eskorte dunkelhäutiger und gedrungener bosnischer Partisanen, für die ein derartiges Terrain nichts Besonderes war, schien der Aufstieg nicht im Mindesten anzustrengen. Und er machte auch Andrea nichts aus, der seine übliche stinkende Zigarre im Mund hatte und in regelmäßigen Abständen schwarze Rauchwolken ausstieß. Reynolds beobachtete ihn, und was er sah, verstärkte seine Zweifel und seine Verzweiflung.

Er sagte säuerlich: »Sie scheinen sich während dieser Nacht in Rekordzeit erholt zu haben, Colonel Stavros, Sir.«

»Andrea.« Die Zigarre wurde für einen Moment aus dem Mund genommen. »Ich habe einen Herzfehler. Es kommt und geht.« Die Zigarre wanderte wieder an ihren Platz.

»Den Eindruck habe ich auch«, stieß Reynolds hervor. Zum zwanzigsten Mal schaute er misstrauisch über seine Schulter. »Wo, zum Teufel, ist Mallory?«

»Wo, zum Teufel, ist *Captain* Mallory?«, tadelte Andrea.

»Wo also?«

»Der Leiter einer Expedition hat viele Pflichten«, sagte Andrea. »Er muss viele Dinge erledigen. Captain Mallory erledigt wahrscheinlich gerade eines dieser Dinge.«

»Was Sie nicht sagen«, murmelte Reynolds.

»Wie bitte?«

»Nichts.«

Captain Mallory erledigte tatsächlich genau in diesem Augenblick etwas. Wieder zurück in Brozniks Hütte, standen er und Broznik über eine Karte gebeugt, die auf dem Tisch ausgebreitet lag. Broznik deutete auf eine Stelle an der oberen Kante der Karte.

»Ich gebe Ihnen recht. Dies ist der am nächsten gelegene Landestreifen für ein Flugzeug. Aber er liegt sehr hoch. Zu dieser Jahreszeit wird dort oben immer noch fast ein Meter Schnee liegen. Es gibt andere Stellen, bessere.«

»Daran zweifle ich nicht«, sagte Mallory. »Entferntere Felder sind immer grüner, vielleicht sogar entferntere Flugfelder. Aber ich habe keine Zeit.« Er bohrte seinen Zeigefinger in die Karte. »Ich will hier eine Landebahn, nur hier, und zwar bei Anbruch der Nacht. Ich wäre sehr dankbar, wenn Sie innerhalb einer Stunde einen Boten nach Konjic schicken und meine Bitte zu Ihrem Partisanenhauptquartier in Drvar funken ließen.«

Broznik sagte trocken: »Sie sind daran gewöhnt, dass Wunder sofort erledigt werden, nicht wahr, Captain Mallory?«

»Dies fällt nicht in die Rubrik ›Wunder‹. Nur tausend Mann. Die Füße von tausend Mann. Ein kleiner Preis für siebentausend Leben, oder?«

Er reichte Broznik ein Blatt Papier. »Wellenlänge und Code. Veranlassen Sie, dass Konjic das so schnell wie möglich durchgibt.« Mallory warf einen Blick auf seine Uhr. »Sie sind mir schon zwanzig Minuten voraus. Ich beeile mich wohl besser.«

»Der Meinung bin ich auch«, stimmte Broznik eilig zu. Er zögerte, suchte nach Worten und begann dann unbeholfen: »Captain Mallory, ich … ich …«

»Ich weiß. Machen Sie sich keine Sorgen. Die Mallorys dieser Welt werden ohnehin nicht alt. Wir leben zu gefährlich.«

»Tun wir das nicht alle?« Broznik drückte Mallorys Hand. »Heute Nacht werde ich für Sie beten.«

Mallory schwieg einen Moment und nickte dann.

»Suchen Sie sich ein langes Gebet aus.«

Die bosnischen Führer stiegen nun wie alle anderen Mitglieder der Expedition auf ihre Ponys und ritten den gewundenen Weg voran durch das dicht bewaldete Tal, gefolgt von Miller und Andrea, die nebeneinanderritten, wiederum gefolgt von Petar – die Zügel seines Ponys hielt seine Schwester. Reynolds und Groves waren entweder zufällig oder absichtlich ein wenig zurückgefallen und unterhielten sich leise.

Groves sagte nachdenklich: »Ich möchte wissen, was Mallory und der Major so Wichtiges zu besprechen haben.«

Reynolds kniff die Lippen zusammen: »Wahrscheinlich ist es ganz gut, dass wir es nicht wissen.«

»Da kannst du recht haben. Ich weiß nicht.« Groves machte eine Pause und fuhr dann fast bittend fort: »Broznik ist kein Verräter. Ich bin ganz sicher. Es kann nicht sein.«

»Vielleicht. Und Mallory, hm?«

»Er ist bestimmt auch keiner.«

»Bestimmt?« Reynolds wurde wütend. »Menschenskind, Mann, ich habe ihn selbst gesehen.« Er blickte zu Maria, die etwa zwanzig Meter vor ihnen ritt, und sein Gesicht drückte Grausamkeit und Härte aus. »Das Mädchen hat ihn geschlagen – und *wie* sie ihn geschlagen hat – in Neufelds Lager hat sie ihn geschlagen, und das Nächste, was ich sehe, ist, dass die beiden einen gemütlichen Plausch vor Brozniks Hütte halten. Seltsam, nicht wahr? Kurz darauf wurde Saunders ermordet. Reiner Zufall, nicht wahr? Ich sage dir, Groves, Mallory kann es selber getan haben. Das Mädchen hätte *Zeit* gehabt, es zu tun, bevor sie Mallory traf – aber das ist ausgeschlossen, da sie nie die Kraft hätte, ein fünfzehn Zentimeter langes Messer bis zum Heft in Saunders' Rücken zu stoßen. Aber Mallory könnte es durchaus getan haben. Er hatte Zeit und Gelegenheit genug, als er diese verdammte Botschaft zur Funkerhütte hinüberbrachte.«

Groves widersprach heftig: »Aber warum, um Gottes willen, hätte er es tun sollen?«

»Weil Broznik ihm irgendeine dringende Information gegeben hat. Mallory *musste* so viel Theater darum machen, dass diese Botschaft nach Italien durchgegeben wurde. Aber vielleicht war das Allerletzte, was er wollte, dass diese Botschaft hinausging. Vielleicht verhinderte er es auf diese Weise und zertrümmerte das Funkgerät, um sicher zu sein, dass kein anderer eine Nachricht durchgeben konnte. Vielleicht hielt er mich deshalb davon ab, eine Wache aufzustellen oder nach Saunders zu schauen, um zu verhindern, dass ich entdeckte, dass Saunders bereits tot war. Denn hätte ich es entdeckt, wäre wegen des Zeitfaktors der Verdacht ganz automatisch auf ihn gefallen.«

»Du siehst Gespenster.« Trotz seines Unbehagens war Groves wider Willen beeindruckt von Reynolds' Argumenten.

»Bist du sicher? Und was war mit dem Messer in Saunders' Rücken?«

Innerhalb einer halben Stunde hatte Mallory die anderen eingeholt. Er schaukelte auf seinem Pony an Reynolds und Groves vorbei, die ihn ignorierten, an Maria und Petar, die das Gleiche taten, und blieb hinter Andrea und Miller. Fast eine ganze Stunde lang ritten sie in dieser Reihenfolge durch die dicht bewaldeten bosnischen Täler dahin. Gelegentlich kamen sie zu Lichtungen, auf denen einmal kleine Dörfer gestanden und Menschen gewohnt hatten. Aber jetzt gab es hier keine Menschen und keine Häuser, denn die Dörfer existierten nicht mehr. Die Lichtungen sahen alle gleich aus, erschreckend gleich. Wo die hart arbeitenden, aber glücklichen Bosnier einst in ihren primitiven Hütten gelebt hatten, waren jetzt nur noch verkohlte Überreste von dem, was einmal blühende Gemeinschaften gewesen waren. In der Luft hing noch der beißende Geruch alten Rauches, der widerliche süß-saure Gestank von Fäulnis und Tod, Zeugen der Grausamkeit und Unerbittlichkeit dieses Krieges. Ab und zu fanden sie eines oder mehrere kleine Steinhäuser, bei denen man sich nicht die Mühe gemacht hatte, Bomben, Granaten, Mörser oder Benzin zu verschwenden. Aber kaum eines der größeren Gebäude war der totalen Zerstörung entgangen. Kirchen und Schulen waren anscheinend die beliebtesten Ziele gewesen. Einmal, das erkannten sie an einigen Metallgegenständen, die nur in einem Operationssaal zu finden sind, kamen sie an einem kleinen Dorfkrankenhaus vorbei, das so gründlich zerstört worden war, dass kein Teil der Ruine mehr als acht Zentimeter hoch war. Mallory fragte sich, was mit den Patienten passiert war, die sich zur Zeit der Zerstörung in dem Krankenhaus aufgehalten hatten. Aber er wollte nicht länger über die Hunderttausende von Jugoslawen nachdenken – 350 000 war die von Captain Jensen geschätzte Zahl gewesen; wenn man die Frauen und Kinder dazurechnete, musste die Zahl mindestens eine Million sein –, die sich unter dem Banner von Marschall Tito gesammelt hatten. Beseelt von ihrem Patriotismus und dem brennenden Wunsch nach Befreiung und Rache, gab es für sie keine Möglichkeit, irgendwo anders hinzugehen. Sie waren ein Volk, dachte Mallory, dem buchstäblich nichts geblieben war, das nichts zu verlieren hatte als das Leben, das aber alles zu gewinnen hatte, wenn es den Feind vernichtete. Wenn er ein deutscher Soldat wäre, überlegte Mallory, wäre er sicherlich nicht besonders glücklich darüber, nach Jugoslawien geschickt zu werden. Es war ein Krieg, den die deutsche Wehrmacht nicht gewinnen konnte, denn die Völker, die in den hohen Bergen zu

Hause sind, sind nicht zu besiegen. Mallory beobachtete, dass die bosnischen Führer weder nach links noch nach rechts sahen, als sie durch die leblosen, zerstörten Dörfer ihrer Landsleute kamen, von denen die meisten mit Sicherheit tot waren. Sie *brauchten* gar nicht hinzusehen, sie hatten ihre Erinnerungen, und sogar die Erinnerungen waren schon zu viel für sie. Wenn es möglich war, mit einem Feind Mitleid zu haben, dann hatte Mallory in diesem Moment Mitleid mit den Deutschen.

Ganz allmählich kamen sie von dem gewundenen Bergpfad auf eine schmale, aber vergleichsweise breite Straße, jedenfalls breit genug für Fahrzeugverkehr in einer Richtung. Der bosnische Führer, der an der Spitze ritt, hob die Hand und hielt sein Pony an.

»Anscheinend inoffizielles Niemandsland«, sagte Mallory. »Ich glaube, das ist die Stelle, an der sie uns heute Morgen aus dem Lastwagen geschmissen haben.«

Mallorys Vermutung erwies sich als richtig. Die Partisanen wendeten ihre Pferde, lächelten breit, winkten, riefen einige unverständliche Abschiedsworte und ritten den Weg zurück, den sie gekommen waren.

Mit Mallory und Andrea an der Spitze und den beiden Sergeants am Schluss des Zuges ritten die sieben Personen die Straße entlang. Es hatte aufgehört zu schneien, die Wolken hatten sich verzogen, und das Sonnenlicht brach durch den sich allmählich lichtenden Kiefernwald. Plötzlich griff Andrea, der andauernd nach links gespäht hatte, nach Mallorys Arm. Mallorys Blick folgte der ausgestreckten Hand Andreas. Etwa hundert Meter vor ihnen hörte der Wald auf, und zwischen den Bäumen sah man in einiger Entfernung etwas leuchtend Grünes schimmern. Mallory drehte sich in seinem Sattel um.

»Da hinunter. Ich möchte mir das genauer ansehen. Keiner wagt sich aus dem Wald, verstanden?«

Die Ponys gingen, ohne zu straucheln, den steilen und rutschigen Abhang hinunter. Etwa zehn Meter, bevor sie zum Waldrand kamen, stiegen die Männer auf ein Zeichen von Mallory ab und gingen vorsichtig weiter, wobei sie von einem Baum zum anderen huschten. Die letzten Meter krochen sie auf Händen und Knien und legten sich schließlich auf den Bauch, verdeckt von den Stämmen der letzten Fichten. Mallory griff nach seinem Fernglas, wischte die beschlagenen Linsen ab und hob es an die Augen.

Mallory und seine Leute befanden sich etwa drei- oder vierhundert Meter oberhalb der Schneegrenze, die in einen Streifen nackten, mit Felsbrocken übersäten Erdreichs überging, an den sich ein spärlicher Grasgürtel anschloss. Längs des Grasgürtels sah er eine geteerte Straße, die für dieses Gebiet in bemerkenswert gutem Zustand war, fast parallel zu der Straße lief in einer Entfernung von etwa hundert Metern ein einzelner Schienenstrang mit außerordentlich schmaler Spurweite – ein von Gras überwucherter und verrosteter Schienenstrang, der aussah, als sei er seit vielen Jahren nicht mehr benutzt worden. Unmittelbar hinter den Schienen fiel das Land über einer Klippe steil zu einem schmalen gewundenen See ab, der von hohen Steilhängen begrenzt war, die nahezu senkrecht in zerklüftete schneebedeckte Berge übergingen.

Von der Stelle aus, an der er lag, überschaute Mallory eine rechtwinklige Biegung des Sees, eines Sees von unglaublicher Schönheit. In dem strahlenden Sonnenlicht dieses Frühlingsmorgens schimmerte er wie ein Smaragd. Die ruhige Oberfläche wurde nur ab und zu von gelegentlichen Böen gekräuselt, die den Smaragd in einen durchsichtigen Aquamarin verwandelten. Der See war nirgends breiter als eine Viertelmeile, aber offensichtlich mehrere Meilen lang. Der rechte Ausläufer, der sich zwischen den Bergen hindurchschlängelte, reichte, so weit man sehen konnte, nach Osten. Der kurze südliche Arm, eingeengt von immer steileren Wänden, endete vor den festen Mauern eines Dammes. Hingerissen beobachteten die Männer, wie sich die fernen Berge in dem schimmernden Smaragd spiegelten.

»Wunderschön«, murmelte Miller. Andrea warf ihm einen ausdrucksvollen Blick zu, betrachtete dann wieder aufmerksam den See.

Groves' Interesse war für einen Moment größer als seine Abneigung.

»Was für ein See ist das, Sir?«

Mallory senkte sein Fernglas. »Nicht die leiseste Ahnung. Maria?« Sie antwortete nicht. »Maria? Was – für – ein – See – ist das?«

»Das ist der Neretva-Stausee«, sagte sie mürrisch. »Der größte in Jugoslawien.«

»Dann ist er also wichtig?«

»Allerdings. Wer ihn unter Kontrolle hat, hat ganz Jugoslawien unter Kontrolle.«

»Und die Deutschen *haben* ihn unter Kontrolle, vermute ich.«

»Sie haben ihn unter Kontrolle. *Wir* haben ihn unter Kontrolle.«

Ein triumphierendes Lächeln lag auf ihrem Gesicht. »Wir – die Deutschen – haben ihn völlig abgeriegelt. Klippen auf beiden Seiten. Im Osten – da am oberen Ende – haben sie eine Brücke über eine Schlucht, die nur zehn Meter breit ist. Und auf dieser Brücke patrouillieren Tag und Nacht Posten.

Ebenso auf dem Damm. Die einzige Möglichkeit hineinzukommen, ist eine Treppe – besser gesagt eine Leiter –, die genau unter dem Damm an der Klippe befestigt ist.«

»Sehr interessant«, sagte Mallory trocken, »für eine Fallschirmspringerbrigade. Aber wir haben andere und dringendere Dinge zu tun. Kommt.« Er warf Miller einen Blick zu, der nickte und begann den Abhang wieder hinaufzuklettern, gefolgt von den beiden Sergeants, Maria und Petar. Mallory und Andrea blieben noch einen Moment zurück.

»Ich bin neugierig, wie sie aussehen wird«, murmelte Mallory.

»Wie was aussehen wird?«, fragte Andrea.

»Die andere Seite des Dammes.«

»Und die Leiter an der Klippe?«

»Und die Leiter an der Klippe.«

Von der Klippe am westlichen Rand der Neretva-Schlucht, auf der er lag, konnte Vukalovic die in die Klippe eingelassene Leiter genau übersehen. Aber nicht nur das, auch die äußere Seite des Dammes und der Schlucht, die am Fuße der Mauer begann und sich nach Süden fast eine Meile lang erstreckte, bevor sie sich durch eine scharfe Rechtsbiegung den Blicken entzog.

Der Damm selbst war sehr schmal, nicht viel breiter als dreißig Meter, aber sehr hoch und verlief V-förmig zwischen überhängenden Klippen hindurch bis zum grünlich-weißen Wasserwirbel, der aus den Rohren auf der anderen Seite des Dammes hervorsprudelte. Am Ostende des Dammes, auf einer leichten Erhöhung, befanden sich die Kontrollstation und zwei kleine Hütten, von denen eine, nach den deutlich sichtbar auf dem Damm patrouillierenden Soldaten zu schließen, eine Wachhütte sein musste. Über diesen Gebäuden ragten die

Wände der Schlucht etwa zehn Meter senkrecht in die Höhe und hingen dann in beängstigendem Maße über.

Vom Kontrollraum aus führte eine grün gestrichene Eisenleiter, die mit Klammern an der Felswand befestigt war, im Zickzack hinunter auf den Grund der Schlucht. Am Fuß der Leiter begann ein schmaler Pfad, der etwa hundert Meter die Schlucht hinunterführte und unmittelbar vor einer Stelle endete, an der ein Erdrutsch eine große Narbe in der Felswand hinterlassen hatte. Von hier aus war eine Brücke über den Fluss geschlagen worden, von der man am anderen Flussufer wieder auf einen Pfad gelangte.

Was die Brücke betraf, so sah sie nicht gerade vertrauenerweckend aus. Es war eine Hängebrücke aus schiefen Latten, und sie machte den Eindruck, als würde allein ihr Eigengewicht schon ausreichen, um sie jeden Moment in den reißenden Fluss stürzen zu lassen. Noch schlimmer aber war die Tatsache, dass es schien, als hätte ein Wahnsinniger einen willkürlichen Ort für die Verankerung der Brücke ausgesucht: Sie lag direkt unter einem riesengroßen Felsbrocken, der so auf der Kippe stand, dass nur ein Irrer in Betracht gezogen hätte, die Brücke zu überqueren. Aber, wie sich auf den zweiten Blick herausstellte, war der Platz nicht willkürlich gewählt worden: Es gab keinen anderen.

Vom westlichen Ende der Brücke aus verlief der felsbrockenübersäte Pfad parallel zum Fluss, überquerte eine gefährlich aussehende Furt und verschwand dann gleichzeitig wie der Fluss aus dem Blickfeld. Vukalovic ließ sein Fernglas sinken, wandte sich an den Mann neben sich und lächelte.

»Alles ruhig an der Ostfront, eh, Colonel Janzy?«

»Alles ruhig an der Ostfront«, bestätigte Janzy. Er war ein kleiner, koboldhaft aussehender Mann mit einem Gesicht, dem man ansah, dass er Sinn für Humor hatte. Seine jugendlichen Gesichtszüge standen in krassem Widerspruch zu den schlohweißen Haaren. Er drehte sich um und schaute nach Norden. »Aber an der Nordfront ist es nicht ganz so ruhig, fürchte ich.«

Das Lächeln verschwand von Vukalovics Gesicht, als auch er sich umdrehte, sein Fernglas wieder an die Augen hob und ebenfalls nach Norden schaute. Weniger als drei Meilen entfernt und deutlich sichtbar, lag die dicht bewaldete Zenica-Schlucht – seit Wochen ein Territorium, um das sich Vukalovics nördliche Verteidigungskräfte unter dem Kommando von Colonel Janzy und Einheiten des 11. Armeekorps der Deutschen erbitterte Kämpfe lieferten. In diesem Augenblick sah man kleine Rauchwolken aufsteigen, und auf der linken Seite erhob sich spiralförmig eine dicke Rauchsäule in den mittlerweile wolkenlosen Himmel. Unaufhörlich ratterten die Handfeuerwaffen. Nur ab und zu wurde dieses Geräusch von dem Krachen schwerer Artilleriegeschütze übertönt. Vukalovic ließ sein Glas sinken und schaute Janzy nachdenklich an.

»Ruhe vor dem Sturm?«

»Was sonst? Der letzte Angriff.«

»Wie viele Panzer?«

»Schwer zu sagen. Meine Leute schätzen hundertfünfzig.«

»Hundertfünfzig?«

»Das vermuten sie nur – und mindestens fünfzig davon sind Tiger-Panzer.«

»Hoffen wir, dass Ihre Leute nicht zählen können.« Vukalovic rieb sich müde die blutunterlaufenen Augen. Er hatte in der letzten Nacht kein Auge zugetan, in der Nacht davor ebenfalls nicht. »Gehen wir und stellen wir fest, wie viele *wir* zählen.«

Maria und Petar hatten nun die Führung übernommen. Reynolds und Groves, denen nicht nach Gesellschaft zumute war, ritten etwa fünfzig Meter hinter ihnen am Ende des Zuges. Mallory, Andrea und Miller ritten nebeneinander die schmale Straße entlang. Andreas Blick lag nachdenklich auf Mallorys Gesicht.

»Was sagst du zu Saunders' Tod? Irgendeine Vermutung?« Mallory schüttelte den Kopf. »Frag mich was anderes.«

»Die Botschaft, die du ihm zum Funken gegeben hast. Was war das?«

»Nur ein Bericht über die sichere Ankunft in Brozniks Lager.«

»Ein Irrer«, verkündete Miller. »Der reizende Mensch mit dem Messer, meine ich. Nur ein Irrer würde aus so einem Grund töten.«

»Vielleicht hat er nicht aus diesem Grund getötet«, gab Mallory zu bedenken. »Vielleicht dachte er, es stünde etwas anderes in der Nachricht.«

»Etwas anderes?« Miller hob in seiner unnachahmlichen Art eine Augenbraue. »Was sollte denn ...« Seine Augen trafen Andrea, er brach ab und kam zu dem Schluss, dass es besser war, nichts mehr zu sagen. Er und Andrea schauten neugierig zu Mallory hinüber, der völlig in Gedanken versunken zu sein schien.

Was auch immer der Grund dafür gewesen sein mochte, die Versunkenheit dauerte nicht lange. Mit der Miene eines Mannes, der gerade zu einem Ergebnis gekommen ist, hob Mallory den Kopf, rief Maria zu, sie solle anhalten, und zügelte sein Pony. Gemeinsam warteten sie, bis Reynolds und Groves sie eingeholt hatten.

»Wir haben viele Möglichkeiten, zwischen denen wir wählen können«, sagte Mallory, »ich habe mich für folgende entschieden. Auf diese Weise kommen wir am schnellsten hier heraus. Ich habe mit Major Broznik gesprochen und herausgefunden, was ich wissen wollte. Er sagte mir …«

»Sie *haben* also die Information für Neufeld, nicht wahr?« Wenn Reynolds versucht hatte, sich seine Verachtung nicht anmerken zu lassen, so war ihm das kläglich misslungen.

»Zum Teufel mit Neufeld«, sagte Mallory leidenschaftslos. »Spione der Partisanen haben entdeckt, wo die vier gefangenen Agenten der Alliierten sich aufhalten.«

»Haben sie das?«, fragte Reynolds. »Und warum unternehmen die Partisanen dann nichts?«

»Aus gutem Grund. Die Männer wurden tief in deutsches Gebiet gebracht. In ein uneinnehmbares Blockhaus hoch oben in den Bergen.«

»Und was werden *wir* in Bezug auf die Agenten der Alliierten, die in diesem uneinnehmbaren Blockhaus festgehalten werden, unternehmen?«

»Das ist ganz einfach.« Mallory verbesserte sich. »Nun, wenigstens theoretisch ist es einfach. Wir holen sie dort heraus und brechen heute Nacht durch.«

Reynolds und Groves starrten Mallory an, dann starrten sie einander an, auf ihren Gesichtern stand fassungsloser Unglaube. Andrea und Miller vermieden es sorgsam, einander oder jemand anderen anzusehen.

»Sie sind verrückt!«, sagte Reynolds im Brustton der Überzeugung.

»Sie sind verrückt, *Sir*«, korrigierte Andrea tadelnd.

Reynolds sah Andrea verständnislos an und wandte sich dann wieder an Mallory.

»Sie müssen verrückt sein«, beharrte er. »Durchbrechen? Ja, wo wollen Sie denn hin?«

»Nach Hause. Nach Italien.«

»Italien!« Reynolds brauchte zehn Sekunden, um diese erschreckende Information zu verdauen. Dann fuhr er sarkastisch fort: »Wahrscheinlich werden wir dorthin fliegen, habe ich recht?«

»Es wäre ein bisschen weit, über die Adria zu schwimmen, sogar für einen Jungen mit Ihrer Kondition. Also fliegen wir.«

»Fliegen?« Groves sah aus wie vom Donner gerührt.

»Fliegen. Nicht ganz zehn Kilometer von hier gibt es ein sehr hohes Bergplateau, das in der Hand der Partisanen ist – zum größten Teil jedenfalls. Dort wird uns ein Flugzeug erwarten. Heute Abend um neun.«

In der Art von Leuten, die nicht ganz begriffen haben, was sie gehört haben, wiederholte Groves diese Feststellung in Form einer Frage: »Dort wird uns ein Flugzeug erwarten? Heute Abend um neun? Haben Sie das gerade arrangiert?«

»Wie hätte ich das wohl machen sollen? Wir haben kein Funkgerät.«

Reynolds' durch und durch misstrauisches Gesicht passte zu seinem skeptischen Tonfall: »Aber woher wollen Sie so genau wissen, dass um neun Uhr …«

»Weil – beginnend heute Abend um sechs – alle drei Stunden ein Wellington-Bomber über dem Flugfeld sein wird. Und das für die ganze nächste Woche, falls es nötig sein sollte.«

Mallory drückte seinem Pony die Knie in die Seiten, und der Zug setzte sich in Bewegung. Reynolds und Groves bildeten wieder die Nachhut. Lange Zeit, in der auf Reynolds' Gesicht Feindseligkeit und Nachdenklichkeit abwechselten, starrte er wie gebannt auf Mallorys Rücken. Dann wandte er sich an Groves.

»Na, das passt ja alles glänzend zusammen. Zufällig werden wir zu Brozniks Lager geschickt. Zufällig weiß er, wo die vier

Agenten festgehalten werden. Zufällig wird ein Flugzeug über einem bestimmten Flugfeld sein und zufällig auch noch zu einer bestimmten Zeit. Und ganz zufällig weiß ich ganz genau, dass es auf dem hohen Plateau keinen Flugplatz gibt. Glaubst du immer noch, dass alles in Ordnung ist?«

Es war in Groves' unglücklichem Gesicht zu lesen, dass er nichts dieser Art glaubte. Er sagte: »Was, um Himmels willen, sollen wir denn tun?«

»Auf unsere Rücken aufpassen.«

Fünfzig Meter vor ihnen räusperte sich Miller und sagte vorsichtig: »Reynolds scheint etwas von seinem – äh – Vertrauen zu Ihnen verloren zu haben, Sir.«

Mallory sagte trocken: »Das ist nicht verwunderlich. Er glaubt, ich habe Saunders ermordet.«

Diesmal war es an Andrea und Miller, einen Blick zu wechseln, und ihre Mienen drückten so viel Verwunderung aus, wie es bei diesen beiden pokergesichtigen Männern möglich war.

7. KAPITEL

Freitag, 10.00 bis 12.00

Eine halbe Meile vor Neufelds Lager wurden sie von Captain Droshny und einem halben Dutzend seiner Četniks empfangen. In Droshnys Begrüßung lag nicht die geringste Herzlichkeit, aber er bemühte sich immerhin, neutral zu erscheinen.

»Sie sind also doch zurückgekommen?«

»Wie Sie sehen«, bestätigte Mallory.

Droshny warf einen fragenden Blick auf die Ponys. »Und Sie reisen sogar komfortabel.«

»Ein Geschenk des lieben Major Broznik.« Mallory grinste. »Er glaubt, wir sind für ihn unterwegs nach Konjic.«

Droshny schien nicht besonders daran interessiert zu sein, was Major Broznik glaubte. Er warf den Kopf zurück, wendete sein Pferd und ritt in schnellem Trab auf Neufelds Lager zu.

Als sie innerhalb des Lagergeländes von den Ponys gestiegen waren, führte Droshny Mallory sofort zu Neufelds Hütte. Auch Neufelds Begrüßung fiel nicht gerade begeistert aus, aber wenigstens gelang es ihm, ein wenig Wohlwollen in seine Neutralität zu legen. Auch ihm war eine leichte Überraschung anzumerken, was er sofort erklärte.

»Ehrlich gesagt, Captain, ich hatte nicht erwartet, Sie wiederzusehen. Es gab so viele – äh – Imponderabilien. Und dennoch. Ich freue mich, Sie zu sehen – Sie wären nicht ohne die Informationen, die ich haben wollte, zurückgekehrt. Also, Captain Mallory, zum Geschäft.«

Mallory sah Neufeld ohne Begeisterung an. »Sie sind kein besonders guter Geschäftspartner, fürchte ich.«

»Bin ich das nicht?«, sagte Neufeld höflich. »In welcher Beziehung?«

»Geschäftspartner erzählen einander keine Lügengeschichten. Sie sagten, Vukalovics Truppen sammelten sich. Das tun sie auch wirklich. Aber nicht, um auszubrechen, sie sammeln sich, um sich gegen den letzten Angriff der Deutschen zu verteidigen, den Angriff, der sie alle ein für alle Mal vernichten soll. Und sie glauben, dass dieser Angriff bevorsteht.«

»Hören Sie mal, Sie haben doch sicherlich nicht von mir erwartet, dass ich unsere militärischen Geheimnisse preisgebe – die Sie dann vielleicht – ich sage vielleicht – dem Feind verraten hätten, bevor Sie sich als vertrauenswürdig erwiesen hatten«, sagte Neufeld. »So naiv sind Sie doch nicht. Aber was diese beabsichtigte Attacke betrifft – woher haben Sie die Information?«

»Von Major Broznik.« Mallory lächelte, als er sich erinnerte. »Er war sehr mitteilsam.«

Neufeld beugte sich vor, seine Spannung spiegelte sich in seinem plötzlich reglos gewordenen Gesicht wider, in den Augen, die, ohne zu blinzeln, Mallory fixierten. »Und haben sie Ihnen gesagt, von welcher Seite sie den Angriff erwarten?«

»Ich weiß nur den Namen. Die Neretva-Brücke.«

Neufeld sank in seinem Stuhl zurück, atmete tief und erleichtert aus und lächelte, um seinen nächsten Worten die Schärfe zu nehmen: »Mein Freund, wenn Sie kein Engländer wären, kein Deserteur, kein Abtrünniger und kein Rauschgifthändler, dann würden Sie für diese Leistung das Eiserne Kreuz bekommen. Ach, übrigens«, er fuhr fort, als ob es ihm gerade zufällig einfiele, »ich habe die Bestätigung aus Padua bekommen. Die Neretva-Brücke? Sind Sie sicher?«

Mallory sagte irritiert: »Wenn Sie jedoch meine Worte bezweifeln …«

»Natürlich nicht, natürlich nicht. Das ist nur so eine Redensart.« Neufeld machte eine Pause, dann sagte er leise: »Die Neretva-Brücke.« In der Art, in der er sie aussprach, klangen die Worte fast wie eine Litanei.

Droshny sagte leise: »Das passt zu allem, was wir vermutet haben.«

»Vergessen Sie, was Sie vermutet haben«, sagte Mallory grob. »Zu meinem Geschäft, wenn Sie nichts dagegen haben. Haben wir den Auftrag zufriedenstellend erledigt? Haben wir Ihre Bitte erfüllt? Haben Sie die Informationen, die Sie haben wollten?« Neufeld nickte. »Dann schaffen Sie uns schleunigst hier raus. Fliegen Sie uns irgendwo in deutsches Gebiet. Nach Österreich oder Deutschland direkt, wenn Sie wollen – je weiter weg von hier, desto besser. Wissen Sie, was mit uns passiert, wenn wir in die Hände der Engländer oder Jugoslawen fallen?«

»Dazu braucht man nicht viel Fantasie«, sagte Neufeld fast fröhlich. »Aber Sie beurteilen uns falsch, mein Freund. Ihre Abreise zu einem sicheren Platz ist bereits arrangiert. Ein gewisser Chef des militärischen Nachrichtendienstes in Norditalien würde gern Ihre persönliche Bekanntschaft machen. Er hat Grund zu glauben, dass Sie ihm von großem Nutzen sein könnten.«

Mallory nickte verstehend.

General Vukalovic stellte sein Fernglas auf die Zenica-Schlucht ein, ein schmales und dicht bewaldetes Tal zwischen zwei hohen und steilen Bergen, die in Form und Höhe fast identisch waren.

Die Panzer des 11. Armeekorps der Deutschen waren nicht schwierig zu finden, denn die Deutschen hatten keinen Versuch gemacht, sie zu tarnen oder zu verstecken, was, so dachte Vukalovic grimmig, bewies, wie hundertprozentig die Deutschen von sich und dem Ausgang der Schlacht, die bevorstand, überzeugt waren. Deutlich konnte er die Soldaten sehen, die an einigen parkenden Fahrzeugen arbeiteten. Andere Panzer fuhren herum und brachten sich in Position, als ob sie sich bereit machten, sich in Formation für den letzten Kampf aufzustellen. Das tiefe grollende Donnern der schweren Motoren der Tiger-Panzer war ununterbrochen zu hören.

Vukalovic senkte sein Fernglas, schrieb einige Zahlen auf ein Blatt Papier, das bereits mit Zahlen übersät war, führte einige Additionen durch, legte das Blatt und den Bleistift mit einem Seufzer beiseite und wandte sich an Colonel Janzy, der mit ähnlichen Dingen beschäftigt war.

Vukalovic sagte mit einem gezwungenen Lächeln: »Bitte übermitteln Sie Ihren Leuten meine Entschuldigung. Sie können ebenso gut zählen wie ich.«

Diesmal war von Captain Jensens großtuerischem Piratengehabe und dem strahlenden, optimistischen Lächeln nicht viel zu bemerken, besser gesagt, es war überhaupt nicht vorhanden. Es wäre für ein so großzügig geschnittenes Gesicht wie Jensens unmöglich gewesen, tatsächlich einen verhärmten Eindruck zu machen, aber das gefasste, grimmige Gesicht zeigte eindeutige Anzeichen von Überanstrengung, Schlaflosigkeit und Besorgnis, als er im Hauptquartier der 5. Armee in Termoli in Italien auf und ab ging.

Er ging nicht allein auf und ab. Ein gedrungener, grauhaariger Offizier in der Uniform eines Generalleutnants der britischen Armee marschierte im Gleichschritt neben ihm hin und her. Das Gesicht des Offiziers trug den gleichen Ausdruck wie das Jensens. Als sie am Ende des Raumes ankamen, blieb der General stehen und warf dem Funker, der mit Kopfhörern vor dem RCA-Funkgerät saß, einen fragenden Blick zu. Der Sergeant schüttelte den Kopf. Die beiden Männer begannen wieder auf und ab zu gehen. Der General sagte unvermittelt: »Die Zeit wird knapp. Billigen Sie es, Jensen, dass man eine Großoffensive nicht mehr aufhalten kann, wenn man sie einmal in die Wege geleitet hat?«

»Ich billige es«, sagte Jensen ernst. »Wie sind die neuesten Aufklärungsberichte, Sir?«

»Berichte gibt es genug, aber der Himmel allein weiß, was man aus ihnen machen soll.« Die Stimme des Generals klang bitter. »Entlang der ganzen Gustav-Linie herrscht reges Treiben, an dem – so weit wir es uns zusammenreimen können – zwei Panzerdivisionen, eine deutsche Infanteriedivision, eine österreichische Infanteriedivision und zwei Jägerbataillone – ihre knallharten alpinen Truppen – beteiligt sind. Sie bereiten keine Offensive vor, das ist sicher, erstens, weil sie von dem Gebiet aus, in dem sie manövrieren, gar keine Offensive starten könnten, und zweitens, wenn sie eine Offensive planen würden, würden sie alles tun, um ihre Vorbereitungen geheim zu halten.«

»Was soll dann diese ganze Aktivität, wenn sie keinen Angriff planen?«

Der General seufzte. »Nach Meinung des Informanten treffen sie die Vorbereitungen für einen Blitzangriff. Nach Meinung des Informanten! Das Einzige, was mich interessiert, ist, dass alle diese versprengten Divisionen immer noch an der Gustav-Linie stehen. Jensen, was ist denn bloß schiefgegangen?«

Jensen hob mit einer hilflosen Bewegung die Schultern. »Es war alles vorbereitet für einen Funkkontakt mit Abstand von zwei Stunden, beginnend mit vier Uhr früh …«

»Aber es hat bisher keinerlei Kontakt bestanden.«

Jensen schwieg.

Der General sah ihn nachdenklich an. »Der Beste in ganz Westeuropa, haben Sie gesagt.«

»Ja, das habe ich gesagt.«

Die unausgesprochenen Zweifel des Generals an den Qualitäten der Agenten, die Jensen für die Operation Kolonne 10 ausgesucht hatte, wären noch erheblich verstärkt worden, wenn er diese Agenten in diesem Augenblick in der Gästehütte von Hauptmann Neufelds Lager in Bosnien hätte sehen können. Sie zeigten nichts von Harmonie, Verständnis und unausgesprochenem gegenseitigen Vertrauen, wie man es bei einem Agententeam, das in seiner Branche zu den besten zählte, erwartet hätte. Stattdessen lag Spannung und Zorn in der Luft, die Atmosphäre des Misstrauens war fast greifbar. Reynolds konnte seine Wut nur mühsam verbergen.

»Ich will es jetzt wissen!« Reynolds schrie Mallory die Worte ins Gesicht.

»Etwas leiser, wenn ich bitten darf«, sagte Andrea scharf.

»Ich will es jetzt wissen!«, wiederholte Reynolds. Diesmal war seine Stimme kaum mehr als ein Flüstern, aber deswegen nicht weniger fordernd und beharrlich.

»Sie werden es schon erfahren, wenn die Zeit gekommen ist.« Wie immer war Mallorys Stimme ruhig und neutral, und er vermied sorgfältig jedes Zeichen von Erregung. »Aber nicht vorher. Was Sie nicht wissen, können Sie nicht ausplaudern.«

Reynolds ballte die Fäuste und trat einen Schritt vor. »Wollen Sie damit andeuten, dass …«

Mallory sagte beherrscht: »Ich deute gar nichts an. Ich hatte recht mit dem, was ich in Termoli über Sie sagte: Sie sind genauso angenehm wie eine tickende Bombe.«

»Vielleicht.« Reynolds konnte sich nicht mehr zurückhalten. »Aber wenigstens ist etwas Ehrliches an einer Bombe.«

»Wiederholen Sie das«, sagte Andrea ruhig.

»Was?«

»Wiederholen Sie es.«

»Schauen Sie, Andrea …«

»Colonel Stavros, mein Bester.«

»Sir.«

»Wiederholen Sie es, und ich garantiere Ihnen mindestens fünf Jahre für Insubordination im Feld.«

»Jawohl, Sir.« Reynolds' physische Anstrengung, sich wieder unter Kontrolle zu bringen, war offensichtlich. »Aber warum kann er uns nicht seine Pläne für den heutigen *Nachmittag* erläutern, wenn er uns alle zur gleichen Zeit wissen lässt, dass wir heute *Abend* von diesem Ivenici-Dingsda abfliegen?«

»Weil unsere Pläne von den Deutschen durchkreuzt werden könnten«, erklärte Andrea geduldig. »Wenn sie dahinterkommen. Wenn einer von uns unter Druck etwas verriete. Aber gegen Ivenici können sie nichts tun – das ist in den Händen der Partisanen.«

Miller wechselte friedfertig das Thema: »Zweitausendeinhundert Meter hoch, sagst du. Der Schnee muss dort oben mehr als einen Meter hoch sein. Wie, um Himmels willen, kann jemand glauben, das alles wegräumen zu können?«

»Ich weiß nicht«, sagte Mallory unbestimmt. »Ich vermute, dass sich irgendjemand etwas einfallen lassen wird.«

Und zweitausendeinhundert Meter hoch, auf dem Ivenici-Plateau, hatte sich tatsächlich jemand etwas einfallen lassen.

Das Ivenici-Plateau war eine weiße Wildnis, eine öde und verlassene und – für viele Monate des Jahres – eine kalte und feindliche Wildnis, über die der Wind heulend dahinfegte. Es war für Menschen unmöglich, dort oben zu leben, und es war auch beinah unerträglich, sich auch nur kurz dort aufzuhalten. Im Westen wurde das Plateau von einer teilweise senkrechten, teilweise zerklüfteten, hundertfünfzig Meter hohen Klippe begrenzt. Die Wasserfälle, die in den wenigen warmen Monaten über die Felsen herunterstürzten, waren zu Eis erstarrt. Aus einigen schmalen Vorsprüngen versuchten einige kümmerliche Kiefern zu überleben. Ihre starr gefrorenen Äste hatten sich unter der Last des Schnees, der seit Monaten auf ihnen lastete, tief gesenkt. Im Osten endete das Plateau abrupt an einer Felswand, die senkrecht in das Tal abfiel.

Das Plateau wurde von einer unberührten Schneeschicht bedeckt, die zwei Meter dick war und in der Sonne glitzerte, dass die Augen schmerzten. Es war etwa eine halbe Meile lang und nirgends mehr als hundert Meter breit. Am Südende stieg das Plateau steil an und endete jäh in einer Felsnase. Auf diesem Vorsprung standen zwei weiße Zelte, ein kleines und ein großes. Vor dem kleinen Zelt standen zwei Männer und unterhielten sich. Der größere und ältere der beiden, der einen schweren Wintermantel und eine Brille mit getönten Gläsern trug, war Colonel Vis, der Kommandant einer Brigade von Partisanen, die in Sarajewo ihren Standort hatten. Der jüngere war sein Adjutant, Captain Vlanovic. Beide Männer schauten über das Plateau, das in seiner ganzen Länge vor ihnen lag.

Captain Vlanovic sagte unglücklich: »Es muss einen einfacheren Weg geben, dies zu tun, Sir.«

»Sie sagen es, Boris, und ich werde eben diesen einfacheren Weg wählen.« Sowohl in seiner Erscheinung als auch in seiner Stimme lag Ruhe und Verlässlichkeit. »Bulldozer würden helfen, Schneepflüge wären ebenfalls nicht zu verachten. Aber Sie werden mir wohl recht geben, wenn ich sage, dass es eine gehörige Portion von Geschicklichkeit seitens der Fahrer erforderte, ebendiese Fahrzeuge senkrechte Felswände hochzusteuern, um sie hierherzubringen.«

»Jawohl, Sir«, sagte Vlanovic gehorsam, aber mit offensichtlichen Zweifeln. Beide Männer schauten über die weiße Fläche des Plateaus nach Norden.

Nach Norden und darüber hinaus, über die Berge, von denen einige dunkel, zerklüftet und drohend, andere mit abgerundeten, schneebedeckten Kuppen in das wolkenlose Blau des Himmels ragten. Es war ein eindrucksvoller Anblick. Aber noch eindrucksvoller war das, was sich auf dem Plateau selbst abspielte. Eine Phalanx von tausend uniformierten Soldaten, vielleicht die Hälfte in den sandfarbenen Uniformen der Jugoslawen, die andere Hälfte in einem bunten Durcheinander von Uniformen, bewegte sich in einer Schlangenlinie über den Schnee.

Die Phalanx war fünfzig Mann breit, aber nur zwanzig Mann tief. Arm in Arm, Kopf und Schultern vorgebeugt, so stapften sie mühsam und aufreizend langsam durch den Schnee. Dass sie sich so langsam vorwärtsbewegten, lag daran, dass die erste Reihe der Männer sich ihren Weg durch hüfthohen Schnee bahnen musste, und schon jetzt lagen auf ihren Gesichtern deutliche Zeichen von Anstrengung und Erschöpfung. Es war eine unglaublich harte Arbeit, eine Arbeit, die in dieser Höhe den Pulsschlag verdoppelte. Die Männer mussten um jeden Atemzug kämpfen, ihre Beine wurden schwer, und jeder Schritt bedeutete Schmerzen.

Aber nicht nur den Männern ging es so. Hinter der ersten Reihe von Soldaten gingen fast ebenso viele Frauen und Mädchen in der Phalanx mit. Allerdings waren sie so vermummt, um sich gegen den beißenden Wind zu schützen, der in dieser Höhe blies, dass es schwierig war, die Frauen von den Männern zu unterscheiden. Die letzten beiden Reihen der Phalanx bildeten ausschließlich *Partisankas*, und auch sie versanken noch in knietiefem Schnee, es war mörderisch.

Der Anblick war fantastisch, aber keineswegs einzigartig in diesem Krieg in Jugoslawien. Die Flugplätze im Unterland waren ausschließlich in der Hand der bewaffneten Divisionen der deutschen Wehrmacht und deshalb für die Jugoslawen nicht zu benutzen. Aus diesem Grund legten die Partisanen viele ihrer Flugplätze in den Bergen an. In Schneefeldern dieser Art und in Gebieten, die absolut unzugänglich für mechanische Hilfsmittel waren, hatten sie keine andere Möglichkeit.

Colonel Vis wandte sich ab und sagte zu Captain Vlanovic:

»Nun, mein lieber Boris, glauben Sie, Sie sind zum Wintersport hier oben? Sorgen Sie dafür, dass die Küchenabteilung funktioniert. Wir werden eine ganze Wochenration von warmem Essen für diesen einen Tag aufbrauchen.«

»Jawohl, Sir.« Vlanovic hob den Kopf und nahm seine mit Ohrenschützern ausgestattete Pelzmütze ab, um die wieder beginnenden weit entfernten Explosionen im Norden besser hören zu können. »Was, in aller Welt, ist das?«

Vis sagte sinnend: »In der reinen Luft unserer jugoslawischen Berge wird jeder Ton weit getragen, nicht wahr?«

»Bitte, Sir?«

»Das, mein Lieber«, sagte Vis mit sichtlicher Befriedigung, »sind die Geräusche, die den Untergang des Standortes der Messerschmitts in Novo Derventa begleiten.«

»Sir?«

Vis stieß einen tiefen, leidenden Seufzer aus und sagte geduldig: »Eines Tages werde ich auch aus Ihnen einen Soldaten machen, mein Lieber. Messerschmitts, Boris, sind Kampfflugzeuge, die alle Arten von hässlichen Kanonen und Maschinengewehre an Bord haben. Was ist in diesem Moment das beste Ziel in Jugoslawien?«

»Was ist …« Vlanovic brach ab und schaute wieder zu der langsam voranschiebenden Phalanx hinüber. »Oh!«

»Allerdings ›oh!‹. Die englische Luftwaffe hat sechs ihrer besten Lancaster-Bomber-Geschwader von der italienischen Front abgezogen, damit sie sich um unsere Freunde in Novo Derventa kümmern.« Er nahm ebenfalls seine Kappe ab, um besser hören zu können. »Eifrigst bei der Arbeit. Wenn sie fertig sind, wird eine Woche lang keine einzige Messerschmitt diesen Flugplatz verlassen können. Das heißt, wenn überhaupt noch eine übrig geblieben ist, die wegfliegen könnte.«

»Wenn ich etwas sagen dürfte, Sir?«

»Sie dürfen, Captain Vlanovic.«

»Es gibt andere Kampffliegerbasen.«

»Stimmt.« Vis deutete nach oben. »Sehen Sie was?«

Vlanovic verrenkte sich den Hals, schirmte seine Augen mit der Hand gegen die strahlende Sonne ab, starrte in den leeren Himmel hinauf und schüttelte den Kopf.

»Ich auch nicht«, stimmte Vis zu. »Aber in siebentausend Meter Höhe patrouillieren bis zum Anbruch der Nacht Geschwader von Beau-Kampfflugzeugen, deren Besatzungen es sicherlich noch kälter ist als uns.«

»Wer ist er, Sir? Wer ist der Mann, der verlangen kann, dass alle unsere Soldaten hier schuften und dass Geschwader von Bombern und Kampfflugzeugen eingesetzt werden?«

»Ich glaube, er heißt Mallory. Ein Captain.«

»Ein Captain? Wie ich?«

»Ein Captain. Aber ich zweifle daran, Boris«, fuhr Vis liebenswürdig fort, »dass er, abgesehen von seinem Rang, viel Ähnlichkeit mit Ihnen hat. Und sein Rang ist auch ganz unwichtig. Der Name zählt. Mallory.«

»Nie von ihm gehört.«

»Das kommt noch, mein Lieber, das kommt noch.«

»Aber … aber dieser Mallory, wofür will er das alles?«

»Fragen Sie ihn, wenn Sie ihn heute Abend sehen.«

»Wenn ich … er kommt heute Abend hierher?«

»Heute Abend. Wenn«, fügte Vis düster hinzu, »er dann noch lebt.«

Neufeld betrat, gefolgt von Droshny, frisch und zuversichtlich seine Funkerhütte, die aus einem kahlen Raum bestand, dessen Einrichtung sich auf einen Tisch, zwei Stühle und ein großes, tragbares Funkgerät beschränkte. Der deutsche Unteroffizier, der vor dem Funkgerät saß, sah auf, als die beiden Männer eintraten.

»Das Hauptquartier des 7. Bewaffneten Korps an der Neretva-Brücke«, befahl Neufeld. Er schien ausgezeichneter Laune zu sein. »Ich möchte General Zimmermann persönlich sprechen.«

Der Unteroffizier nickte, gab den Ruf durch und bekam innerhalb von Sekunden Antwort. Er horchte kurz und schaute zu Neufeld auf. »Der General wird geholt.«

Neufeld griff nach dem Kopfhörer und machte dem Unteroffizier ein Zeichen, auf das hin sich dieser erhob und die Hütte verließ. Neufeld setzte sich auf den frei gewordenen Stuhl und rückte den Kopfhörer zurecht. Als er nach ein paar

Sekunden eine leicht verzerrte Stimme hörte, nahm er unwillkürlich Haltung an.

»Hier ist Hauptmann Neufeld, General. Die Engländer sind zurückgekommen. Ihrer Information zufolge erwartet die Partisanendivision im Zenica-Käfig einen Großangriff aus dem Süden über die Neretva-Brücke.«

»Soso.« General Zimmermann, der hinten in dem Funkwagen, der am Waldrand südlich der Neretva-Brücke stand, bequem in einem Drehstuhl saß, machte keinen Versuch, die Befriedigung in seiner Stimme zu verbergen. Die Plane, die gewöhnlich über die Ladefläche des Lastwagens gespannt war, war zurückgerollt worden, und er nahm sein spitzes Käppi ab, um mehr von dem blassen Sonnenschein dieses Frühlingstages zu haben. »Interessant, sehr interessant. Sonst noch was?«

»Ja.« Neufelds Stimme kam blechern aus dem Lautsprecher. »Sie haben gebeten, aus der Gefahrenzone gebracht zu werden. Weit in unser Gebiet, möglichst nach Deutschland direkt. Sie fühlen sich hier nicht – äh – sicher genug.«

»Na so was. Tatsächlich. Sie fühlen sich nicht sicher.« Zimmermann machte eine Pause, überlegte und fuhr dann fort: »Sie sind über die Situation völlig im Bilde, Hauptmann Neufeld? Sind Sie sich bewusst, dass ganz sorgfältig vorgegangen werden muss?«

»Ja, Herr General.«

»Ich muss einen Moment nachdenken. Warten Sie.«

Zimmermann drehte sich langsam in seinem Drehstuhl hin und her, während er versuchte, eine Entscheidung zu treffen. Nachdenklich, aber ohne tatsächlich etwas wahrzunehmen, schaute er nach Norden, über die Wiesen, die sich am Südufer der Neretva erstreckten, auf den Fluss, über den sich die

Eisenbrücke spannte, dann zu den Wiesen hinüber, die steil zu dem felsigen Stützpunkt aufstiegen, der Colonel Lazios Partisanen als vorderste Verteidigungslinie diente. Als er sich mit seinem Stuhl umdrehte, blickte er im Osten auf das grün-weiß schäumende Wasser der Neretva, auf die Wiesen an beiden Ufern, die immer schmaler wurden, bis sie schließlich nach einer Nordbiegung vor dem Eingang der steilwandigen Schlucht verschwanden, aus der die Neretva hervortrat. Nach einer weiteren Vierteldrehung fiel sein Blick auf den Kiefernwald im Süden, der auf den ersten Blick so harmlos und ohne jedes Leben schien – aber nur so lange, bis sich das Auge an das gedämpfte Licht gewöhnt hatte und Dutzende von großen rechteckigen Ungetümen wahrnahm, die durch tarnende Planen, Netze und riesige Haufen toter Äste sowohl gegen Beobachtung aus der Luft als auch vom Nordufer der Neretva her geschützt waren. Der Anblick seiner beiden getarnten Panzerdivisionen half Zimmermann, seine Entscheidung zu fällen. Er hob das Mikrofon an die Lippen.

»Hauptmann Neufeld? Ich habe mich entschlossen zu handeln, und Sie werden so freundlich sein und meinen Anordnungen absolut Folge leisten ...«

Droshny nahm das zweite Paar Kopfhörer ab, das er getragen hatte, und sagte zweifelnd zu Neufeld: »Der General verlangt ganz schön viel von uns.«

Neufeld schüttelte beruhigend den Kopf. »General Zimmermann weiß *immer*, was er tut. Auf seine psychologische Beurteilung der Captain Mallorys dieser Welt kann man sich hundertprozentig verlassen.«

»Ich hoffe es.« Droshny war nicht überzeugt.

Neufeld sagte zu dem Funker: »Captain Mallory in mein Büro bitte und Feldwebel Baer!«, und ging hinaus.

Als Mallory eintrat, waren Neufeld, Droshny und Baer bereits da. Neufeld gab sich kurz und dienstlich.

»Wir haben uns entschlossen, Sie mit einem Kufenflugzeug herausfliegen zu lassen – das sind die einzigen Maschinen, die in diesen verdammten Bergen landen können. Sie haben noch Zeit, um ein paar Stunden zu schlafen – wir fliegen nicht vor vier. Irgendwelche Fragen?«

»Wo ist die Landebahn?«

»Auf einer Lichtung. Einen Kilometer von hier. Sonst noch was?«

»Nichts. Schaffen Sie uns hier raus, das ist alles.«

»Darum brauchen Sie sich keine Sorgen zu machen«, sagte Neufeld spontan. »Mein einziger Wunsch ist zu wissen, dass Sie auf dem Weg sind. Offen gestanden, Mallory, Sie machen mich nervös, und je eher Sie weg sind, umso besser.«

Mallory nickte und ging hinaus. Neufeld wandte sich an Baer: »Ich habe eine kleine Aufgabe für Sie, Feldwebel Baer. Klein, aber sehr wichtig. Hören Sie genau zu.«

Mit nachdenklichem Gesicht trat Mallory aus Neufelds Hütte und ging langsam quer über den Lagerplatz. Als er zur Gästehütte kam, trat Andrea heraus und ging wortlos an ihm vorüber. Seine finstere Miene war durch die Wolke von Zigarrenrauch kaum zu erkennen. Mallory betrat die Hütte. Petar spielte wieder einmal die jugoslawische Fassung des Liedes »The Girl I left behind me«. Es schien sein Lieblingslied zu sein. Mallory schaute zu Maria, Reynolds und Groves hinüber, die schweigend dasaßen. Dann fiel sein Blick auf Miller, der sich in einem Schlafsack bequem zurückgelegt hatte und seinen Gedichtband in der Hand hatte.

Mallory nickte zur Tür hin. »Irgendetwas hat unseren Freund geärgert.«

Miller grinste und nickte zu Petar hinüber. »Er spielt wieder Andreas Lied.«

Mallory lächelte und wandte sich an Maria. »Sag ihm, er soll aufhören zu spielen. Wir fliegen heute am Spätnachmittag, und wir brauchen jede Minute Schlaf.«

»Wir können im Flugzeug schlafen«, sagte Reynolds mürrisch. »Wir können schlafen, wenn wir unser Ziel erreicht haben – wo immer das auch sein mag.«

»Nein, schlafen Sie jetzt.«

»Warum jetzt?«

»Warum jetzt?« Mallorys Blick verlor sich in der Ferne. Leise sagte er: »Es ist vielleicht die einzige Zeit, die wir haben.«

Reynolds warf ihm einen seltsamen Blick zu. Zum ersten Mal an diesem Tag lag weder Feindschaft noch Misstrauen auf seinem Gesicht. Verwirrung und Nachdenklichkeit standen in seinen Augen, ein wenig Neugier und ein erstes Verstehen.

Auf dem Ivenici-Plateau bewegte sich die Phalanx immer noch vorwärts, aber die Bewegungen hatten nichts Menschliches mehr. In diesem fortgeschrittenen Stadium von Erschöpfung stolperten die Männer und Frauen wie Automaten dahin. Ihre Gesichter waren von Schmerz und unendlicher Müdigkeit verzerrt, ihre Glieder brannten, und ihr Verstand war vernebelt. Alle paar Sekunden stolperte und fiel einer hin, konnte nicht mehr aufstehen und musste an den Rand des primitiven Weges geschleppt werden, wo schon viele andere lagen, die zusammengebrochen waren. Die Partisankas taten ihr Bestes, um ihre erfrorenen Glieder und ausgelaugten Körper mit heißer Suppe und großzügig bemessenen Portionen von Raki wiederzubeleben.

Captain Vlanovic wandte sich an Colonel Vis. Auf seinem Gesicht lag Verzweiflung, seine Stimme kam leise und ernst.

»Das ist Irrsinn, Colonel, Irrsinn. Es ist – es ist unmöglich, das sehen Sie doch! Wir werden nie – sehen Sie, Sir, zweihundertfünfzig sind in den ersten zwei Stunden ausgefallen. Die Höhe, die Kälte, die völlige körperliche Erschöpfung. Es ist Irrsinn!«

»Der ganze Krieg ist Irrsinn«, sagte Vis gelassen. »Gehen Sie ans Funkgerät, wir brauchen noch fünfhundert Mann.«

8. KAPITEL

Freitag, 15.00 bis 21.15

Jetzt war es so weit, das wusste Mallory. Er sah Andrea und Miller, Reynolds und Groves an und wusste, dass auch sie es wussten. In ihren Gesichtern spiegelten sich seine Gedanken wider, die explosive Spannung, die intensive Wachsamkeit, die danach drängte, ihre Entladung in ebenso explosiver Aktion zu finden. Er kam immer, dieser Augenblick der Wahrheit, der Menschen so zeigte, wie sie wirklich waren. Mallory fragte sich, wie Reynolds und Groves sich verhalten würden. Er vermutete, dass sie ihre Schuldigkeit tun würden. Es kam ihm nicht in den Sinn, sich zu überlegen, wie sich Andrea und Miller verhalten würden, dazu kannte er sie zu gut: Miller wuchs in Momenten, in denen alles verloren schien, über sich selbst hinaus, während sich der gewöhnlich nicht besonders temperamentvolle, ja eher lethargische Andrea in ein völlig fremdes Wesen verwandelte, in eine Mischung aus eiskalt rechnendem Verstand und einer Kampfmaschine, die sich nicht im Entferntesten mit irgendetwas vergleichen ließ, was Mallory bisher gekannt hatte. Als Mallory sprach, war seine Stimme so ruhig und unpersönlich wie immer.

»Wir wollen um vier abfliegen. Jetzt ist es drei. Wenn wir Glück haben, erwischen wir sie beim Mittagsschlaf. Alles klar?«

Reynolds sagte verwundert und ungläubig: »Sie meinen, wenn etwas schiefgeht, müssen wir uns den Weg freischießen?«

»Sie müssen schießen und müssen genau zielen. Das, Sergeant, ist ein Befehl.«

»Wahrhaftig«, sagte Reynolds, »ich habe nicht die geringste Ahnung, was eigentlich vorgeht.« Sein Gesichtsausdruck zeigte, dass er alle Versuche aufgegeben hatte zu verstehen, was vorging.

Mallory und Andrea verließen die Hütte und schlenderten über den Lagerplatz auf Neufelds Hütte zu. »Wir stehen auf der Abschussliste«, sagte Mallory.

»Ich weiß. Wo sind Maria und Petar?«

»Vielleicht schlafen sie. Sie verließen die Hütte vor ein paar Stunden. Wir werden sie später suchen.«

»Später kann zu spät sein ... sie sind in großer Gefahr, lieber Keith.«

»Was soll ich machen, Andrea? Während der letzten zehn Stunden habe ich über nichts anderes nachgedacht. Es ist ein großes Risiko, aber ich muss es auf mich nehmen. Sie sind zu ersetzen. Du weißt, was es bedeuten würde, wenn ich jetzt die Karten auf den Tisch legte.«

»Ich weiß, was es bedeuten würde«, sagte Andrea ernst. »Das Ende.«

Sie betraten Neufelds Hütte, ohne anzuklopfen. Neufeld, der hinter seinem Schreibtisch saß, schaute überrascht auf und sah auf seine Uhr. Droshny saß neben ihm.

Neufeld sagte kurz: »Vier Uhr, habe ich gesagt, nicht drei.«

»Unser Fehler«, entschuldigte sich Mallory. Er schloss die Tür. »Machen Sie bitte keine Dummheiten.«

Neufeld und Droshny machten keine Dummheiten. Sehr wenige Männer hätten versucht, Dummheiten zu machen, wenn sie sich gegenüber von zwei Luger-Pistolen mit perforierten Schalldämpfern gesehen hätten. Sie saßen einfach da, ohne eine Bewegung, nur sehr langsam verschwand der Schock aus ihren Gesichtern. Nach einer langen Pause sprach Neufeld. Die Worte kamen stockend.

»Ich habe den unverzeihlichen Fehler begangen, Sie zu unterschätzen …«

»Halten Sie den Mund. Brozniks Spione haben herausgefunden, wo sich die gefangenen Agenten der Alliierten ungefähr befinden. Sie wissen genau, wo sie sich befinden. Sie werden uns hinbringen, und zwar sofort.«

»Sind Sie verrückt?«, fragte Neufeld voller Überzeugung.

»Wir haben Sie nicht um Ihre Meinung gebeten.« Andrea trat hinter Neufeld und Droshny, nahm ihre Pistolen aus den Halftern, entfernte die Patronen und schob die Pistolen in die Halfter zurück. Dann ging er in eine Ecke der Hütte hinüber, nahm zwei Schmeisser-Maschinenpistolen, trat wieder vor den Schreibtisch und legte die Waffen auf die Platte, eine vor Neufeld, eine vor Droshny.

»Da sitzen Sie, meine Herren«, sagte Andrea gut gelaunt, »bewaffnet bis an die Zähne.«

Droshny sagte tückisch: »Und wenn wir nicht mitgehen?«

Andreas gute Laune verflog augenblicklich. Er ging gemächlich auf den Tisch zu und rammte den Schalldämpfer der Luger mit solcher Gewalt gegen Droshnys Zähne, dass er vor Schmerz nach Luft schnappte. »Bitte …«, Andreas Stimme war fast flehend, »bitte, reizen Sie mich nicht.«

Droshny reizte ihn nicht. Mallory ging zum Fenster hinüber und spähte auf den Lagerplatz hinaus. Mindestens ein Dutzend Četniks hielten sich in einer Entfernung von zehn Metern vor Neufelds Hütte auf. Alle waren bewaffnet. Am anderen Ende des Lagers sah er, dass die Tür zu den Ställen offen stand: Miller und die beiden Sergeants waren auf ihren Posten.

»Sie werden quer über den Lagerplatz zu den Ställen hinübergehen«, sagte Mallory. »Sie werden mit niemandem sprechen, Sie werden niemanden warnen und auch keine Zeichen geben. Wir werden drei Meter hinter Ihnen hergehen.«

»Drei Meter hinter uns. Soll uns das vielleicht davon abhalten, einen Ausbruch zu versuchen? Sie würden es nicht wagen, dort draußen eine Waffe auf uns zu richten.«

»Das stimmt«, gab Mallory ihm recht. »Von dem Moment an, in dem Sie die Hütte verlassen, befinden Sie sich vor den Läufen von drei Schmeisser-Maschinenpistolen: Meine Männer sitzen drüben in den Ställen. Und wenn Sie irgendetwas – was auch immer – versuchen sollten, werden Sie durchsiebt. Deshalb halten wir uns in so großer Entfernung hinter Ihnen – wir wollen nicht ebenfalls durchlöchert werden.«

Auf eine Handbewegung von Andrea nahmen Neufeld und Droshny, blass vor Wut, ihre leeren Waffen auf. Mallory schaute sie nachdenklich an und sagte: »Ich glaube, Sie sollten eine andere Miene aufsetzen. So, wie Sie jetzt aussehen, merkt jeder augenblicklich, dass etwas faul ist. Wenn Sie mit diesem Gesichtsausdruck hinausgehen, schießt Miller Sie über den Haufen, bevor Sie noch die unterste Stufe der Treppe erreicht haben. Bitte versuchen Sie, mir zu glauben.«

Sie glaubten ihm, und als Mallory die Tür öffnete, hatten sie ihre Gesichtsmuskeln so weit in der Gewalt, dass man ihnen nichts anmerkte. Sie gingen die Stufen hinunter und machten sich auf den Weg über den Lagerplatz. Als sie ihn halb überquert hatten, verließen Andrea und Mallory Neufelds Hütte und folgten ihnen. Ein oder zwei neugierige Blicke fielen auf sie, aber niemand hatte den Verdacht, dass etwas nicht stimmte. Sie erreichten die Ställe ohne Zwischenfall.

Und auch beim Verlassen des Lagers, zwei Minuten später, ereignete sich nichts. Neufeld und Droshny ritten, wie es sich gehörte und erwartet wurde, an der Spitze. Besonders Droshny sah mit seiner Schmeisser, der Pistole und den gefährlich gebogenen Messern im Gürtel sehr kriegerisch aus. Hinter ihnen ritt Andrea, der einige Schwierigkeiten mit der Handhabung seiner Schmeisser zu haben schien, denn er hielt sie in den Händen und untersuchte sie eingehend. Er vermied es sorgfältig, Neufeld oder Droshny anzusehen, und der Gedanke, dass der Lauf der Waffe, den Andrea wohlweislich auf den Boden gerichtet hielt, nur dreißig Zentimeter angehoben und der Abzug nur durchgezogen werden musste, um die beiden Männer zu durchsieben, war so abwegig, dass nicht einmal der Misstrauischste darauf gekommen wäre. Hinter Andrea ritten Mallory und Miller Seite an Seite. Wie Andrea schienen auch sie leicht gelangweilt. Reynolds und Groves bildeten den Schluss und brachten es fertig, beinah ebenso unbekümmert zu erscheinen wie die anderen drei. Nur ihre verkrampften Gesichter und ihre ruhelos umherschweifenden Augen verrieten den Druck, unter dem sie standen. Aber ihre Angst war unnötig, denn sie verließen das Lager nicht nur unbehelligt, sondern auch, ohne dass ihnen fragende Blicke folgten.

Über zweieinhalb Stunden ritten sie fast ununterbrochen aufwärts, und die Sonne ging gerade hinter den immer spärlicher wachsenden Kiefern unter, als sie zu einer Lichtung kamen und zum ersten Mal wieder ein Stück ebener Erde unter sich hatten. Neufeld und Droshny hielten ihre Ponys an und warteten, bis die anderen sie eingeholt hatten. Mallory zügelte sein Pferd und starrte zu dem Gebäude hinüber, das in der Mitte der Lichtung stand. Es war ein niedriges, solide gebautes Blockhaus mit schmalen verbarrikadierten Fenstern und zwei Schornsteinen. Aus einem stieg eine Rauchsäule in die klare Luft.

»Sind wir da?«, fragte Mallory.

»Überflüssige Frage.« Neufelds Stimme klang spröde, aber die mühsam unterdrückte Wut war durchaus zu erkennen. »Glauben Sie vielleicht, ich hätte diese ganze Zeit verschwendet, um Sie zu der falschen Stelle zu führen?«

»Es würde mich nicht überraschen«, sagte Mallory. Er musterte das Gebäude eingehender. »Es sieht ausgesprochen einladend aus.«

»Von jugoslawischen Armee-Munitionsdepots kann man nicht erwarten, dass sie wie Luxushotels aussehen.«

»Wahrscheinlich nicht«, stimmte Mallory ihm zu. Auf ein Zeichen von ihm lenkten sie ihre Ponys auf die Lichtung hinaus. Im gleichen Moment glitten zwei Metallplatten in der Vorderwand des Blockhauses zurück und gaben zwei Schießscharten frei, aus denen die Läufe von zwei Maschinenpistolen drohten. Ungedeckt, wie sie waren, waren die sieben Männer auf ihren Pferden völlig in der Hand der Männer, die hinter den Gewehrläufen standen.

»Ihre Leute sind ausgesprochen wachsam«, sagte Mallory anerkennend zu Neufeld. »Um ein Haus wie dieses zu bewachen, brauchen Sie nicht viele Männer. Wie viele sind es?«

»Sechs«, kam widerwillig Neufelds Antwort.

»Wenn es sieben sind, sind Sie ein toter Mann«, warnte Andrea.

»Sechs.«

Als sie näher kamen, wurden die Waffen zurückgezogen, wahrscheinlich, weil die Männer Neufeld und Droshny erkannt hatten. Die Schießscharten wurden geschlossen, und die schwere metallene Eingangstür öffnete sich. Ein Feldwebel erschien im Türrahmen und salutierte respektvoll. Sein Gesicht zeigte Überraschung.

»Ein unerwartetes Vergnügen, Hauptmann Neufeld«, sagte er. »Wir haben keine Funknachricht bekommen, dass Sie uns besuchen.«

»Das Gerät ist im Moment außer Betrieb.« Neufeld bedeutete ihnen, in das Blockhaus zu gehen, doch Andrea bestand höflich, aber bestimmt darauf, dass der deutsche Offizier vorginge, und er gab seiner höflichen Geste Nachdruck durch einen heftigen Stoß mit der Schmeisser. Neufeld ging hinein, gefolgt von Droshny und den anderen fünf Männern.

Die Fenster waren so schmal, dass die brennenden Öllampen zweifellos notwendig waren. Die Helligkeit, die sie ausstrahlten, wurde beinahe verdoppelt durch das Holzfeuer, das in der Feuerstelle prasselte. Das alles konnte nicht über die Trostlosigkeit der vier kahlen Steinwände hinwegtäuschen, obwohl der Raum selbst überraschend gut möbliert war. Es gab einen Tisch, zwei Stühle, zwei Sessel und ein Sofa. Und auf dem Boden lag so etwas Ähnliches wie ein Teppich. Wenn man den Feldwebel mitrechnete, der sie begrüßt hatte, befanden sich drei bewaffnete Soldaten in dem Raum. Mallory warf Neufeld einen Blick zu. Der nickte. Sein Gesicht war verkrampft vor Zorn.

Neufeld sagte zu einer der Wachen: »Bringen Sie die Gefangenen heraus.«

Die Wache nickte, nahm einen schweren Schlüssel von der Wand und ging auf eine verbarrikadierte Tür zu. Der Feldwebel und die andere Wache schoben die metallenen Platten über den Schießscharten zurück. Andrea schlenderte auf die Wache zu, die ihm am nächsten stand. Mit einer plötzlichen Bewegung stieß er ihn gegen den Feldwebel. Beide Männer wurden gegen die Wache geschleudert, die gerade den Schlüssel ins Schloss geschoben hatte. Der dritte Mann ging krachend zu Boden. Die anderen beiden taumelten wie betrunken hin und her, schafften es aber, das Gleichgewicht zu halten und auf den Beinen zu bleiben. Alle drei drehten sich um und starrten Andrea an. Wut und Fassungslosigkeit spiegelten sich auf ihren Gesichtern wider, aber alle drei waren klug genug, regungslos stehen zu bleiben. Wenn man auf drei Schritt Entfernung in die Mündung einer Schmeisser-Maschinenpistole schaut, ist das einzig Vernünftige, sich nicht zu rühren. Mallory sagte zu dem Feldwebel:

»Es müssen noch drei andere Männer da sein. Wo sind sie?«

Er bekam keine Antwort. Die Wache starrte ihn nur herausfordernd an. Mallory wiederholte die Frage, diesmal in fließendem Deutsch. Die Wache ignorierte ihn und sah fragend zu Neufeld hinüber, der mit steinernem Gesicht dastand und die Lippen zusammenpresste.

»Sind Sie verrückt?«, fragte Neufeld den Feldwebel. »Sehen Sie nicht, dass diese Männer Killer sind? Sagen Sie es ihm.«

»Es sind noch die Nachtwachen da. Aber die schlafen jetzt.« Der Feldwebel deutete auf eine Tür. »Da drin.«

»Machen Sie auf. Sagen Sie ihnen, sie sollen herauskommen. Rückwärts, mit im Nacken verschränkten Händen.«

»Tun Sie genau, was er sagt«, befahl Neufeld.

Der Sergeant tat genau, was ihm gesagt wurde, ebenso die drei Wachen, die in dem hinteren Zimmer geschlafen hatten. Sie kamen genauso heraus, wie es ihnen befohlen worden war, und offensichtlich hatten sie nicht die Absicht, Widerstand zu leisten. Mallory wandte sich an den Mann mit dem Schlüssel, der taumelnd vom Boden hochgekommen war, und nickte zu der verbarrikadierten Tür hinüber.

»Aufmachen.«

Der Mann schloss auf und stieß die Tür weit auf. Langsam und unsicher kamen vier englische Offiziere aus dem Zimmer in den großen Raum. Das lange Eingeschlossensein hatte ihre Haut fahl werden lassen, aber abgesehen von ihrer Blässe waren sie zwar ziemlich mager, doch offensichtlich gesund. Der Mann, der als Erster herauskam, trug die Rangabzeichen eines Majors und einen Sandhurst-Schnauzbart, und als er sprach, tat er das mit Sandhurst-Akzent. Er blieb abrupt stehen und starrte ungläubig auf Mallory und seine Männer.

»Gütiger Himmel! Was, in aller Welt, habt ihr Burschen …«

»Bitte«, unterbrach ihn Mallory. »Tut mir leid. Jetzt nicht. Nehmen Sie Ihre Mäntel und was Sie sonst noch an warmem Zeug haben und warten Sie draußen.«

»Aber … aber, wohin bringen Sie uns?«

»Nach Hause. Nach Italien. Heute Abend. Bitte beeilen Sie sich.«

»Nach Italien! Sie sprechen …«

»Beeilen Sie sich.« Mallory sah ungeduldig auf die Uhr. »Wir sind sowieso schon spät dran.«

So schnell es den verwirrten Männern möglich war, sammelten sie ihre warme Kleidung zusammen und gingen nach draußen, Mallory wandte sich wieder an den Feldwebel. »Sie müssen Ponys hier haben.«

»Hinter dem Blockhaus«, sagte der Feldwebel sofort. Er hatte sich offensichtlich blitzschnell der neuen Lage angepasst.

»Guter Junge«, lobte Mallory. Er sah Reynolds und Groves an. »Wir brauchen noch zwei Ponys. Bitte satteln Sie sie.«

Die beiden verließen das Haus. Während Mallory und Miller ihre Waffen auf sie gerichtet hielten, wurden die sechs Wachen von Andrea durchsucht. Die Suche verlief ergebnislos.

Andrea scheuchte die Männer in das hintere Zimmer, schloss die Tür ab und hängte den Schlüssel an die Wand. Danach durchsuchte er ebenso sorgfältig Neufeld und Droshny. Als Andrea dessen Messer achtlos in eine Zimmerecke warf, war Droshny nahe daran, sich auf ihn zu stürzen.

Mallory sah die beiden Männer an und sagte: »Ich würde Sie erschießen, wenn es nötig wäre. Das ist es nicht. Vor morgen früh wird Sie niemand vermissen.«

»Möglicherweise werden Sie noch eine ganze Reihe von Tagen nicht vermisst«, ließ sich Miller vernehmen.

»Sie sind sowieso eine zu große Last«, sagte Mallory gleichgültig. Er lächelte. »Ich kann es mir nicht verkneifen, Ihnen eine kleine Nettigkeit zum Abschied zu sagen, Hauptmann Neufeld. Sie haben dann ein bisschen etwas zum Nachdenken, bis jemand kommt und Sie hier findet.« Er schaute Neufeld nachdenklich an. Als Neufeld schwieg, fuhr er fort: »Es geht um die Information, die ich Ihnen heute Vormittag gegeben habe.«

Neufeld sah ihn wachsam an: »Was ist damit?«

»Nur das: Ich fürchte, sie war nicht ganz richtig. Vukalovic erwartet den Angriff aus dem Norden, durch die Zenica-Schlucht, nicht über die Neretva-Brücke aus dem Süden. Wir wissen, dass in den Wäldern nördlich der Zenica-Schlucht an die zweihundert Panzer stehen – aber heute Nacht um zwei, wenn Ihr Angriff beginnen soll, wird das nicht mehr so sein. Nicht, nachdem ich zu unseren Lancaster-Geschwadern in Italien durchgekommen bin. Stellen Sie sich vor, was das für ein wundervolles Ziel ist! Zweihundert Panzer, zusammengepfercht in einer Falle, die hundertfünfzig Meter breit und nicht mehr als dreihundert Meter lang ist. Um 1.30 Uhr wird die RAF zur Stelle sein. Und um zwei Uhr heute Nacht wird kein einziger Panzer mehr vorhanden sein.«

Neufeld schaute ihn lange an, sein Gesicht war erstarrt. Schließlich sagte er langsam und leise: »Sie sollen verdammt sein! Sie sollen verdammt sein! Sie sollen verdammt sein!«

»Fluchen ist alles, was Ihnen noch bleibt«, sagte Mallory zustimmend. »Wenn Sie befreit werden – ich setze voraus, dass Sie befreit werden –, wird alles vorbei sein. Wiedersehen bis nach dem Krieg.«

Andrea sperrte die beiden Männer in ein Nebenzimmer und hängte den Schlüssel neben den anderen an die Wand. Dann gingen sie hinaus, verschlossen die Eingangstür, hängten den Schlüssel an einen Nagel neben der Tür, bestiegen die Ponys – Groves und Reynolds hatten bereits zwei weitere Tiere gesattelt – und begannen wieder, bergauf zu reiten. Mallory hatte eine Karte in der Hand und studierte in der hereinbrechenden Dämmerung den Weg, den sie nehmen mussten.

Der Pfad führte am Rand eines Kiefernwaldes entlang. Sie waren gerade eine halbe Meile geritten, als Andrea sein Pony anhielt, abstieg, den rechten Vorderlauf des Tieres anhob und sorgfältig untersuchte. Er sah zu den anderen auf, die ebenfalls angehalten hatten. »Ein Stein hat sich unter den Huf geklemmt«, erklärte er. »Sieht schlecht aus – aber nicht zu schlecht. Ich werde ihn rausschneiden. Wartet nicht auf mich – ich komme in ein paar Minuten nach.«

Mallory nickte und gab das Zeichen zum Weiterreiten. Andrea zog ein Messer heraus, hob den Fuß des Ponys und machte sich gestenreich daran, den Stein herauszuschneiden. Nach einer Minute blickte er auf und sah, dass der Rest des Trupps hinter einer Wegbiegung verschwunden war. Andrea steckte sein Messer weg und führte das Pony, dem ganz offensichtlich nicht das Geringste fehlte, in den Schutz des Waldes. Dort band er es fest und ging zu Fuß ein Stück den Hügel in

Richtung Blockhaus hinunter. Hinter einer Kiefer, die ihm Deckung gab, setzte er sich und holte sein Fernglas heraus.

Er musste nicht lange warten. Kopf und Schulter eines Mannes kamen hinter einem Baum am Rande der Lichtung zum Vorschein. Der Mann spähte vorsichtig um sich. Andrea lag jetzt flach im Schnee, die eisigen Ränder seines Fernglases presste er fest an seine Augen. Er hatte keine Schwierigkeiten, den Mann dort unten sofort zu identifizieren: Feldwebel Baer, mondgesichtig, kugelrund und etwa siebzig Pfund zu schwer für seine nicht gerade eindrucksvolle Größe, war körperlich gesehen eine so einmalige Gestalt, dass nur ein Schwachsinniger ihn vergessen hätte.

Baer zog sich in den Wald zurück und erschien kurz darauf wieder, eine Reihe von Ponys hinter sich herziehend, von denen eins einen zugedeckten, plumpen Gegenstand trug, der an einem Tragkorb festgebunden war. Zwei der nachfolgenden Ponys trugen Reiter, deren Hände an die Sattelknöpfe gefesselt waren. Ohne Zweifel handelte es sich um Petar und Maria. Hinter ihnen ritten vier Soldaten. Feldwebel Baer bedeutete ihnen, ihm über die Lichtung zu folgen, und innerhalb von Sekunden waren alle hinter dem Blockhaus verschwunden. Andrea starrte nachdenklich auf die nun menschenleere Lichtung hinunter, zündete sich eine Zigarre an und ging zu seinem Pony zurück.

Feldwebel Baer stieg ab, zog einen Schlüssel aus der Tasche, sah den Schlüssel, der neben der Tür an dem Nagel hing, steckte seinen wieder weg, nahm den anderen, schloss die Tür damit auf und ging hinein. Er schaute sich um, nahm einen der Schlüssel, die an der Wand hingen, und öffnete eine Seitentür damit. Hauptmann Neufeld trat heraus, warf einen Blick auf seine Uhr und lächelte.

»Sie sind sehr pünktlich, Feldwebel Baer. Haben Sie das Funkgerät?«

»Jawohl. Draußen.«

»Ausgezeichnet, ausgezeichnet.« Neufeld schaute Droshny an und lächelte wieder. »Ich glaube, es ist Zeit, dass wir zum Ivenici-Plateau hinausschauen.«

Feldwebel Baer sagte respektvoll: »Wie können Sie so sicher sein, dass es das Ivenici-Plateau ist, Hauptmann Neufeld?«

»Wie ich so sicher sein kann? Einfach, mein lieber Baer. Weil Maria – Sie haben sie doch dabei?«

»Aber natürlich, Hauptmann Neufeld.«

»Weil Maria es mir gesagt hat. Deshalb bin ich so sicher.«

Die Nacht war hereingebrochen, und das Ivenici-Plateau lag im Dunkel, aber die Phalanx der erschöpften Soldaten war immer noch damit beschäftigt, die Landebahn für das Flugzeug auszutreten. Zu dieser Zeit war die Arbeit nicht mehr so mörderisch, denn der Schnee war jetzt schon niedergetrampelt und hart gestampft. Aber obwohl fünfhundert neue Soldaten dazugekommen waren, war die Müdigkeit so allgemein, dass die Phalanx in keiner besseren Verfassung war als die anderen, die sich als Erste ihren Weg durch dieses Schneefeld gebahnt hatten.

Außerdem hatte die Phalanx ihre Form geändert. Anstatt fünfzig Mann breit und zwanzig tief, war sie jetzt zwanzig breit und fünfzig tief. Nachdem sie genügend Platz für die Tragflächen des Flugzeugs geschaffen hatten, waren sie nun damit beschäftigt, die Fläche, auf der die Räder der Maschine ausrollen würden, so hart wie möglich zu stampfen.

Der Dreiviertelmond stand weiß und leuchtend tief am Himmel, von Norden kamen schmale Wolkenstreifen, und als sie langsam vor dem Mond vorbeizogen, fielen schwarze

Schatten auf das Plateau. Die Phalanx, in einem Moment in silbernes Mondlicht gehüllt, wurde im nächsten Moment von dichter Dunkelheit umgeben. Es war eine fantastische Szene, märchenhaft und unheimlich. Sie erinnerte, wie Colonel Vis, bar jeder romantischen Empfindung, gerade zu Captain Vlanovic geäußert hatte, an eine Szene aus Dantes Inferno, nur um einiges kälter. Allerdings um ein gutes Stück kälter, hatte Vis hinzugefügt, er sei nicht sicher, wie heiß es in der Hölle sei.

Es war dieser Anblick, der sich Mallory und seinen Männern bot, als sie um zwanzig vor neun auf dem Gipfel eines Hügels ankamen und ihre Ponys kurz vor dem Abgrund zügelten, der an die westliche Seite des Ivenici-Plateaus angrenzte. Mindestens zwei Minuten saßen sie da, auf ihren Ponys, regungslos, schweigend, hypnotisiert von dem unwirklichen Anblick von tausend Männern, die sich mit gesenkten Köpfen und vorgebeugten Schultern mit letzter Kraft über das Schneefeld dahinschleppten, hypnotisiert, weil sie alle wussten, dass sie Zeugen eines Schauspiels waren, das keiner von ihnen jemals vorher gesehen hatte oder jemals vergessen würde. Mallory befreite sich schließlich aus seinem Trancezustand, sah zu Andrea und Miller hinüber und schüttelte langsam den Kopf. Auf seinem Gesicht lag Fassungslosigkeit, Unglaube darüber, dass das, was seine Augen sahen, keine Fata Morgana war. Andrea und Miller beantworteten seinen Blick mit einem Kopfschütteln. Mallory lenkte sein Pony nach rechts und ritt die Felswand entlang bis zu der Stelle, an der sie in leicht ansteigenden Boden überging.

Zehn Minuten später wurden sie von Colonel Vis begrüßt.

»Ich hatte nicht erwartet, Sie zu sehen, Captain Mallory.« Vis schüttelte begeistert seine Hand. »Weiß Gott, ich habe nicht erwartet, Sie zu sehen. Sie und Ihre Männer müssen einen besonderen Schutzengel haben.«

»Sagen Sie das in ein paar Stunden noch einmal«, sagte Mallory trocken. »Wenn wir dann noch leben, will ich es glauben.«

»Aber es ist doch jetzt alles vorüber. Wir erwarten das Flugzeug …«

Vis sah auf die Uhr. » … in genau acht Minuten. Wir haben eine Landebahn, und es wird keine Schwierigkeiten bei der Landung und dem Abflug geben, vorausgesetzt, dass es sich nicht zu lange hier aufhält. Sie haben alles erledigt, was Sie vorhatten, und Sie haben es ausgezeichnet erledigt. Das Glück war auf Ihrer Seite.«

»Sagen Sie das in ein paar Stunden noch einmal«, wiederholte Mallory.

»Verzeihen Sie.« Vis konnte seine Verwirrung nicht verbergen. »Erwarten Sie, dass mit dem Flugzeug etwas passiert?«

»Ich erwarte nicht, dass mit dem Flugzeug etwas passiert. Aber das, was jetzt vorbei ist, war nur das Vorspiel.«

»Das … das Vorspiel?«

»Lassen Sie es mich erklären.«

Neufeld, Droshny und Baer banden ihre Ponys im Wald fest und gingen den leicht ansteigenden Pfad hinauf, der vor ihnen lag. Feldwebel Baer hatte Schwierigkeiten, sich durch den tiefen Schnee bergauf zu kämpfen, denn das große tragbare Funkgerät war auf seinen Rücken geschnallt. Kurz vor dem Gipfel ließen sie sich auf Hände und Knie nieder und krochen vorwärts, bis sie nur noch ein paar Meter von dem Rand des Felsvorsprungs entfernt waren, von dem aus man das Ivenici-Plateau überschauen konnte. Neufeld hob sein Fernglas und senkte es gleich darauf wieder: Der Mond war hinter einer

Wolkenbank hervorgekrochen und beleuchtete die Szene. Der scharfe Kontrast von schwarzen Schatten und weißem Schnee, der so weiß glänzte, dass er fast zu phosphoreszieren schien, machte das Fernglas überflüssig.

Rechts lagen, deutlich sichtbar, Vis' Kommandozelte und gleich daneben einige hastig aufgebaute Suppenküchen. Vor dem kleinsten Zelt stand eine Gruppe von etwa zwölf Personen, die – das konnte man sogar auf diese Entfernung erkennen – in ein angeregtes Gespräch vertieft waren. Direkt unter der Stelle, an der sie lagen, konnten die drei Männer sehen, wie die Phalanx an dem Ende der Landebahn wendete und sich langsam, schrecklich langsam und zu Tode erschöpft, den schon ausgetretenen Weg zurückschleppte. Wie Mallory und seine Männer hielt das unheimliche und unwirkliche Bild auch Neufeld, Droshny und Baer momentan gefangen. Nur mit größter Willensanstrengung konnte sich Neufeld dazu bringen, den Blick abzuwenden und in die Wirklichkeit zurückzufinden.

»Wie ausgesprochen reizend von unseren jugoslawischen Freunden«, murmelte er, »dass sie so viel für uns tun.« Er wandte sich an Baer und deutete auf das Funkgerät. »Verbinden Sie mich mit dem General.«

Baer ließ das Gerät von den Schultern gleiten, stellte es in den Schnee, zog die Antenne aus, stellte die Frequenz ein und drehte an der Kurbel. Er hatte fast augenblicklich Kontakt, sagte ein paar Worte und reichte dann das Mikrofon und die Kopfhörer Neufeld hinüber, der sie aufsetzte und immer noch halb hypnotisiert auf die tausend Männer und Frauen hinunterstarrte, die wie Ameisen über die Ebene krochen. Plötzlich krachte es in seinen Kopfhörern, und der Bann war gebrochen.

»Herr General?«

»Ah, Hauptmann Neufeld.« Die Stimme des Generals kam schwach, aber sehr klar, völlig ohne Verzerrung oder statische Geräusche. »Na, was sagen Sie zu meinem psychologischen Urteil über den englischen Verstand?«

»Sie haben Ihren Beruf verfehlt, Herr General. Alles ist genauso eingetreten, wie Sie es vorausgesagt haben. Es wird Sie vielleicht interessieren, Sir, dass die Royal Air Force heute Nacht genau um 1.30 Uhr einen Bombenteppich über die Zenica-Schlucht legen wird.«

»Soso«, sagte Zimmermann nachdenklich. »Das ist wirklich interessant, aber kaum überraschend.«

»Nein, Herr General.« Neufeld sah auf, als Droshny ihm auf die Schulter tippte und nach Norden deutete. »Einen Moment, Herr General.«

Neufeld nahm die Kopfhörer ab und wandte den Kopf, um in die Richtung zu schauen, in die Droshnys ausgestreckter Arm zeigte. Er hob sein Fernglas, aber er konnte nichts sehen. Stattdessen konnte er etwas hören – das entfernte Brummen von Flugzeugmotoren, das näher kam. Neufeld setzte die Kopfhörer wieder auf.

»Wir müssen den Engländern eine Eins für Pünktlichkeit geben, Herr General. Das Flugzeug kommt.«

»Ausgezeichnet, ausgezeichnet. Halten Sie mich auf dem Laufenden.«

Neufeld nahm die Kopfhörer herunter und starrte nach Norden. Man konnte immer noch nichts sehen. Der Mond war hinter einer Wolke verschwunden. Das Motorengeräusch wurde lauter. Plötzlich ertönten irgendwo unten auf dem Plateau drei schrille Pfiffe. Augenblicklich löste sich die marschierende Phalanx auf, die Männer und Frauen stolperten von der Landebahn in den tiefen Schnee auf der Ostseite des Plateaus und ließen – wie es offensichtlich vorher abgesprochen worden war – etwa achtzig Männer zurück, die sich auf beiden Seiten der Landebahn verteilten.

»Gut organisiert, das muss man ihnen lassen«, sagte Neufeld bewundernd. Droshny sah so liebenswürdig aus wie ein Wolf, als er lächelte: »Umso besser für uns, was?«

»Alle scheinen ihr Bestes zu geben, um uns heute Nacht zu helfen«, stimmte Neufeld zu.

Am Himmel zog die schwarze Wolkenbank nach Süden ab, und das weiße Licht des Mondes beleuchtete das Plateau. Und in diesem Moment sah Neufeld das Flugzeug, weniger als eine halbe Meile entfernt, sein mit Tarnfarbe angestrichener Leib zeichnete sich deutlich in dem hellen Mondlicht ab.

Langsam glitt es auf die Landebahn zu. Noch ein scharfer Pfiff ertönte, und die Männer, die sich an den Seiten der Landebahn aufgestellt hatten, ließen Handlampen aufflammen, was allerdings in dieser fast taghellen Nacht überflüssig war, aber für den Fall, dass der Mond gerade hinter einer Wolke verschwinden würde, unerlässlich.

»Er kommt rein«, sagte Neufeld in das Mikrofon. »Es ist ein Wellington-Bomber.«

»Hoffen wir, dass er eine sichere Landung macht«, sagte Zimmermann.

»Allerdings, das wollen wir hoffen, Herr General.«

Der Wellington-Bomber machte eine sichere Landung, er machte eine perfekte Landung, wenn man die extremen Schwierigkeiten in Betracht zog. Die Motoren wurden gedrosselt, und mit gleichmäßiger Geschwindigkeit senkte sich die Maschine auf den Anfang der Landebahn herab.

Neufeld sagte ins Mikrofon: »Sicher gelandet, Herr General. Er rollt aus.«

»Warum bleibt er nicht stehen?«, fragte Droshny.

»Sie können ein Flugzeug auf Schnee nicht genauso beschleunigen wie auf einer normalen Rollbahn«, sagte Neufeld. »Sie werden jeden Meter der Bahn für den Start brauchen.«

Ganz offensichtlich war der Pilot der gleichen Meinung. Er war noch etwa fünfzig Meter vom Ende der Rollbahn entfernt, als zwei Gruppen von Leuten aus den Reihen am Rande der Bahn ausbrachen. Eine Gruppe lief auf die bereits offene Tür an der Seite des Bombers zu, die anderen rannten zur Schwanzflosse des Flugzeugs. Beide Gruppen erreichten die Maschine, als sie gerade ausrollte und ganz am Ende der Rollbahn zum Stehen kam. Ein Dutzend Männer klammerten sich an die Schwanzflosse und drehten das Flugzeug um 180 Grad. Droshny war tief beeindruckt. »Mein Gott, die verlieren wirklich keine Zeit, was?«

»Sie können es sich nicht leisten. Wenn das Flugzeug an einem Fleck stehen bleibt, sinkt es in den Schnee ein.« Neufeld hob sein Fernglas und sprach in das Mikrofon.

»Sie gehen an Bord, Herr General. Eins, zwei drei … sieben, acht. Nein: neun.« Neufeld seufzte erleichtert, die Spannung wich. »Meine herzlichsten Glückwünsche, Herr General. Neun ist die Stichzahl.«

Die Schnauze des Flugzeugs zeigte bereits in die Richtung, aus der es gekommen war. Der Pilot stand auf der Bremse, die gedrosselten Motoren heulten, dann, zwanzig Sekunden, nachdem er zum Stehen gekommen war, war der Bomber bereits wieder auf dem Weg und beschleunigte rasch. Der Pilot wartete, bis er ganz am Ende der Rollbahn angekommen war, bevor er die Wellington hochzog, aber als er es schließlich tat, kam sie sauber vom Boden ab und stieg stetig zum Nachthimmel auf.

»Gut abgekommen, Herr General«, berichtete Neufeld.

»Alles genau nach Plan.« Er bedeckte das Mikrofon mit der Hand, sah dem verschwindenden Flugzeug nach und lächelte Droshny zu.

»Ich glaube, wir sollten ihnen eine gute Reise wünschen, meinen Sie nicht?«

Mallory, einer der Leute, die am Rande der Landebahn standen, senkte sein Fernglas. »Und eine recht gute Reise ihnen allen.«

Colonel Vis schüttelte traurig den Kopf. »All diese Arbeit nur, um fünf Männer zu einem Ferienaufenthalt nach Italien zu schicken.«

»Ich wage zu behaupten, dass sie diesen Urlaub nötig hatten«, sagte Mallory.

»Zum Teufel mit ihnen. Was ist mit uns?«, fragte Reynolds. Entgegen seinen Worten zeigte sein Gesicht keine Wut, er sah nur leicht benommen und völlig verblüfft aus. »Wir hätten an Bord der verdammten Maschine sein sollen.«

»Nun ja, ich habe mich anders entschlossen.«

»Von wegen – anders entschlossen«, sagte Reynolds bitter.

In der Wellington betrachtete der Major mit dem Schnauzbart seine drei Mitentflohenen und die fünf Partisanensoldaten, schüttelte ungläubig den Kopf und wandte sich an den Captain, der neben ihm saß.

»Eine merkwürdige Geschichte, was?«

»Sehr merkwürdig, Sir«, sagte der Captain. Er blickte neugierig auf die Papiere, die der Major in der Hand hielt. »Was haben Sie da?«

»Eine Landkarte und Papiere, die ich einem bärtigen Marinemenschen aushändigen soll, wenn wir in Italien gelandet sind. Ein komischer Kauz, dieser Mallory, was?«

»Sehr komisch«, stimmte der Captain zu.

Mallory und seine Männer, ebenso Vis und Vlanovic, hatten sich von der Menge abgesondert und standen vor Vis' Kommandozelt.

»Haben Sie für Seile gesorgt?«, fragte Mallory Vis. »Wir müssen sofort weg.«

»Warum denn so schrecklich eilig, Sir?«, fragte Groves. Wie bei Reynolds war auch bei ihm der Widerstand einer hilflosen Verwirrung gewichen. »Warum auf einmal?«

»Wegen Maria und Petar«, sagte Mallory grimmig. »Sie drängen uns zur Eile.«

»Was ist mit Petar und Maria?«, fragte Reynolds misstrauisch. »Was haben die denn mit der Sache zu tun?«

»Sie werden in dem Blockhaus gefangen gehalten, das als Munitionsdepot dient. Und wenn Neufeld und Droshny dahin zurückkommen ...«

»Dahin zurückkommen«, sagte Groves verwirrt. »Was meinen Sie mit ›dahin zurückkommen‹? Wir ... Wir haben sie doch dort eingesperrt. Und woher, zum Teufel, wissen Sie, dass Petar und Maria in dem Blockhaus festgehalten werden? Wie ist das möglich? Ich meine, sie waren doch nicht dort, als wir weggingen – und das ist schließlich noch gar nicht lange her.«

»Als sich Andreas Pony auf dem Weg hierher einen Stein eingetreten hatte, hatte es sich keinen Stein eingetreten. Andrea hielt Wache.«

»Wissen Sie«, erklärte Miller, »Andrea traut niemandem.«

»Er sah Feldwebel Baer, der Petar und Maria zum Blockhaus brachte«, fuhr Mallory fort. »Gefesselt. Baer befreite Neufeld und Droshny, und Sie können getrost Ihren Kopf wetten, dass die beiden oben auf dem Felsvorsprung waren, um sich zu vergewissern, dass wir auch tatsächlich abflogen.«

»Sie sagen uns nicht gerade viel, nicht wahr, Sir?«, sagte Reynolds verbittert.

»Ich sage Ihnen so viel«, sagte Mallory bestimmt, »wenn wir nicht bald zu ihnen kommen, springen Maria und Petar über die Klinge. Neufeld und Droshny wissen es noch nicht, aber inzwischen müssen sie einigermaßen überzeugt sein, dass es Maria war, die mir verriet, wo die vier Agenten gefangen gehalten wurden. Sie haben von Anfang an gewusst, wer wir wirklich sind – Maria hat es ihnen gesagt. Jetzt wissen sie, wer Maria ist. Gerade, bevor Droshny Saunders umbrachte ...«

»Droshny?« Reynolds' Gesicht ließ erkennen, dass er kurz davor war, jeden Versuch, noch irgendetwas zu begreifen, endgültig aufzugeben. »Maria?«

»Ich hatte mich verrechnet.« Mallorys Stimme klang müde. »Wir hatten uns alle verrechnet, aber dieser eine Rechenfehler war besonders schlimm.« Er lächelte, aber das Lächeln erreichte seine Augen nicht. »Sie werden sich sicher daran erinnern, dass Sie sich über Andrea aufgeregt haben, als er sich vor der Kantine in Neufelds Lager mit Droshny in eine Schlägerei einließ.«

»Sicher erinnere ich mich. Es war einer der verrücktesten ...«

»Sie können sich später zu einer passenderen Zeit bei Andrea entschuldigen«, unterbrach ihn Mallory. »Andrea provozierte Droshny in meinem Auftrag. Ich wusste, dass Neufeld und Droshny in der Kantine etwas ausbrüteten, nachdem wir hinausgegangen waren, und ich brauchte einen Moment Zeit, um Maria zu fragen, was sie besprochen hatten. Sie berichtete mir, dass sie uns ein paar Četniks in Brozniks Lager nachschicken wollten – in passender Verkleidung, natürlich –, damit sie über uns Bericht erstatten konnten. Es waren zwei Männer, die uns in dem holzfeuerbetriebenen Lastwagen begleiteten. Andrea und Miller töteten sie.«

»Das sagen Sie uns *jetzt*«, sagte Groves tonlos. »Andrea und Miller töteten sie.«

»Was ich nicht wusste, war, dass Droshny uns ebenfalls folgte. Er sah Maria und mich zusammen.« Er sah Reynolds an. »Genau wie Sie. Zu der Zeit wusste ich noch nicht, dass er uns gesehen hatte, aber seit ein paar Stunden weiß ich es. Seit heute Morgen war Maria so gut wie zum Tode verurteilt. Aber ich konnte nichts dagegen tun, bis jetzt jedenfalls. Wenn ich die Karten auf den Tisch gelegt hätte, wären wir geliefert gewesen.«

Reynolds schüttelte den Kopf. »Aber Sie haben doch gerade gesagt, dass Maria uns verraten hat …«

»Maria«, sagte Mallory, »ist eine englische Spitzenspionin. Vater Engländer, Mutter Jugoslawin. Sie war schon in diesem Land, bevor die Deutschen kamen. Als Studentin in Belgrad. Sie schloss sich den Partisanen an, die sie als Funker ausbildeten und dann ihren Übertritt zu den Četniks arrangierten. Die Četniks hatten einen Funker von einem der ersten englischen Einsätze gefangen genommen. Sie – die Deutschen – trainierten sie so lange darauf, die Eigenheiten des Funkers zu kopieren – jeder Funker hat seinen unverwechselbaren Stil –, bis ihre Arten zu funken nicht mehr zu unterscheiden waren. Und ihr Englisch war natürlich perfekt. Sie stand in direkter Verbindung mit dem Alliierten Nachrichtendienst in Nordafrika und Italien. Die Deutschen glaubten, sie hätten uns an der Nase herumgeführt. Tatsächlich war es aber genau umgekehrt.«

»Davon hast du mir auch nichts erzählt«, beschwerte sich Miller.

»Ich habe so viele Dinge im Kopf. Jedenfalls wurde sie auf direktem Weg von der Ankunft der letzten vier Agenten, die abspringen würden, in Kenntnis gesetzt. Selbstverständlich gab sie diese Information den Deutschen weiter. Und alle diese

Agenten brachten Informationen, die die Deutschen in ihrer Meinung bestärkten, dass eine zweite Front – eine Invasion – drohte.«

Reynolds sagte bedächtig: »Sie wussten also auch, dass wir kamen?«

»Natürlich. Sie wussten genau über uns und unsere wahre Identität Bescheid. Was sie natürlich nicht wussten, war, dass wir wussten, dass sie wussten und dass das, was sie über uns wussten, zwar die Wahrheit, aber nur ein Teil davon war.«

Reynolds brauchte einige Zeit, um das Gehörte zu verdauen. Dann sagte er zögernd: »Sir?«

»Ja?«

»Ich glaube, ich habe Ihnen unrecht getan, Sir.«

»Das kommt vor«, sagte Mallory mit einem flüchtigen Lächeln. »Von Zeit zu Zeit kommt es vor. Sie haben mir unrecht getan, Sergeant, das stimmt, aber Sie taten es aus den besten Motiven. Der Fehler liegt bei mir. Nur bei mir. Aber mir waren die Hände gebunden.« Mallory legte ihm die Hand auf die Schulter. »Eines Tages werden Sie sich vielleicht dazu durchringen können, mir zu verzeihen.«

»Petar?«, fragte Groves. »Er ist nicht ihr Bruder?«

»Petar ist Petar. Nicht mehr. Ein Strohmann.«

»Da sind noch eine ganze Menge …«, begann Reynolds, aber Mallory unterbrach ihn.

»Das muss warten. Colonel Vis, die Karte bitte.« Captain Vlanovic holte sie aus dem Zelt, und Mallory richtete seine Taschenlampe darauf. »Sehen Sie. Hier. Der Neretva-Damm und der Zenica-Käfig. Ich habe Neufeld gesagt, dass Broznik mir gesagt hat, dass die Partisanen damit rechnen, dass der Angriff von Süden über die Neretva-Brücke erfolgt. Aber, wie ich gerade sagte, wusste Neufeld – er wusste es sogar schon, bevor wir ankamen –, wer und was wir wirklich sind. Deshalb war er überzeugt, dass ich log. Er war überzeugt, ich sei überzeugt, dass der Angriff von Norden durch die Zenica-Schlucht kommt. Immerhin hätte ich guten Grund gehabt, das zu glauben – schließlich stehen zweihundert deutsche Panzer da oben.«

Vis starrte ihn an. »Zweihundert!«

»Hundertneunzig davon sind aus Sperrholz. Also war die einzige Möglichkeit für Neufeld – und zweifellos auch für das deutsche Oberkommando –, wenn sie sicher sein wollten, dass diese außerordentlich wichtige Information nach Italien durchkommt, uns zu erlauben, diese Rettungskomödie zu spielen. Und sie taten das mit Vergnügen und halfen uns auf jede nur mögliche Weise, sie gingen sogar so weit in ihrer Begeisterung für ihre Zusammenarbeit mit uns, dass sie sich gefangen nehmen ließen. Sie wussten natürlich, dass wir keine andere Wahl hatten, als sie gefangen zu nehmen und sie zu zwingen, uns zu dem Blockhaus zu führen. Aber sie hatten eine Vorsorge getroffen und die einzige Person, die uns in dieser Sache hätte helfen können, versteckt: Maria. Und natürlich hatten sie – da sie ja alles vorher wussten – dafür gesorgt, dass Feldwebel Baer kam und sie befreite.«

»Ich verstehe.« Es war für alle offensichtlich, dass Colonel Vis gar nichts verstand. »Sie erwähnten einen Bombenangriff der RAF auf die Zenica-Schlucht. Der wird nun natürlich auf die Brücke gerichtet werden, nicht wahr?«

»Nein. Sie würden doch wohl nicht wollen, dass wir der Wehrmacht gegenüber wortbrüchig werden, oder? Wie versprochen findet der Angriff auf die Zenica-Schlucht statt. Als Ablenkung. Um sie, falls sie noch irgendwelche Zweifel haben sollten, davon zu überzeugen, dass wir genarrt worden sind.

Außerdem wissen Sie so gut wie ich, dass die Brücke gegen einen Luftangriff aus großer Höhe immun ist. Sie muss auf andere Weise zerstört werden.«

»Auf welche Weise?«

»Es wird uns schon etwas einfallen. Die Nacht ist noch jung. Noch zwei Dinge, Colonel. Um Mitternacht wird noch eine Wellington kommen und eine andere um drei Uhr früh. Lassen Sie beide durch. Die Nächste, um sechs Uhr früh, halten Sie zurück, bis wir ankommen. Bis wir vielleicht ankommen. Mit ein bisschen Glück fliegen wir vor Tagesanbruch ab.«

»Mit ein bisschen Glück«, sagte Vis düster.

»Und treten Sie in Funkkontakt mit General Vukalovic. Erzählen Sie ihm, was ich Ihnen erzählt habe, schildern Sie ihm die genaue Situation. Und sagen Sie ihm, er soll um ein Uhr nachts ein intensives Handwaffenfeuer starten.«

»Worauf sollen sie dann feuern?«

»Von mir aus auf den Mond.« Mallory schwang sich auf sein Pony. »Los, machen wir uns auf den Weg.«

»Der Mond«, stimmte General Vukalovic zu, »ist ein Ziel von ausreichender Größe. Nur ein bisschen weit weg. Aber wenn unser Freund das will, soll er es haben.« Vukalovic machte eine Pause, sah Colonel Janzy an, der neben ihm auf einem abgebrochenen Ast im Wald südlich der Zenica-Schlucht saß, und sprach dann wieder ins Mikrofon.

»Jedenfalls vielen Dank, Colonel Vis. Die Neretva-Brücke also. Und Sie glauben, es wäre ungesund für uns, wenn wir uns nach ein Uhr nachts in der unmittelbaren Nähe der Brücke aufhielten. Machen Sie sich keine Sorgen. Wir werden nicht dort sein.« Vukalovic nahm die Kopfhörer ab und wandte sich an Janzy.

»Wir werden uns ganz still zurückziehen um Mitternacht. Wir lassen ein paar Leute zurück, die dafür sorgen, dass genug Lärm gemacht wird.«

»Die Männer, die auf den Mond schießen werden?«

»Die Männer, die auf den Mond schießen werden. Rufen Sie Colonel Lazio an der Neretva an. Sagen Sie ihm, wir werden vor dem Angriff bei ihm sein. Dann rufen Sie Major Stephan an. Sagen Sie ihm, er soll nur ein paar Leute zurücklassen, die die Stellung halten, aus der Zenica-Schlucht verschwinden und sich zu Colonel Lazios Hauptquartier durchschlagen.« Vukalovic machte eine Pause und dachte nach. »Es scheinen uns ein paar interessante Stunden bevorzustehen.«

»Hat dieser Mallory überhaupt die geringste Chance?« Janzys Stimme ließ erkennen, dass er auf diese Frage keine Antwort erwartete.

»Nun, sehen Sie es mal so«, sagte Vukalovic erklärend, »natürlich hat er eine Chance. Er *muss* eine Chance haben. Es ist einfach eine Frage der verschiedenen Möglichkeiten, mein lieber Janzy, und wir haben keine andere Möglichkeit.«

Janzy antwortete nicht. Er nickte mehrmals langsam vor sich hin, als ob Vukalovic gerade etwas Unwiderlegbares gesagt hätte.

9. KAPITEL

Freitag 21.15 bis Samstag 00.40

Der Ritt durch den dichten Wald vom Ivenici-Plateau zum Blockhaus hinunter kostete Mallory und seine Männer kaum ein Viertel der Zeit, die sie vorher für den mühevollen Aufstieg gebraucht hatten. Der Boden unter dem tiefen Schnee war im höchsten Grade trügerisch, der Zusammenstoß mit dem Stumpf einer Kiefer drohte jeden Moment, und keiner der fünf Reiter machte den Eindruck, sehr sattelfest zu sein, was zur Folge hatte, dass sie ebenso häufig wie schmerzhaft stolperten, rutschten und stürzten. Nicht einem der Männer blieb es erspart, unfreiwillig den Sattel zu verlassen und kopfüber in den tiefen Schnee zu fallen, aber ihre Rettung war, dass ebendieser Schnee ihren Aufprall dämpfte und dass die Ponys sich in ihren heimatlichen Bergen sicher bewegten. Was auch immer die Gründe dafür sein mochten, jedenfalls gab es trotz häufiger, gefährlich aussehender Stürze erstaunlicherweise keine gebrochenen Knochen.

Das Blockhaus kam in Sicht. Mallory hob warnend die Hand, sie verlangsamten ihr Tempo, bis sie noch etwa zweihundert Meter von ihrem Ziel entfernt waren. Dann zügelte er sein Pony, stieg ab und führte es zu einer Stelle, wo die Kiefern besonders dicht standen. Die anderen folgten ihm. Mallory band sein Pony an und befahl den anderern, das Gleiche zu tun.

Miller beschwerte sich: »Dieses verdammte Pony hängt mir zum Hals raus, aber noch mehr hängen mir diese Märsche durch den tiefen Schnee zum Hals raus. Warum reiten wir denn nicht einfach hinunter?«

»Weil die da unten auch Ponys haben, und die werden anfangen zu wiehern, wenn sie andere Ponys hören, sehen oder wittern.«

»Wahrscheinlich fangen sie sowieso an zu wiehern.«

»Und sie werden Wachen aufgestellt haben«, gab Andrea zu bedenken. »Ich glaube nicht, Corporal Miller, dass Sie sich auf dem Rücken eines Ponys besonders unauffällig anschleichen können.«

»Wachen? Wozu denn? Nach Ansicht von Neufeld und seinen Leuten sind wir schon halb über der Adria.«

»Andrea hat recht«, sagte Mallory. »Was immer man auch gegen Neufeld sagen mag, er ist ein erstklassiger Offizier, der nichts riskiert. Es sind bestimmt Wachen da.« Er schaute zum Himmel hinauf, wo sich gerade eine dunkle Wolkenbank dem Mond näherte. »Siehst du das?«

»Ich sehe es«, sagte Miller unbehaglich.

»Dreißig Sekunden noch, würde ich sagen. Wir rennen zur Rückseite des Blockhauses – dort gibt es keine Schießscharten. Und um Himmels willen, verhaltet euch ruhig, wenn wir dort sind. Wenn sie irgendetwas hören, wenn sie auch nur den Schimmer eines Verdachts schöpfen, dass wir draußen sind, werden sie die Türen verbarrikadieren und Petar und Maria als Geiseln benutzen. Dann müssen wir sie zurücklassen.«

»Das würden Sie tun, Sir?«, fragte Reynolds.

»Das würde ich tun. Ich würde mir lieber eine Hand abhacken, aber ich würde es tun. Ich habe keine Wahl, Sergeant.«

»Ja, Sir. Ich verstehe.«

Die schwarze Wolkenbank schob sich vor den Mond. Die fünf Männer brachen aus der Deckung der Kiefern hervor und rannten, so schnell das in dem hohen Schnee möglich war, auf die hintere Giebelwand des Blockhauses zu. Als sie noch dreißig Meter davon entfernt waren, verlangsamten sie ihren Lauf, damit die Geräusche ihrer knirschenden Schritte nicht von etwaigen Beobachtern, die an den Schießscharten Wache hielten, gehört werden konnten, und legten den Rest des Weges so schnell und so leise wie möglich zurück, wobei sie im Gänsemarsch gingen.

Unbemerkt erreichten sie die Giebelwand. Der Mond war immer noch von der Wolke verdeckt. Mallory nahm sich keine Zeit, sich oder die anderen zu beglückwünschen. Er ließ sich auf Hände und Knie nieder und kroch um die Ecke des Blockhauses, wobei er sich nahe an die Steinmauer presste.

Anderthalb Meter von der Ecke entfernt lag die erste Schießscharte. Mallory machte sich nicht die Mühe, sich tiefer in den Schnee zu ducken – die Schießscharten lagen so weit zurückgesetzt in den dicken Steinmauern, dass es für einen Beobachter nicht möglich war, irgendetwas zu sehen, das nicht mindestens zwei Meter von der Schießscharte entfernt war. Stattdessen konzentrierte er sich darauf, sich so leise wie nur irgend möglich zu bewegen, und es gelang ihm auch, denn er kam an der Schießscharte vorbei, ohne dass Alarm gegeben wurde. Die anderen kamen ebenso gut durch, obwohl der Mond ausgerechnet in dem Moment wieder die Szene beleuchtete, als sich Groves, der den Schluss bildete, direkt unter der Schießscharte befand. Auch er blieb aber unbemerkt.

Mallory erreichte die Tür. Er bedeutete Miller, Reynolds und Groves, in Deckung zu bleiben. Er und Andrea richteten sich langsam auf und pressten die Ohren gegen die Tür.

Sofort vernahmen sie Droshnys Stimme, drohend und gepresst vor Hass. »Eine Verräterin! Das ist sie. Eine Verräterin an unserer Sache. Bringen Sie sie um.«

»Warum haben Sie das getan, Maria?« Im Gegensatz zu Droshny sprach Neufeld beherrscht, ruhig, fast sanft.

»Warum sie es getan hat?«, schnarrte Droshny. »Aus Geldgier. Darum hat sie es getan. Warum sonst?«

»Warum?«, beharrte Neufeld ruhig. »Hat Captain Mallory Ihnen gedroht, Ihren Bruder umzubringen?«

»Schlimmer als das.« Sie mussten sich sehr anstrengen, Marias leise Stimme verstehen zu können. »Er drohte, mich umzubringen. Und wer hätte sich dann um meinen blinden Bruder kümmern sollen?«

»Wir verschwenden nur Zeit«, sagte Droshny ungeduldig. »Lassen Sie mich die beiden mit nach draußen nehmen.«

»Nein.« Neufelds Stimme, obwohl immer noch ruhig, duldete keinen Widerspruch. »Einen blinden Jungen? Ein zu Tode verängstigtes Mädchen? Was sind Sie für ein Mensch?«

»Ein Četnik.«

»Und ich bin ein Offizier der deutschen Wehrmacht.«

Andrea flüsterte Mallory ins Ohr: »Gleich wird jemand unsere Fußspuren im Schnee entdecken.«

Mallory nickte, trat zur Seite und machte eine Handbewegung. Mallory hatte keine Minderwertigkeitskomplexe, was seine und Andreas Fähigkeiten anging, Türen und Räume aufzubrechen, in denen sich eine Menge bewaffneter Männer aufhielten. Andrea beherrschte diese Kunst unübertroffen – und machte sich daran, sein Können wieder einmal in einer gewalttätigen und ziemlich unorthodoxen Weise unter Beweis zu stellen. Ein Druck auf die Türklinke, ein kräftiger Tritt mit dem Schuh, und Andrea stand im Raum. Die mit einem Ruck aufschwingende Tür war noch nicht ganz an der Wand angestoßen, als die Wände des Raumes auch schon das Stakkato der Schüsse zurückwarfen, die Andrea mit seiner Schmeisser abfeuerte. Mallory, der über Andreas Schulter spähte, sah durch die grauschwarzen Rauchschwaden zwei deutsche Soldaten, die ein Opfer ihrer überschnellen Reaktion geworden und zusammengesunken waren. Seine eigene Maschinenpistole im Anschlag, folgte Mallory Andrea ins Haus.

Es wurden keine Schmeisser mehr benötigt. Keiner der anderen Soldaten, die sich in dem Raum aufhielten, trug eine Waffe, und Neufeld und Droshny, deren Gesichter in Fassungslosigkeit erstarrt waren, waren wenigstens für den Augenblick nicht fähig, sich zu bewegen, und selbst wenn, wäre ihnen nicht der Gedanke gekommen, durch einen Widerstand ihr Leben aufs Spiel zu setzen.

Mallory sagte zu Neufeld: »Sie haben gerade Ihr Leben gerettet.« Er wandte sich an Maria, nickte zur Tür hinüber, wartete, bis sie ihren Bruder hinausgeführt hatte, wandte sich dann wieder an Neufeld und sagte kurz: »Ihre Waffen.«

Neufeld brachte es irgendwie fertig zu sprechen, aber seine Lippen bewegten sich seltsam mechanisch: »Was, um Himmels willen ...«

Mallory war nicht nach einem Schwatz zumute. Er hob seine Schmeisser: »Ihre Waffen.«

Neufeld und Droshny bewegten sich wie in Trance, als sie ihre Pistolen herauszogen und auf den Boden fallen ließen.

»Die Schlüssel.« Droshny und Neufeld sahen ihn in schweigendem Nichtbegreifen an. »Die Schlüssel«, wiederholte Mallory. »Sofort. Andernfalls werden die Schlüssel nicht mehr nötig sein.«

Einige Sekunden lang war es totenstill im Raum, dann kam Bewegung in Neufeld. Er sah Droshny an und nickte. Droshny machte ein mürrisches Gesicht – so weit es einem Mann, dessen Miene fassungsloses Erstaunen und mörderische Wut zugleich ausdrückt, gelingt, ein mürrisches Gesicht zu machen –, griff in seine Tasche und zog die Schlüssel heraus. Miller nahm sie ihm ab, schloss die Zelle auf und stieß wortlos die Tür weit auf. Mit einer Bewegung seiner Maschinenpistole forderte er Neufeld, Droshny, Baer und die anderen Soldaten auf hineinzugehen, wartete, bis alle dem Befehl Folge geleistet hatten, schlug die Tür hinter ihnen zu, sperrte ab und steckte den Schlüssel ein. Wieder dröhnten die Schüsse durch den Raum, als Andrea das Funkgerät zerstörte. Fünf Sekunden später waren sie alle draußen. Mallory, der als Letzter hinausging, schloss die Tür ab und schleuderte den Schlüssel weit von sich in den Schnee.

Plötzlich sah er einige Ponys, die vor dem Blockhaus angebunden waren. Sieben. Genau die richtige Anzahl. Er rannte zu der Schießscharte vor dem Zellenfenster und rief: »Unsere Ponys sind zweihundert Meter bergaufwärts von hier im Wald angebunden. Vergessen Sie es nicht.« Dann rannte er zurück und befahl den anderen sechs aufzusteigen. Reynolds sah ihn erstaunt an.

»*Daran* denken Sie? In *so* einem Moment?«

»Ich würde in jedem Moment an so etwas denken.« Mallory drehte sich zu Petar um, der gerade ungeschickt auf sein Pony kletterte, dann wandte er sich an Maria. »Sag ihm, er soll seine Brille abnehmen.«

Maria sah ihn überrascht an, nickte dann verstehend und sagte etwas zu ihrem Bruder, der sie verständnislos anschaute, dann gehorsam den Kopf senkte, die dunkle Brille abnahm und sie tief in seinem Mantel versenkte. Reynolds hatte die Szene erstaunt verfolgt und wandte sich nun an Mallory.

»Das verstehe ich nicht, Sir.«

Mallory wendete sein Pony und sagte kurz: »Das ist auch nicht nötig.«

»Verzeihung, Sir.«

Mallory wendete wieder sein Pony und sagte mit einem leisen Anflug von Müdigkeit: »Es ist schon elf, Junge, und schon fast zu spät für das, was wir zu tun haben.«

»Sir.« Reynolds war aus irgendeinem Grund tief beeindruckt, dass Mallory ihn »Junge« genannt hatte. »Ich will es ja gar nicht wissen, Sir.«

»Sie haben gefragt. Wir werden alles aus den Ponys herausholen müssen, um möglichst schnell vorwärtszukommen. Ein Blinder kann Hindernisse nicht sehen, kann sich nicht den Bodenverhältnissen angleichen, kann sich nicht im Voraus auf einen unerwarteten steilen Abfall des Geländes vorbereiten, kann sich nicht im Sattel in eine Kurve legen, die sein Pony kommen sieht. Kurz gesagt, ein Blinder ist hundertmal mehr gefährdet, bei einem Aufwärtsgalopp vom Pferd zu fallen, als wir. Es ist schlimm genug, sein Leben lang blind zu sein. Aber es wäre zu viel, wenn wir ihn der Gefahr aussetzen würden, mit seiner Brille schwer zu stürzen, ihn der Gefahr auszusetzen, nicht nur blind zu sein, sondern auch noch die Augen herausgeschnitten zu bekommen und den Rest seines Lebens mit unerträglichen Schmerzen zu verbringen.«

»Ich hatte nicht gedacht ... entschuldigen Sie, Sir.«

»Hören Sie schon auf, sich zu entschuldigen, Junge. Es ist wirklich an mir, mich bei Ihnen zu entschuldigen. Passen Sie bitte auf ihn auf.«

Colonel Lazio, das Fernglas an den Augen, starrte über den mondhellen felsigen Abhang unter sich zur Neretva-Brücke hinüber. Am Südufer des Flusses, auf den Wiesen zwischen dem Südufer und dem beginnenden Kiefernwald dahinter und – so weit Lazio es erkennen konnte – auch in den

Randbezirken des Kiefernwaldes selbst war es beunruhigend still. Nichts rührte sich. Lazio dachte gerade über die Bedeutung dieser unnatürlichen und ungewohnten Stille nach, als eine Hand seine Schulter berührte. Er drehte sich um, schaute auf und erkannte Major Stephan, den Kommandeur der Westschlucht.

»Willkommen, willkommen. Der General hatte mir Ihre Ankunft angekündigt. Haben Sie Ihr Bataillon mitgebracht?«

»Was davon übrig geblieben ist.« Stephan lächelte freudlos. »Jeden Mann, der fähig war zu laufen. Und alle, die es nicht konnten.«

»Gott gebe, dass wir sie heute Nacht nicht alle brauchen. Hat der General mit Ihnen über diesen Mallory gesprochen?« Major Stephan nickte, und Lazio fuhr fort: »Was wird aus uns, wenn er es nicht schafft? Wenn die Deutschen heute Nacht die Neretva überschreiten ...«

»Na und?« Stephan zuckte mit den Achseln. »Wir müssen heute Nacht sowieso alle sterben.«

»Eine fabelhafte Einstellung«, lobte Lazio. Er hob sein Fernglas und fuhr fort, die Neretva-Brücke zu beobachten.

Bis jetzt war unglaublicherweise weder Mallory noch einer der sechs anderen, die hinter ihm hergaloppierten, vom Pferd gefallen. Nicht einmal Petar. Zugegeben, der Abhang war nicht so steil wie der Weg vom Ivenici-Plateau zum Blockhaus, aber Reynolds schob den Grund dafür, dass sie so sicher auf ihren Pferden saßen, auf die Tatsache, dass Mallory allmählich und fast unmerklich die Schnelligkeit ihres vorher gestreckten Galopps verlangsamte. Vielleicht, überlegte Reynolds, lag es daran, dass Mallory unbewusst versuchte, den blinden Sänger zu beschützen, der fast auf gleicher Höhe mit ihm ritt.

Er hatte die Zügel fallen lassen und klammerte sich verzweifelt am Sattelknopf fest. Die Gitarre hing über seiner Schulter. Ohne dass er es wollte, kehrten Reynolds' Gedanken zu den Vorfällen im Blockhaus zurück. Sekunden später trieb er sein Pony an, bis er Mallory eingeholt hatte.

»Sir?«

»Was ist los?« Mallorys Stimme klang verärgert.

»Nur ein Wort, Sir. Es ist dringend. Wirklich.«

Mallory brachte den Trupp zum Stehen: »Aber schnell!«

»Neufeld und Droshny, Sir.« Reynolds stockte einen Moment lang unsicher, dann fuhr er fort: »Rechnen Sie damit, dass sie wissen, wohin Sie gehen?«

»Was soll diese Frage?«

»Bitte.«

»Ja, das tun sie, wenn sie nicht komplett schwachsinnig sind. Und das sind sie nicht.«

»Es ist ein Jammer, Sir«, sagte Reynolds überlegend, »dass Sie sie nicht doch erschossen haben.«

»Kommen Sie zur Sache«, sagte Mallory ungeduldig.

»Ja, Sir. Sie glauben, dass Feldwebel Baer sie das erste Mal befreit hat?«

»Natürlich.« Mallory brauchte all seine Beherrschung. »Andrea sah ihn ankommen. Ich habe das alles doch schon erklärt. Sie – nämlich Neufeld und Droshny – waren zum Ivenici-Plateau hinaufgeritten, um sich davon zu überzeugen, dass wir wirklich abflogen.«

»Ich verstehe, Sir. Sie wussten also, dass Baer uns folgte. Wie ist er ins Blockhaus hineingekommen?«

Mallory verlor die Beherrschung. Er sagte zornig: »Weil ich beide Schlüssel draußen hängen ließ.«

»Ja, Sir, Sie erwarteten ihn. Aber Feldwebel Baer wusste

nicht, dass Sie ihn erwarteten – und selbst wenn er es gewusst hätte, hätte er wohl nicht damit gerechnet, dass die Schlüssel so bequem zur Hand waren.«

»Um Himmels willen! Duplikate!« Wütend schlug Mallory mit einer Faust in die Handfläche der anderen. »Teuflisch, einfach teuflisch! Natürlich musste er eigene Schlüssel haben.«

»Und Droshny«, sagte Miller gedankenvoll, »kennt vielleicht eine Abkürzung.«

»Das ist noch nicht alles.« Mallory hatte sich wieder völlig in der Gewalt. Die entspannte Ruhe seiner Züge zeigte nicht, dass sein Verstand auf Hochtouren arbeitete. »Es kommt noch schlimmer. Wahrscheinlich marschiert er geradewegs zum Lager und damit zum Funkgerät und warnt Zimmermann, seine bewaffneten Divisionen von der Neretva zurückzuziehen. Heute Abend haben Sie gezeigt, was Sie wert sind, Reynolds. Danke, mein Junge. Wie weit ist es wohl bis zu Neufelds Lager, Andrea?«

»Eine Meile.« Die Worte kamen über seine Schulter, denn er war, wie immer in Situationen, die die Benutzung seiner spezialisierten Talente erforderten, bereits auf dem Weg.

Fünf Minuten später lagen sie auf Händen und Knien am Waldrand, weniger als zwanzig Meter vom Lager Neufelds entfernt. Eine ganze Reihe von Hütten waren erleuchtet, Musik drang aus der Kantine, und einige Četnik-Soldaten bewegten sich auf dem Gelände.

Reynolds flüsterte Mallory zu: »Wie gehen wir vor, Sir?«

»Wir unternehmen gar nichts. Das überlassen wir Andrea.«

Groves sagte leise: »*Einem* Mann? Andrea? Wir überlassen das *einem* Mann?«

Mallory seufzte: »Erklären Sie es ihnen, Corporal Miller.«

»Lieber nicht. Na, ich muss wohl. Die Sache ist die«, fuhr Miller freundlich fort, »Andrea kennt sich mit solchen Dingen ziemlich gut aus.«

»Wir auch«, sagte Reynolds. »Wir sind Commandos. Wir sind für solche Dinge ausgebildet.«

»Und sehr gut ausgebildet, ohne Zweifel«, stimmte Miller zu. »Noch sechs Jahre Erfahrung und sechs von euch können es vielleicht mit ihm aufnehmen. Obwohl ich es bezweifle. Bevor die Nacht vorüber ist, werden Sie es wissen – ich will Sie wirklich nicht beleidigen, Sergeants – aber im Vergleich mit dem Wolf Andrea sind Sie nur harmlose Lämmchen, wie jeder, der sich im Moment in der Funkerhütte aufhält.«

»Wie jeder, der sich ...« Groves drehte sich um und sah hinter sich. »Andrea? Er ist weg. Ich habe es gar nicht gemerkt.«

»Das merkt nie einer«, sagte Miller. »Und die armen Teufel werden ihn auch nicht kommen sehen.« Er schaute zu Mallory hinüber. »Die Zeit wird knapp.«

Mallory warf einen Blick auf das Leuchtzifferblatt seiner Uhr. »Halb zwölf. Die Zeit wird wirklich knapp.«

Fast eine Minute lang hörte man nichts außer den Bewegungen der Ponys, die hinter ihnen im dichten Wald angebunden waren, dann stieß Groves einen unterdrückten Laut aus, als Andrea neben ihm auftauchte. Mallory schaute auf und fragte: »Wie viel?«

Andrea hob zwei Finger und verschwand ohne ein Wort in die Richtung, in der ihre Ponys standen. Die anderen erhoben sich und folgten ihm. Die Blicke, die Groves und Reynolds wechselten, zeigten klarer als Worte, dass sie der Meinung waren, Andrea noch mehr unrecht getan zu haben als Mallory.

Im gleichen Moment, als Mallory und seine Männer in dem Wald, der an Neufelds Lager grenzte, auf die Ponys stiegen, senkte sich ein Wellington-Bomber einem gut erleuchteten Flugplatz entgegen – dem gleichen Flugplatz, von dem aus Mallory und seine Männer vor noch nicht vierundzwanzig Stunden ihre Reise angetreten hatten: Termoli, Italien. Er machte eine perfekte Landung, und als er ausrollte, kam ein Funkwagen der Armee auf ihn zu und fuhr dann die letzten hundert Meter neben ihm her. Auf dem linken Vordersitz und auf dem rechten Rücksitz des Wagens saßen zwei sofort erkennbare Personen: vorn die Piratengestalt des bärtigen Captain Jensen, hinter ihr der englische Generalleutnant, der Jensen vor Kurzem bei seinen Wanderungen durch die Zentrale in Termoli begleitet hatte.

Flugzeug und Wagen kamen im gleichen Moment zum Stehen. Jensen, der sich mit einer für seine stattliche Gestalt erstaunlichen Geschwindigkeit bewegte, sprang auf den Boden und ging schnell über die Rollbahn. Er kam bei der Wellington an, als die Tür gerade geöffnet wurde und als der erste der Passagiere, der Major mit dem Schnauzbart, heraussprang.

Jensen blickte auf die Papiere, die der Major fest in der Hand hatte, und sagte ohne Einleitung: »Für mich?« Der Major blinzelte unsicher, nickte dann steif, sichtlich verärgert über die Begrüßung, die seiner Ansicht nach etwas kärglich ausgefallen war, wenn man in Betracht zog, dass er gerade aus einem Gefängnis kam. Jensen nahm ohne ein weiteres Wort die Papiere, kehrte auf seinen Sitz in dem Jeep zurück, holte eine Taschenlampe hervor und überflog die Papiere. Er drehte sich in seinem Sitz um und sagte zu dem Funker, der neben dem General saß: »Flugplan wie vorgesehen. Ziel gleich geblieben. Los.« Der Funker drehte die Kurbel.

Etwa fünfzig Meilen südöstlich, in der Nähe von Foggia, vibrierten die Gebäude und Rollbahnen des Stützpunktes der schweren Bomber der RAF und warfen das Donnern von Dutzenden von Flugzeugmotoren zurück: Auf dem großen Gelände am Westende der Hauptrollbahn standen in einer Reihe einige Geschwader von schweren Lancaster-Bombern, bereit zum Abflug, offensichtlich auf das Startsignal wartend. Das Signal ließ nicht lange auf sich warten.

In der Mitte der Rollbahn stand genau der gleiche Jeep wie der, in dem Jensen in Termoli saß. Auf dem Rücksitz saß ein Funker über ein Funkgerät gebeugt. Er hatte Kopfhörer auf. Er lauschte konzentriert, dann sah er auf und sagte sachlich: »Anweisungen wie vorgesehen. Aufsteigen!«

»Anweisungen wie vorgesehen«, wiederholte ein Captain auf dem Vordersitz. »Aufsteigen.« Er griff nach einer Holzschachtel, entnahm ihr drei Very-Pistolen, zielte direkt über die Rollbahn und feuerte sie nacheinander ab. Die glänzenden Leuchtkugeln strahlten grün, rot und wieder grün, bevor sie in einem großen Bogen dem Boden entgegensanken. Das Donnern am anderen Ende des Flugplatzes steigerte sich zu einem ohrenbetäubenden Crescendo, und die erste Lancaster setzte sich in Bewegung. Innerhalb von Minuten hatte auch die letzte vom Boden abgehoben und stieg in den dunklen feindlichen Nachthimmel über die Adria.

»Ich habe gesagt, ich glaube«, bemerkte Jensen in leichtem Konversationston und zufrieden zu dem General auf dem Rücksitz, »dass es die besten Leute auf diesem Gebiet sind. Unsere Freunde aus Foggia sind auf dem Weg.«

»Die besten auf diesem Gebiet. Vielleicht. Ich weiß es nicht. Ich weiß aber, dass diese verdammten deutschen und österreichischen Divisionen immer noch an der Gustav-Linie stehen.

Die Stunde null für den Angriff auf die Gustav-Linie ist …«, er schaute auf die Uhr, » … in genau dreißig Stunden.«

»Zeit genug«, sagte Jensen zuversichtlich.

»Ich wünschte, ich könnte Ihre Zuversicht teilen.«

Jensen lächelte ihn gut gelaunt an, als der Jeep abfuhr, dann schaute er wieder geradeaus. Im gleichen Moment verschwand das Lächeln von seinem Gesicht, und seine Finger trommelten nervös auf den Sitz.

Der Mond war wieder durchgebrochen, als Neufeld, Droshny und ihre Männer in das Lager galoppierten und ihre Ponys anhielten, die mit ihren schweren dampfenden Flanken und dem verzweifelten Keuchen einen merkwürdig unwirklichen Anblick in dem bleichen Mondlicht boten. Neufeld schwang sich vom Pferd und wandte sich an Feldwebel Baer.

»Wie viele Ponys sind noch in den Ställen?«

»Etwa zwanzig.«

»Schnell. So viele Ponys wie Männer. Satteln.«

Neufeld winkte Droshny zu sich herüber, und gemeinsam rannten sie auf die Funkerhütte zu. Die Tür stand offen – eine bemerkenswerte Tatsache, wenn man die Eiseskälte, die in dieser Nacht herrschte, in Betracht zog. Sie waren immer noch drei Meter von der Tür entfernt, als Neufeld rief: »Die Neretva-Brücke. Sagen Sie General Zimmermann …«

Er blieb unvermittelt in der Tür stehen, Droshny prallte gegen ihn und spähte über seine Schulter. Zum zweiten Mal an diesem Abend spiegelten die Gesichter der beiden Männer Fassungslosigkeit und erschrecktes Nichtbegreifen wider.

Nur eine kleine Lampe brannte in der Funkerhütte, aber diese eine Lampe genügte. Zwei Männer lagen in grotesker Stellung auf dem Boden, einer halb über dem anderen. Beide waren tot. Neben ihnen lagen die Überreste dessen, was einmal ein Funkgerät gewesen war. Die Vorderseite war abgerissen worden, und das Innere des Gerätes war völlig zerstört. Neufeld starrte einige Zeit auf das Bild, das sich ihm bot, dann schüttelte er heftig den Kopf, als wollte er den Schock abschütteln, und drehte sich zu Droshny um.

»Der Große«, sagte er leise, »das hat der Große getan.«

»Der Große«, stimmte Droshny zu. Die Andeutung eines Lächelns huschte über sein Gesicht. »Erinnern Sie sich an das, was Sie versprochen haben, Hauptmann Neufeld? Der Große gehört mir.«

»Sie sollen ihn haben. Kommen Sie. Sie können nur ein paar Minuten Vorsprung haben.« Beide Männer drehten sich um und rannten über den Lagerplatz zurück zu der Stelle, an der Feldwebel Baer und eine Gruppe Soldaten bereits die Ponys sattelten.

»Nur Maschinenpistolen«, rief Neufeld. »Keine Gewehre. Heute Nacht wird im Nahkampf gekämpft. Und Feldwebel Baer!«

»Hauptmann Neufeld?«

»Klären Sie die Leute darüber auf, dass wir keine Gefangenen machen werden.«

Wie die Ponys von Neufeld und seinen Leuten, waren auch die Tiere von Mallory und seinen sechs Kameraden beinah unsichtbar in den dichten Dampfwolken, die von ihren schweißüberströmten Körpern aufstiegen. Ihre schlurfende Gangart, die man nicht mehr als Trab bezeichnen konnte, machte es offensichtlich, dass sie kurz vor dem Zusammenbruch standen.

Mallory warf Andrea einen Blick zu, der nickte und sagte: »Ich bin der gleichen Ansicht. Wir kommen jetzt schneller zu Fuß vorwärts.«

»Ich fürchte, ich werde alt«, sagte Mallory, und einen Moment lang hörte er sich auch so an. »Ich werde alt, was?«

»Ich verstehe dich nicht.«

»Ponys! Neufeld und seine Männer werden frische Ponys aus den Ställen holen können. Wir hätten sie töten sollen – oder mindestens wegtreiben.«

»Alter ist nicht identisch mit zu wenig Schlaf. Ich bin auch nicht drauf gekommen. Ein Mann kann nicht an alles denken, mein Keith.«

Andrea brachte sein Pony zum Stehen und wollte gerade absteigen, als etwas auf dem Abhang unter ihnen seine Aufmerksamkeit erregte. Er deutete nach vorn.

Eine Minute später ritten sie an einer Eisenbahnlinie mit sehr schmaler Spur entlang, wie sie in Zentraljugoslawien üblich ist. In dieser Höhe gab es keinen Schnee mehr, und sie konnten sehen, dass die Schienen überwuchert und rostig, aber trotz allem offensichtlich noch zu benutzen waren. Zweifellos war es derselbe Schienenstrang, den sie gesehen hatten, als sie am Morgen auf dem Rückweg von Major Brozniks Lager angehalten hatten, um das grüne Wasser des Neretva-Stausees zu betrachten. Aber was sowohl Mallorys als auch Millers Aufmerksamkeit fesselte, war nicht der Schienenstrang selbst, sondern ein kleines Nebengleis, das zur Hauptschiene führte – und eine winzige holzfeuerbetriebene Lokomotive, die auf diesem Nebengleis stand. Die Lokomotive war praktisch ein fester Block aus Rost und sah aus, als wäre sie seit Beginn des Krieges nicht von der Stelle bewegt worden. Aller Wahrscheinlichkeit nach war es auch so.

Mallory zog eine im großen Maßstab gezeichnete Karte aus seinem Anorak und leuchtete mit seiner Stablampe darauf. Er sagte: »Kein Zweifel, das sind die Schienen, die wir heute früh gesehen haben. Sie laufen mindestens fünf Meilen an der Neretva entlang, bevor sie nach Süden abbiegen.«

Er machte eine Pause und fuhr dann nachdenklich fort: »Ich möchte wissen, ob wir das Ding in Bewegung bringen können.«

»Was?« Miller schaute ihn tödlich erschrocken an. »Es wird sich in seine Bestandteile auflösen, wenn du es anfasst – es ist einzig und allein der Rost, der das verdammte Ding zusammenhält. Und das Gefälle.« Er spähte entsetzt den Abhang hinunter. »Wie hoch, glaubst du, wird unsere Endgeschwindigkeit sein, wenn wir mit einer der riesigen Kiefern zusammenstoßen, die ein Stückchen weiter unten neben den Schienen stehen?«

»Die Ponys sind erschöpft«, sagte Mallory milde, »und du weißt, wie gern du zu Fuß gehst.«

Miller warf einen abscheuerfüllten Blick auf die Lokomotive. »Es muss doch noch einen anderen Weg geben.«

»Psst!« Andrea hob den Kopf. »Sie kommen. Ich höre sie kommen.«

»Bremsklötze weg von den Vorderrädern!«, schrie Miller. Er rannte los, und nach einigen kräftigen und gut gezielten Tritten, bei denen er sich nicht im Geringsten um den zukünftigen Zustand seiner Zehen kümmerte, gelang es ihm, den dreieckigen Block, der mit einer Kette vorn an der Lokomotive befestigt war, zu entfernen. Reynolds verfuhr auf ebenso energische Weise und ebenso erfolgreich mit dem anderen Bremsklotz.

Alle, sogar Petar und Maria, halfen, warfen sich mit ihrem ganzen Gewicht gegen die Rückseite der Lokomotive. Die Lokomotive blieb, wo sie war. Verzweifelt versuchten sie es noch einmal. Die Räder bewegten sich nicht den Bruchteil eines

Zentimeters. Groves sagte mit einer seltsamen Mischung aus Drängen und Schüchternheit: »Sir, an einem Abhang wie diesem ist die Lokomotive sicherlich mit angezogenen Bremsen abgestellt worden.«

»Oh, mein Gott!«, sagte Mallory kummervoll. »Andrea, schnell! Löse den Bremshebel.«

Andrea schwang sich auf die Plattform. »Hier oben sind ein Dutzend von diesen verdammten Hebeln«, beschwerte er sich.

»Dann löse eben das ganze Dutzend verdammter Hebel.« Mallory warf einen besorgten Blick die Schienen entlang. Vielleicht hatte Andrea wirklich etwas gehört, vielleicht auch nicht. Jedenfalls war noch kein Mensch zu sehen. Aber er wusste, dass Neufeld und Droshny, die bereits Minuten, nachdem Mallory und seine Leute das Blockhaus verlassen hatte, befreit worden sein mussten und die die Wälder und Wege besser kannten als sie, inzwischen in der Nähe sein mussten.

Ein ohrenbetäubendes metallisches Kreischen erschallte aus dem Führerstand, begleitet von einer Flut von Schimpfworten, und nach etwa einer halben Minute sagte Andrea: »Das wär's.«

»Schieben!«, befahl Mallory.

Sie schoben, die Fersen in die Eisenbahnschwellen gestemmt, die Rücken gegen die Lokomotive gepresst, und diesmal setzte sich die Lokomotive so leicht in Bewegung, ungeachtet des gequälten Quietschens der eingerosteten Räder, dass die Männer, die ihre ganze Kraft eingesetzt hatten, um das Vehikel von der Stelle zu bekommen, überraschend den Halt verloren und zwischen den Schienen auf dem Rücken landeten. Augenblicke später waren sie wieder auf den Beinen und rannten hinter der Lokomotive her, die ihre Geschwindigkeit allmählich steigerte. Andrea half Maria und Petar ins Führerhaus und dann den anderen. Der Letzte, Groves, streckte gerade die

Hand nach der Plattform aus, als er bremste, herumwirbelte, zu den Ponys zurückrannte, die Kletterseile herunterriss, sie über die Schulter warf und wieder hinter der Lokomotive herrannte. Mallory reichte ihm eine Hand und half ihm auf die Plattform.

»Ich habe heute nicht gerade meinen besten Tag«, sagte Mallory betrübt. »Oder besser gesagt: Abend. Zuerst vergesse ich Baers Nachschlüssel, dann vergesse ich die Ponys. Dann die Bremsen und jetzt die Seile. Ich bin gespannt, was ich als Nächstes vergessen werde.«

»Vielleicht Neufeld und Droshny.« Reynolds achtete darauf, dass in seiner Stimme keinerlei Ausdruck mitschwang.

»Was gäbe es da zu vergessen?«

Reynolds deutete mit dem Lauf seiner Schmeisser auf das Schienenstück, das hinter ihnen lag. »Erlaubnis zu feuern, Sir?«

Mallory fuhr herum. Neufeld, Droshny und eine nicht zu erkennende Anzahl anderer berittener Soldaten waren gerade um eine Kurve erschienen und kaum mehr als hundert Meter entfernt.

»Erlaubnis zu feuern«, stimmte Mallory zu. »Die anderen auf den Boden.«

Er hatte gerade seine eigene Schmeisser von den Schultern genommen und in Anschlag gebracht, als Reynolds den Abzug betätigte. Vielleicht fünf Sekunden lang vibrierten die geschlossenen Metallwände der winzigen Kabine unter dem ohrenbetäubenden Hämmern der beiden Maschinenpistolen. Dann, auf einen Wink von Mallory, stellten die beiden Männer das Feuer ein. Es gab nichts mehr, worauf man hätte schießen können. Neufeld und seine Männer hatten ein paar Schüsse abgefeuert, aber unmittelbar darauf erkannt, dass die wild schwankenden Sättel ihrer Ponys im Vergleich zum Führerhaus einer Lokomotive nicht gerade ein ruhiger Platz zum Zielen waren, und hatten ihre Ponys auf beiden Seiten der Schienen in den Wald gelenkt. Aber nicht alle hatten sich rechtzeitig zurückgezogen: Zwei Männer lagen regungslos und mit dem Gesicht nach unten im Schnee.

Miller richtete sich auf, warf wortlos einen Blick auf die Szene hinter ihnen und tippte Mallory auf den Arm. »Ich habe eine kleine Frage, Sir. Wie bringen wir dieses Ding zum Halten?« Er starrte prüfend durch das Fenster des Führerhauses nach draußen. »Wir fahren bestimmt schon sechzig.«

»Na, mindestens zwanzig«, sagte Mallory liebenswürdig. »Aber schnell genug, um uns die Ponys vom Hals zu halten. Frag Andrea. Er hat die Bremse gelöst.«

»Er hat ein Dutzend Hebel bedient«, korrigierte Miller. »Jeder davon kann die Bremse gewesen sein.«

»Na, du sollst auch nicht bloß herumsitzen und nichts tun, nicht wahr?«, sagte Mallory tadelnd. »Finde heraus, wie man dieses verdammte Ding anhalten kann.«

Miller warf ihm einen eisigen Blick zu und machte sich daran herauszufinden, wie man das verdammte Ding anhalten konnte. Mallory drehte sich um, als Reynolds seinen Arm berührte. »Nun?«

Reynolds hatte einen Arm um Maria gelegt, um sie auf der nun schwankenden Plattform aufrecht zu halten. Er flüsterte: »Sie kriegen uns, Sir, sie kriegen uns todsicher. Warum halten wir nicht an und lassen die beiden zurück, Sir? Geben wir ihnen eine Chance, in die Wälder zu fliehen!«

»Danke für die Überlegung. Aber seien Sie nicht böse. Mit uns haben sie eine Chance, eine kleine, zugegeben, aber immerhin eine Chance. Wenn sie zurückbleiben, werden sie niedergemetzelt.«

Die Lokomotive fuhr nicht mehr die zwanzig Stundenkilometer, die Mallory angenommen hatte, aber wenn sie auch nicht eine so hohe Geschwindigkeit erreichte, wie Miller so besorgt vermutet hatte, so fuhr sie doch schnell genug, um einen durch das Krachen, Ächzen und Schlingern befürchten zu lassen, dass sie in Kürze auseinanderbrechen würde. Inzwischen hatte der Wald rechts von den Schienen aufgehört, das dunkle Wasser des Neretva-Stausees lag klar sichtbar im Westen, und die Schienen liefen jetzt sehr nah an etwas entlang, das wie der Rand eines sehr steilen Abgrunds aussah. Mit Ausnahme von Andrea lag auf allen Gesichtern ein Ausdruck böser Vorahnung. Mallory sagte: »Schon rausgefunden, wie man das verdammte Ding anhält?«

»Leicht.« Andrea deutete auf einen Hebel. »Der da.«

»Okay, Bremser. Ich möchte eine Demonstration.«

Zur großen Erleichterung der meisten Passagiere im Führerhaus legte sich Andrea mit voller Kraft auf den Bremshebel. Ein durchdringendes Kreischen ertönte, ein Funkenregen sprühte an den Seitenwänden des Führerhauses vorbei, als die Räder blockierten, dann kam die Lokomotive langsam zum Stehen. Andrea, der seine Pflicht erfüllt hatte, lehnte sich auf seiner Seite aus dem Führerhaus, in seiner Haltung lag die gelangweilte Selbstsicherheit eines Super-Lokomotivführers. Man hatte das Gefühl, dass alles, was er wirklich vom Leben erwartete, in diesem Moment ein öliger Lumpen und eine Schnur waren, um die Zugpfeife in Betrieb zu setzen.

Mallory und Miller kletterten vom Führerhaus und rannten zum Rand der Klippe, die nicht ganz zwanzig Meter entfernt lag. Wenigstens Mallory tat das. Miller bewegte sich um einiges vorsichtiger, die letzten paar Meter kroch er sogar auf Händen und Knien vorwärts. Er warf einen vorsichtigen Blick über den Rand des Abgrunds, kniff beide Augen zu und kroch ebenso vorsichtig wieder von dem Klippenrand weg: Miller behauptete, er könne nicht einmal auf der untersten Sprosse einer Leiter stehen, ohne dem überwältigenden Drang widerstehen zu können, sich in den Abgrund zu werfen.

Mallory starrte nachdenklich in die Tiefe. Sie befanden sich, wie er sah, direkt über dem Damm, der in dem Zwielicht, das der Mond darauf warf, unendlich weit in der Tiefe zu liegen schien. Die Oberfläche der Dammmauer war durch Flutlicht erhellt, und mindestens ein halbes Dutzend deutscher Soldaten in Wasserstiefeln und Helmen patrouillierten hin und her. Hinter dem Damm, an der niedrigeren Seite, musste die Leiter sein, von der Maria gesprochen hatte, aber sie war nicht zu sehen. Nur die zerbrechlich aussehende Hängebrücke, immer noch bedroht von dem riesigen Felsbrocken auf der Geröllhalde am linken Ufer, und weiter unten das weiße Wasser dessen, was wahrscheinlich eine passierbare Furt war, waren deutlich zu erkennen. Gedankenverloren starrte Mallory einige Zeit auf das Bild, erinnerte sich dann daran, dass die Verfolger inzwischen wieder unangenehm nahe gekommen sein mussten, und beeilte sich, zu der Lokomotive zurückzukommen. Er sagte zu Andrea: »Ungefähr anderthalb Meilen, glaube ich, nicht mehr.« Er wandte sich an Maria: »Du weißt, dass unterhalb der Dammmauer eine Furt ist. Gibt es einen Weg dort hinunter?«

»Für eine Bergziege!«

»Beleidigen Sie ihn nicht«, sagte Miller missbilligend.

»Ich verstehe nicht.«

»Hören Sie gar nicht hin«, sagte Mallory. »Sagen Sie uns nur, wann wir dorthin können.«

Etwa fünf oder sechs Meilen unterhalb des Neretva-Dammes ging General Zimmermann am Rande des Kiefernwaldes auf und ab, der an die Wiese südlich der Neretva-Brücke grenzte. Neben ihm ging ein Oberst, einer seiner Divisionskommandeure. Südlich von ihnen konnte man nur undeutlich die Umrisse von Männern und Dutzenden von Panzern und anderen Fahrzeugen erkennen, deren schützende Tarnung jetzt entfernt war. Jeder Panzer und jedes Fahrzeug war umringt von Männern, die letzte und wahrscheinlich völlig unnötige Handgriffe taten. Das Versteckspiel war zu Ende. Das Warten war zu Ende. Zimmermann sah auf die Uhr.

»Halb eins. Die ersten Infanteriebataillone gehen in etwa fünfzehn Minuten hinüber und verteilen sich am Nordufer. Die Panzer folgen um zwei.«

»Ja, Herr General.« Die Details waren viele Stunden vorher festgelegt worden, aber trotzdem fand man es nötig, die Instruktionen immer wieder zu wiederholen. Der Oberst blickte nach Norden. »Manchmal frage ich mich, ob überhaupt jemand dort drüben ist.«

»Der Norden macht mir keine Sorgen«, sagte Zimmermann düster. »Es ist der Westen.«

»Die Alliierten? Sie … Sie glauben, dass ihre Luft-Armadas bald kommen werden? Spüren Sie es immer noch in den Knochen, Herr General?«

»Immer noch in den Knochen. Es kommt bald. Für mich, für Sie, für uns alle.« Er schauderte zusammen.

10. KAPITEL

Samstag, 00.40 bis 01.20

»Wir sind gleich da«, sagte Maria. Ihr blondes Haar wehte im Wind, als sie aus dem Fenster des Führerhauses der klappernden, schwankenden Lokomotive spähte. Sie zog den Kopf zurück und wandte sich an Mallory: »Noch etwa dreihundert Meter.«

Mallory warf Andrea einen Blick zu: »Hast du gehört, Bremser?«

»Jawohl, Sir.« Andrea legte sich mit voller Kraft auf den Bremshebel. Das Resultat war wie zuvor ein wimmerndes Kreischen blockierter Räder auf rostigen Schienen und ein Funkenregen. Die Lokomotive kam stotternd zum Stehen. Als Andrea aus dem Fenster schaute, sah er genau gegenüber der Stelle, an der sie standen, einen V-förmigen Einschnitt am Rand der Klippe. »Maßarbeit, würde ich sagen.«

»Maßarbeit«, stimmte Mallory zu. »Falls du nach dem Krieg arbeitslos sein solltest, wirst du immer eine Stelle als Rangierer finden.« Er schwang sich von der Lokomotive, half Maria und Petar herunter, wartete, bis Miller, Reynolds und Groves heruntergesprungen waren, und sagte dann ungeduldig zu Andrea: »Los jetzt, wir müssen uns beeilen.«

»Komme schon«, sagte Andrea beschwichtigend. Er lockerte die Handbremse, sprang ab und gab der Lokomotive einen Stoß. Das alte Vehikel setzte sich augenblicklich in Bewegung und gewann schnell an Geschwindigkeit. »Man kann nie wissen«, sagte Andrea hoffnungsvoll, »vielleicht stößt sie irgendwo mit irgendjemandem zusammen.«

Sie rannten auf den Einschnitt in der Klippe zu, einen Einschnitt, der anscheinend von einem prähistorischen Erdrutsch herrührte, der in das Bett der Neretva hinuntergeglitten war. Tief unten wirbelte das schäumende Wasser, die reißenden Stromschnellen rührten von Dutzenden von Felsen her, die mit diesem Erdrutsch eines längst vergangenen Zeitalters in die Tiefe gestürzt waren. Mit einiger Fantasie hätte man diese Narbe in der Oberfläche der Klippe vielleicht für einen tief eingeschnittenen Wasserlauf halten können, aber es war eine fast senkrechte Geröllhalde mit Schiefergestein und kleinen Felsen, auf denen herumzuklettern höchst gefährlich war. Der ganze Abhang wurde nur durch einen kleinen Vorsprung ungefähr in der Hälfte der Wand unterbrochen. Miller riskierte einen kurzen Blick über die Klippe, trat hastig vom Rand zurück und starrte Mallory entsetzt und ungläubig an.

»Ich fürchte«, sagte Mallory.

»Aber das ist schrecklich! Sogar als ich die Südklippe in Navarone hinaufgeklettert bin …«

»Du bist die Südklippe in Navarone nicht hinaufgeklettert«, sagte Mallory unfreundlich, »Andrea und ich haben dich mit einem Seil hinaufgezogen.«

»Habt ihr das? Habe ich glatt vergessen. Aber dies … dies ist der Albtraum eines Bergsteigers.«

»Wir müssen ja nicht hinaufsteigen. Wir müssen uns nur hinunterlassen. Du wirst es schon schaffen – solange du nicht anfängst zu rollen.«

»Ich werde es schaffen, solange ich nicht anfange zu rollen«, wiederholte Miller mechanisch. Er beobachtete Mallory, der zwei Seile zusammenknüpfte und sie um eine gedrungene Kiefer führte. »Was ist mit Petar und Maria?«

»Dass Petar nichts sieht, spielt keine Rolle. Alles, was er tun muss, ist, sich an diesem Seil hinunterzulassen – und Petar hat Kräfte wie ein Pferd. Einer muss vor ihm unten sein, um ihm zu helfen, seine Füße auf den Vorsprung zu setzen. Andrea wird sich um die junge Dame hier kümmern. Und jetzt los. Neufeld und seine Leute müssen jede Minute hier sein – und wenn sie uns an diesem Abgrund erwischen – dann gute Nacht. Andrea, nimm Maria, und dann nichts wie weg.«

Augenblicklich schwangen sich Andrea und das Mädchen über den Rand der Rinne und begannen, sich schnell an dem Seil hinunterzulassen. Groves beobachtete sie, zögerte und trat dann auf Mallory zu.

»Ich gehe als Letzter, Sir, und nehme das Seil mit.«

Miller nahm ihn am Arm und führte ihn ein Stück weg. Er sagte freundlich: »Äußerst großzügig, mein Sohn, äußerst großzügig, aber es geht nicht. Nicht solange Dusty Millers Leben davon abhängt. In einer Situation wie dieser hängt unser aller Leben von dem letzten Mann ab. Und, das weiß ich sicher, der Captain ist der beste ›letzte Mann‹ der Welt.«

»Er ist *was*?«

»Es ist einer der ›Nichtzufälle‹, dass er sich entschlossen hat, diese Gruppe während dieses Auftrags anzuführen. Bosnien ist bekannt dafür, dass es überall Felsen und Klippen gibt. Mallory hat schon den Himalaja bestiegen, bevor Sie aus Ihrem Laufställchen geklettert sind, mein Kleiner. Sogar Sie sind nicht zu jung, um von ihm gehört zu haben.«

»*Keith* Mallory? Der Neuseeländer?«

»Genau. Er hat wohl früher mal Schafe durch die Gegend gescheucht, schätze ich. Kommen Sie, Sie sind dran.«

Die ersten fünf kamen gut hinunter. Sogar der Vorletzte, Miller, brachte den Abstieg bis zu dem Felsvorsprung ohne Zwischenfall hinter sich, hauptsächlich dadurch, dass er seine beliebte Bergsteigertechnik anwandte, die Augen während der ganzen Zeit fest geschlossen zu halten. Als Letzter kam Mallory. Er rollte das Seil immer weiter auf, während er sich schnell und sicher bewegte, fast nie einen Blick auf die Stelle werfend, an die er seinen Fuß setzte, und dennoch nicht den kleinsten Stein oder ein Stück Schiefer ins Rutschen brachte. Groves beobachtete seinen Abstieg mit beinah ehrfürchtigem Erstaunen.

Mallory spähte über den Rand des Vorsprungs. Die Schlucht über ihnen verlief in einer leichten Kurve, wodurch die Beleuchtung durch den Mond direkt unter der Stelle, an der sie standen, wie abgeschnitten endete, und während das phosphoreszierende Weiß des wirbelnden Wassers im Mondlicht glänzte, lag der untere Teil des Abhanges zu ihren Füßen im tiefen Dunkel. Während er angestrengt hinunterspähte, schob sich eine Wolke vor den Mond, und die ohnehin nur sehr undeutlich zu erkennenden Einzelheiten des Abhangs versanken völlig in der Dunkelheit. Mallory wusste, dass sie sich auf keinen Fall leisten konnten zu warten, bis der Mond wieder hervorkam, denn bis dahin konnten Neufeld und seine Männer längst da sein. Mallory schlang ein Seil um die Zacke eines Felsens und sagte zu Andrea und Maria: »Jetzt wird es wirklich gefährlich. Passt auf lockere Felsen auf.«

Andrea und Maria brauchten weit über eine Minute für ihren unsichtbaren Abstieg. Ein zweimaliges Ziehen am Seil zeigte an, dass sie sicher unten angekommen waren. Auf ihrem Weg hatten sie mehrere kleine Lawinen ausgelöst, aber Mallory hatte keine Angst, dass der Mann, der als Nächster folgen würde, Andrea und Maria verletzen oder sogar töten würde, einen Steinschlag verursachen oder einen Felsen lösen konnte. Andrea hatte zu lange und zu gefährlich gelebt, um so unnötig und auf so dumme Art und Weise zu sterben – und er würde zweifellos den Nächsten, der unten ankam, vor der gleichen Gefahr warnen. Zum zehnten Mal schaute Mallory den Abhang hinauf, den sie gerade hinter sich gebracht hatten, aber wenn Neufeld, Droshny und seine Männer bereits angekommen waren, verhielten sie sich sehr ruhig und umsichtig. Und es war nicht schwierig, aus den Ereignissen der vergangenen Stunden den Schluss zu ziehen, dass Umsicht das Letzte sein würde, was ihnen in den Sinn kam.

Als Mallory sich an den Abstieg machte, brach der Mond durch. Mallory verfluchte die Tatsache, die ihn zu einer großartigen Zielscheibe machte, falls plötzlich ein Feind oben auf der Klippe auftauchen sollte, wenn er auch wusste, dass Andrea sich dieser Gefahr genau bewusst war und ihn bewachte. Andererseits gab ihm das Mondlicht die Möglichkeit, doppelt so schnell hinunterzusteigen, wie es vorher in der Dunkelheit möglich gewesen wäre. Die Beobachter unten verfolgten in atemloser Spannung jede Bewegung Mallorys, der ohne die Hilfe des Seils den gefährlichen Abstieg wagte. Aber er bewegte sich mit schlafwandlerischer Sicherheit. Er kam sicher an dem felsbrockenübersäten Ufer an und starrte über die reißenden Stromschnellen.

Er wandte sich an niemand speziell, als er sagte: »Wisst ihr, was passiert, wenn sie oben ankommen und uns hier auf halbem Weg gut sichtbar im Mondlicht entdecken?« Die folgende Stille ließ keinen Zweifel darüber aufkommen, dass alle sehr wohl wussten, was dann passieren würde. »Jetzt oder nie. Reynolds, glauben Sie, dass Sie es schaffen?« Reynolds nickte. »Dann lassen Sie Ihre Waffe hier.«

Mallory knotete ein Seil um Reynolds' Taille und prüfte die Belastungsfähigkeit des Seils für alle Fälle mit Andrea und Groves. Reynolds ließ sich in das reißende Wasser hinunter und strebte auf den ersten der abgerundeten Felsen zu, der einen so trügerischen Halt in dem brodelnden Schaum bot. Zweimal verlor er den Boden unter den Füßen, zweimal fand er wieder Halt, erreichte den Felsen, aber unmittelbar dahinter wurde er von dem reißenden Wasser umgerissen und flussabwärts davongetrieben. Die Männer am Ufer zogen ihn zurück, während er hustete, spuckte und wie wild um sich schlug. Ohne ein Wort und ohne jemand anzusehen, stürzte er sich wieder in die reißenden Fluten, und diesmal ging er mit so wütender Entschlossenheit vor, dass er das andere Ufer erreichte, ohne auch nur einmal die Balance verloren zu haben.

Er zog sich auf den steinigen Strand hinauf, blieb kurze Zeit liegen, um sich von seiner Erschöpfung zu erholen, stand auf, ging zu einer gedrungenen Kiefer hinüber, die am Fuß der Klippe stand, die auf der anderen Seite in die Höhe ragte, löste das Seil von seiner Taille und befestigte es sicher am Stamm des Baumes. Am anderen Ufer ging Mallory mit dem Seil zweimal um einen großen Felsen herum, um es zu befestigen, und gab Andrea und dem Mädchen ein Zeichen.

Mallory warf wieder einen Blick in die Rinne hinauf. Von den Feinden war immer noch nichts zu sehen. Aber trotzdem hatte Mallory das Gefühl, dass sie keine Zeit verlieren durften, dass sie ihr Glück schon überbeansprucht hatten. Andrea und Maria waren kaum zur Hälfte drüben, als er Groves bat, Petar beim Überqueren der Stromschnellen zu helfen. Andrea und Maria kamen sicher am anderen Ufer an. Sie hatten gerade einen Fuß auf festen Boden gesetzt, als Mallory Miller losschickte, der die automatischen Waffen über der linken Schulter trug.

Auch Groves und Petar kamen ohne Zwischenfall drüben an. Mallory selbst musste warten, bis Miller angekommen war, denn er wusste, dass die Gefahr, von dem Fluss davongerissen zu werden, groß war, und wenn das passierte, würde Miller auch ins Wasser stürzen, und ihre Waffen wären nicht mehr zu gebrauchen.

Mallory wartete, bis er sah, dass Andrea Miller ins seichte Wasser half, dann war seine Zeit gekommen. Er band das Seil von dem Felsen los, wand es sich um die Taille und sprang ins Wasser. Genau an der gleichen Stelle, an der Reynolds bei seinem ersten Versuch von der Strömung weggerissen worden war, verlor auch er den Boden unter den Füßen und wurde schließlich von seinen Freunden ans Ufer gezogen. Er hatte zwar ziemlich viel Wasser geschluckt, aber sonst war ihm nichts passiert.

»Irgendwelche Verletzungen, gebrochene Knochen oder Schädeldecken?«, fragte Mallory. Er selbst fühlte sich, als hätte er den Niagara in einem Fass überquert. »Nein? Wunderbar.« Er sah Miller an. »Du bleibst hier bei mir. Andrea, nimm die anderen mit. Ihr wartet hinter der ersten Biegung auf uns.«

»Ich?«, widersprach Andrea sanft. Er nickte in Richtung auf die Felsenrinne. »Wir haben ein paar Freunde, die jede Minute da herunterkommen können.«

Mallory nahm ihn beiseite. »Wir haben auch ein paar Freunde«, sagte er ruhig, »die vielleicht flussabwärts von der Garnison, die am Damm stationiert ist, kommen können.« Er nickte zu den beiden Sergeants und Petar und Maria hinüber. »Was glaubst du, würde mit ihnen passieren, wenn sie einer Patrouille des Alpenkorps über den Weg liefen?«

»Ich warte hinter der Biegung.«

Andrea und die vier anderen machten sich auf den Weg den Fluss hinauf. Sie kamen nur langsam vorwärts, denn sie stolperten immer wieder und rutschten auf den nassen glitschigen Felsen aus. Mallory und Miller zogen sich in den Schutz von zwei riesigen Felsbrocken zurück und starrten nach oben.

Einige Minuten vergingen. Der Mond schien immer noch, und am oberen Rand der Rinne war noch immer kein Anzeichen für die Anwesenheit der Feinde zu sehen.

Miller sagte unbehaglich: »Was glaubst du, ist schiefgegangen? Sie brauchen verdammt lange, um aufzutauchen.«

»Nein, ich glaube viel eher, dass sie verdammt lange brauchen, um umzukehren.«

»Umzukehren?«

»Sie wissen nicht, wo wir hingegangen sind.« Mallory zog seine Landkarte heraus und studierte sie im sorgfältig abgeschirmten Licht seiner Stablampe. »Etwa eine Dreiviertelmeile die Schienen hinunter ist eine scharfe Linkskurve. Aller Wahrscheinlichkeit nach dürfte die Lokomotive dort entgleist sein. Als Neufeld und Droshny uns zuletzt sahen, waren wir in der Lokomotive, und das Logischste, was sie tun konnten, war, den Schienen zu folgen bis zu der Stelle, an der wir ihrer Meinung nach die Lokomotive verlassen hatten, in der Erwartung, uns irgendwo in der Nähe zu finden. Wenn sie die demolierte Lokomotive gefunden haben, dürfte ihnen natürlich klar geworden sein, was los ist – aber dann sind sie ungefähr noch zusätzlich anderthalb Meilen geritten – und die Hälfte davon bergauf und noch dazu mit müden Ponys.«

»So muss es sein. Ich wünschte bei Gott«, fuhr Miller grollend fort, »dass sie sich beeilen würden.«

»Was hast du denn?«, fragte Mallory. »Dusty Miller sehnt sich nach Arbeit?«

»Nein, das nicht«, erklärte Miller entschieden. Er warf einen Blick auf seine Uhr. »Aber die Zeit wird knapp.«

»Die Zeit«, stimmte Mallory nüchtern zu, »wird tatsächlich ganz verteufelt knapp.«

Und dann kamen sie. Miller, der unverwandt nach oben starrte, sah ein flüchtiges metallisches Glitzern im Mondlicht, als ein Kopf sich vorsichtig über den Rand der Rinne schob und hinunterspähte. Er berührte Mallorys Arm.

»Ich sehe ihn«, murmelte Mallory. Gleichzeitig griffen beide Männer in ihre Anoraks, zogen ihre Luger-Pistolen hervor und entfernten die wasserdichten Schutzhüllen. Der Kopf mit dem Helm entwickelte sich langsam zu einer Gestalt, die sich im hellen Mondlicht als scharfer Schattenriss gegen den Horizont abhob. Er begann mit etwas, das offensichtlich ein vorsichtiger Abstieg sein sollte, aber dann warf er plötzlich beide Arme in die Luft und stürzte in die Tiefe. Falls er schrie, so konnten Mallory und Miller von der Stelle aus, an der sie sich befanden, es jedenfalls nicht hören – das rauschende Wasser übertönte jedes andere Geräusch. Der Körper schlug auf halbem Weg auf dem Felsenvorsprung auf, wurde hochgeschleudert, unglaublich weit hinausgetragen und landete dann mit weit ausgebreiteten Armen an dem steinigen Flussufer, eine kleine Steinlawine nach sich ziehend.

Miller sagte grimmig philosophierend: »Nun, du hast ja gesagt, dass es gefährlich ist.«

Ein zweiter Mann erschien am Rand des Abgrunds, um als Zweiter den Abstieg zu versuchen, und ihm folgten kurz nacheinander noch einige. Dann verschwand der Mond für einige Minuten hinter einer Wolke, während Mallory und Miller über den Fluss starrten, bis ihre Augen schmerzten und ebenso angestrengt wie vergeblich versuchten, die Dunkelheit, die auf dem Abhang gegenüber lag, zu durchdringen.

Der vorderste Kletterer befand sich genau unter dem Vorsprung, als der Mond wieder zum Vorschein kam. Vorsichtig untersuchte er den unteren Teil des Hanges. Mallory zielte sorgfältig mit seiner Luger, der Kletterer erstarrte mitten in der Bewegung, kippte hintenüber und verschwand in der Tiefe. Der folgende Soldat, der nicht bemerkt hatte, was mit seinem Kameraden geschehen war, begann die untere Hälfte des Abhangs herunterzuklettern. Sowohl Mallory als auch Miller richteten ihre Luger-Pistolen auf das deutlich sichtbare Ziel, aber in diesem Moment wurde der Mond wieder von einer Wolke verdeckt, und sie mussten ihre Waffen senken. Als der Mond wieder erschien, hatten vier Männer bereits sicher das gegenüberliegende Ufer erreicht. Zwei von ihnen, die mit einem Seil miteinander verbunden waren, begannen gerade, die Furt zu überqueren. Mallory und Miller warteten, bis sie sicher drei Viertel ihres Weges zurückgelegt hatten. Sie bildeten ein nahes und leichtes Ziel, und auf diese Entfernung war es unmöglich, dass Mallory und Miller sie verfehlten. Und sie verfehlten sie nicht. Einen Moment lang sah man stürzende Körper, dann wurden die beiden, immer noch zusammengebunden, durch die Schlucht davongerissen. Ihre Körper wurden so oft von dem reißenden Wasser hochgeschleudert, ihre herumwirbelnden Arme und Beine durchbrachen so oft die Wasseroberfläche, dass es fast aussah, als ob die Männer immer noch verzweifelt um ihr Leben kämpften. Jedenfalls betrachteten die beiden Männer, die jetzt noch am Ufer standen, den Vorfall nicht als Anzeichen dafür, dass irgendetwas nicht stimmte. Sie standen da und schauten erstaunt den verschwindenden Körpern ihrer Kameraden nach, ohne jedoch zu begreifen, was passiert war. Zwei oder drei Sekunden später hätten sie beinah keine Gelegenheit mehr gehabt, irgendetwas zu begreifen, aber wieder einmal schob sich ein Wolkenfetzen vor den Mond, und so blieb ihnen eine kleine, ganz kleine Galgenfrist. Mallory und Miller senkten ihre Waffen.

Mallory schaute auf seine Uhr und sagte irritiert: »Warum, zum Teufel, fangen sie nicht an zu schießen? Es ist fünf nach eins.«

»Warum beginnt *wer* nicht zu schießen?«, fragte Miller irritiert.

»Das hast du doch gehört. Du warst dabei. Ich bat Vis, Vukalovic zu bitten, uns um eins geräuschmäßige Deckung zu geben. Oben bei der Zenica-Schlucht – weniger als eine Meile entfernt. Nun, wir können nicht länger warten. Es wird …« Er brach ab und lauschte auf das plötzlich ausbrechende Gewehrfeuer, das erschreckend laut und ziemlich nahe zu hören war, und lächelte. »Nun, was bedeuten schon fünf Minuten hin oder her. Komm. Ich habe das Gefühl, dass Andrea sich langsam Sorgen um uns macht.«

Das tat er allerdings. Lautlos tauchte er aus der Dunkelheit auf, als sie um die erste Flussbiegung kamen. Vorwurfsvoll sagte er: »Wo seid ihr beide denn gewesen? Ich hatte schon das Schlimmste befürchtet.«

»Ich erkläre es dir im Laufe der nächsten Stunde irgendwann – wenn wir im Laufe der nächsten Stunde am Leben bleiben«, setzte Mallory grimmig hinzu. »Unsere Freunde, die Banditen, sind nur zwei Minuten hinter uns. Ich glaube, sie werden ziemlich unternehmungslustig sein, obwohl sie bereits vier Männer verloren haben – sechs, wenn man die beiden mitzählt, die Reynolds von der Lokomotive aus erwischt hat.

Du bleibst an der nächsten Biegung flussaufwärts und hältst sie auf. Du wirst es allein tun müssen. Glaubst du, dass du es schaffst?«

»Jetzt ist keine Zeit für Scherze«, sagte Andrea würdevoll. »Und dann?«

»Groves und Reynolds, Petar und Maria kommen mit uns flussaufwärts, Groves und Reynolds gehen so nah wie möglich an den Damm heran, Petar und Maria suchen sich irgendwo einen geschützten Platz, möglichst in der Nähe der Hängebrücke – aber weit genug entfernt, um nicht von dem verdammten Felsbrocken erschlagen zu werden, der darüber liegt.«

»Hängebrücke, Sir?«, fragte Reynolds. »Ein Felsbrocken?«

»Ich sah sie, als wir die Lokomotive verließen, um die Gegend etwas näher zu untersuchen.«

»*Sie* haben es gesehen. Andrea nicht.«

»Ich habe es ihm gegenüber erwähnt«, sagte Mallory ungeduldig. Er übersah den Unglauben im Gesicht des Sergeants und wandte sich an Andrea. »Dusty und ich können nicht mehr warten. Benutze deine Schmeisser, um sie zu stoppen.« Er deutete nach Nordwesten zur Zenica-Schlucht, wo das Knattern des Gewehrfeuers unaufhörlich hämmerte. »Bei dem ganzen Krach werden sie den Unterschied nicht erkennen.«

Andrea nickte, machte es sich hinter zwei großen Felsen bequem und schob den Lauf seiner Schmeisser in den V-förmigen Einschnitt. Die anderen Mitglieder der Truppe machten sich auf den Weg den Fluss hinauf, wobei sie unbeholfen über die glitschigen Felsen stolperten, die das rechte Ufer der Neretva bedeckten, bis sie zu einem nur in den Ansätzen vorhandenen Pfad kamen, den man zwischen den Steinen gebahnt hatte. Diesem Pfad folgten sie etwa hundert Meter weit, bis sie zu einer leichten Biegung der Schlucht kamen. Ohne dass ein entsprechender Befehl erfolgt wäre, blieben alle im gleichen Augenblick stehen und schauten nach oben.

Die sich hoch türmenden Wälle des Neretva-Dammes waren plötzlich in ihrer ganzen Größe in Sicht gekommen.

Über den Damm stiegen auf beiden Seiten steile Felswände in den Nachthimmel, zuerst senkrecht, dann wölbten sie sich und hingen schließlich so über, dass sich ihre Vorsprünge fast zu berühren schienen. Das allerdings war – wie Mallory gesehen hatte, als er das Bild von oben betrachtet hatte – eine optische Täuschung. Die Wachhütten und die Funkstation oben auf der Dammmauer waren deutlich zu sehen, ebenso die zwergenhaften Gestalten einiger deutscher Soldaten, die auf Patrouille waren. Vom Ende der Ostseite des Dammes, wo die Hütten standen, führte eine Eisenleiter, die mit Eisenhaken am Felsen befestigt war – Mallory wusste, sie war grün angestrichen, aber in dem Halbschatten, den die Dammmauer warf, sah sie schwarz aus –, im Zickzack auf den Grund der Schlucht hinunter, nahe der Stelle, an der die weiß schäumenden Wasserstrahlen aus den Rohren am unteren Rand des Dammes sprudelten.

Mallory versuchte zu schätzen, wie viele Sprossen die Leiter wohl haben mochte. Zweihundert, vielleicht zweihundertfünfzig, und wenn man einmal angefangen hatte zu klettern oder hinunterzusteigen, musste man immer weiter gehen, denn nirgends gab es eine Plattform oder eine Rückenstütze, auf der man einen Moment hätte ausruhen können. Außerdem war die Leiter an keiner einzigen Stelle vor den Blicken eventueller Beobachter, die sich auf der Brücke befanden, geschützt. Als Angriffsroute, überlegte Mallory, hätte er diesen Weg wohl kaum ausgewählt, er konnte sich keinen waghalsigeren denken.

Etwa in der Mitte zwischen der Stelle, an der sie standen, und dem Fuß der Leiter auf der anderen Seite, spannte sich eine Hängebrücke über das brodelnde Wasser, das durch die Schlucht schäumte. Nichts an ihrer alten, wackligen und windschiefen Erscheinung war dazu angetan, einem Vertrauen einzuflößen. Und was man sich an Vertrauen noch bewahrt haben mochte, wurde völlig weggewischt, wenn man den riesigen Felsen sah, der genau über dem östlichen Ende der Brücke lag und der jeden Moment aus seinem reichlich unsicheren Halt in der tiefen Rinne in der Felswand zu brechen drohte.

Reynolds nahm das Bild in sich auf und wandte sich dann an Mallory. Er sagte ruhig: »Wir sind sehr geduldig gewesen, Sir.«

»Sie sind sehr geduldig gewesen, Sergeant – und ich bin sehr dankbar dafür. Sie wissen natürlich, dass eine Division der Jugoslawen im Zenica-Käfig in der Falle sitzt – das ist direkt hinter den Bergen hier links von uns. Sie wissen auch, dass die Deutschen heute Nacht um zwei Uhr zwei bewaffnete Divisionen über die Neretva-Brücke schicken und, wenn diese beiden Divisionen die Brücke überschreiten – und es ist nichts da, um sie aufzuhalten –, die Jugoslawen mit ihren Kindergewehren und beinahe ohne Munition in Stücke geschnitten werden. Wissen Sie, dass die einzige Möglichkeit, sie aufzuhalten, die Zerstörung der Neretva-Brücke ist? Wissen Sie, dass dieser Gegenspionage- und Rettungsauftrag nur ein Deckmantel für die eigentliche Mission war?«

Reynolds sagte bitter: »Ich weiß es – jetzt.« Er deutete die Schlucht hinunter. »Und ich weiß auch, dass die Brücke dort liegt.«

»Das tut sie allerdings. Ich weiß auch, dass wir diese Brücke, selbst wenn wir an sie herankommen könnten – was ziemlich unmöglich sein dürfte –, nicht mit einer Wagenladung Sprengstoff in die Luft jagen können; Stahlgerüste, die in Beton verankert sind, kann man nur mit großem Aufwand zerstören.« Er wandte sich um und blickte auf den Damm. »Also machen wir es anders. Sehen Sie die Dammmauer da drüben – dahinter sind dreißig Millionen Tonnen Wasser, genug, um sogar die Sydney-Brücke davonzutragen, und erst recht, um die Brücke über die Neretva wegzuschwemmen.«

Groves sagte leise: »Sie sind verrückt«, und dann, nach kurzem Überlegen: »Sir.«

»Das kann sein. Wir werden die Brücke trotzdem in die Luft sprengen, Dusty und ich.«

»Aber der ganze Sprengstoff, den wir haben, besteht aus ein paar Handgranaten«, sagte Reynolds, der kurz davor war, endgültig zu verzweifeln. »In der Dammmauer, da muss doch drei bis sechs Meter dicker Beton stecken. Sprengen? Wie?«

Mallory schüttelte den Kopf. »Tut mir leid.«

»Warum, Sie ewig schweigender …«

»Halten Sie den Mund. Verdammt noch mal, werden Sie es denn nie begreifen? Bis zur letzten Minute besteht die Möglichkeit, dass Sie gefangen genommen und gezwungen werden zu reden – und was würde dann aus Vukalovics Divisionen, die im Zenica-Käfig sitzen? Was Sie nicht wissen, können Sie nicht ausplaudern.«

»Aber *Sie* wissen es.« Reynolds' Stimme war voller Groll. »Sie und Dusty und Andrea – Colonel Stavros. *Sie* wissen es. Groves und ich wussten die ganze Zeit, dass Sie es wussten, und *Sie* könnten auch zum Reden gezwungen werden.«

Mallory sagte beherrscht: »Andrea zum Reden bringen? Vielleicht – wenn man ihm androhte, ihm seine Zigarren wegzunehmen. Sicher, Dusty und ich könnten reden – aber irgendjemand musste schließlich Bescheid wissen.«

Groves sagte mit der Stimme eines Mannes, der widerwillig das Unvermeidliche akzeptiert: »Wie kommen Sie hinter den verdammten Dammwall? Sie können das Ding doch nicht von vorn sprengen, oder?«

»Nicht mit den Mitteln, die uns im Augenblick zur Verfügung stehen«, stimmte Mallory zu. »Wir kommen schon dahinter. Wir klettern dort hinauf.« Mallory deutete auf die senkrechte Klippe auf der anderen Seite.

»Wir klettern dort hinauf, wie?«, fragte Miller leichthin. Er sah völlig verdattert aus.

»Die Leiter hinauf. Aber nicht ganz. Wenn wir drei Viertel oben sind, verlassen wir die Leiter und klettern senkrecht die Klippe hinauf, bis wir etwa zwölf Meter über der Dammmauer sind, an der Stelle, an der die Klippe überzuhängen beginnt. Von dort, da ist ein Vorsprung – nun, eigentlich mehr ein Spalt, wirklich ...«

»Ein Spalt«, echote Miller heiser. In seinem Gesicht stand helles Entsetzen.

»Ein Spalt. Er erstreckt sich in einem ansteigenden Winkel von vielleicht zwanzig Grad etwa fünfundvierzig Meter lang über die Dammmauer. Diesen Weg nehmen wir.«

Reynolds sah Mallory leicht betäubt und fassungslos an. »Das ist Irrsinn.«

»Irrsinn«, bekräftigte Miller.

»Ich würde ihn mir nicht aussuchen«, gab Mallory zu. »Aber es ist die einzige Möglichkeit hineinzukommen.«

»Sie werden todsicher gesehen«, protestierte Reynolds.

»Nicht todsicher.« Mallory wühlte in seinem Rucksack und brachte einen schwarzen Froschmannanzug aus Gummi zum Vorschein, während Miller widerwillig das Gleiche tat. Während beide Männer begannen, in die Anzüge zu schlüpfen, fuhr Mallory fort. »Wir werden wie schwarze Fliegen auf einer schwarzen Wand aussehen.«

»Das hofft er«, stieß Miller hervor.

»Außerdem werden sie, wenn wir ein bisschen Glück haben, in die andere Richtung schauen, wenn die RAF mit ihrem Feuerwerk beginnt. Und wenn wir in die Gefahr kommen sollten, entdeckt zu werden – nun, dann kommen Sie und Groves ins Spiel. Captain Jensen hatte recht – wie sich die Dinge entwickelt haben, wären wir wirklich nicht ohne Sie zurechtgekommen.«

»Komplimente?«, sagte Groves zu Reynolds. »Komplimente vom Captain? Ich habe das Gefühl, jetzt kommt ein ganz dicker Hund.«

»Er kommt«, gab Mallory zu. Er hatte den Anzug und die Kapuze zurechtgerückt und befestigte in seinem Gürtel einige Kletterhaken und einen Hammer. All das hatte er aus seinem Rucksack geholt. »Wenn wir in Schwierigkeiten geraten, veranstalten Sie beide eine kleine Ablenkung.«

»Welche Art von Ablenkung?«, fragte Reynolds misstrauisch.

»Von irgendeiner Stelle in der Nähe des Fußes der Dammmauer aus fangen Sie an, auf die Wachen zu schießen, die oben patrouillieren.«

»Aber … aber, wir werden überhaupt keine Deckung haben.« Groves starrte zu der felsigen Geröllhalde hinüber, die das linke Flussufer am Fuße der Dammmauer und am Fuße der Leiter bildete. »Da ist nirgends auch nur eine Andeutung von Deckung. Was für eine Chance werden wir haben?«

Mallory schloss seinen Rucksack und hängte sich ein zusammengerolltes Seil über die Schulter. »Eine ganz kleine, fürchte ich.« Er schaute auf das Leuchtzifferblatt seiner Uhr.

»Aber dann, für die nächsten fünfundvierzig Minuten, sind Sie und Groves entbehrlich. Dusty und ich hingegen nicht.«

»Einfach so?«, sagte Reynolds tonlos. »Entbehrlich?«

»Wollen Sie tauschen?«, fragte Miller hoffnungsvoll. Er bekam keine Antwort, denn Mallory war schon auf dem Weg. Miller warf einen letzten schreckerfüllten Blick auf die sich auftürmenden Felsmassen über sich, gab seinem Rucksack einen letzten Ruck und folgte Mallory. Reynolds wollte sich auch gerade in Bewegung setzen, als Groves ihn am Arm zurückhielt und Maria ein Zeichen machte, mit Petar vorauszugehen. Er sagte zu ihr: »Wir warten ein bisschen und kommen dann nach. Nur um sicherzugehen.«

»Was ist los?«, fragte Reynolds leise.

»Folgendes. Unser Captain Mallory hat zugegeben, dass er heute Abend bereits vier Fehler gemacht hat. Ich glaube, er ist dabei, seinen fünften zu machen.«

»Ich verstehe nicht.«

»Er setzt alles auf eine Karte, und er hat ein paar Dinge übersehen. Zum Beispiel, was den Auftrag betrifft, dass wir beide am Fuß der Dammmauer bleiben sollen. Wenn wir ein Ablenkungsmanöver inszenieren sollen, wird eine Maschinengewehrgarbe, die einer oben auf der Mauer abfeuert, uns in Sekunden alle beide erwischen. Ein Mann kann genauso wirkungsvoll eine Ablenkung schaffen wie zwei – und wo ist der Sinn, wenn wir beide umgebracht werden? Außerdem, wenn einer von uns am Leben bleibt, bleibt die Chance, etwas zu tun, um Maria und ihren Bruder zu schützen. Ich beziehe am Fuß der Mauer Posten, während du …«

»Warum solltest du gehen? Warum nicht …«

»Warte, ich bin noch nicht fertig. Ich glaube auch, dass es reichlich optimistisch von Mallory ist anzunehmen, dass

Andrea fähig ist, die ganze Bande, die hinter uns her ist, aufzuhalten. Es müssen mindestens zwanzig Mann sein, und sie sind nicht unterwegs, um sich einen netten Abend zu machen. Sie sind unterwegs, um uns zu töten. Was passiert also, wenn sie Andrea überwältigen und zu der Hängebrücke kommen, wo sie Maria und Petar finden, während wir beide damit beschäftigt sind, am Fuß der Mauer Zielscheiben zu spielen? Sie werden die beiden umbringen, bevor du einmal blinzeln kannst.«

»Oder vielleicht nicht umbringen«, stieß Reynolds hervor. »Was wäre, wenn Neufeld umgebracht würde, bevor sie die Hängebrücke erreichen? Was wäre, wenn Droshny das Kommando hätte – dann hätten Maria und Petar eine Galgenfrist.«

»Also bleibst du in der Nähe der Brücke und sorgst für Rückendeckung, während Maria und Petar irgendwo in der Nähe versteckt sind?«

»Du hast recht, ich bin sicher, dass du recht hast. Aber es gefällt mir nicht«, sagte Reynolds unbehaglich. »Er hat uns seine Befehle gegeben, und er ist kein Mann, der es mag, wenn seine Befehle missachtet werden.«

»Er wird es nie erfahren – sogar wenn er jemals zurückkommt, was ich ganz entschieden bezweifle, wird er es nie erfahren. Und außerdem hat *er* angefangen, Fehler zu machen.«

»Nicht diese Art Fehler.« Reynolds fühlte sich immer noch ausgesprochen unbehaglich.

»Habe ich recht oder nicht?«, fragte Groves.

»Ich glaube nicht, dass das am Ende dieses Tages eine große Rolle spielen wird«, sagte Reynolds müde. »Okay, machen wir es so, wie du es vorgeschlagen hast.« Die beiden Sergeants eilten hinter Maria und Petar her.

Andrea lauschte auf die Tritte schwerer Stiefel, die über Steine scharrten, das gelegentliche metallische Klirren, wenn ein Gewehr gegen einen Felsen stieß, und er wartete, flach auf dem Bauch liegend. Der Lauf seiner Schmeisser ruhte in der Felsritze. Die Geräusche, die die verstohlene Annäherung entlang dem Flussufer ankündigten, waren nicht mehr als vierzig Meter entfernt, als Andrea sich etwas aufrichtete, den Lauf seiner Waffe nach unten drückte und den Abzug betätigte.

Die Reaktion erfolgte augenblicklich. Drei oder vier Waffen – wie Andrea erkannte, waren es alles Maschinenpistolen – ratterten im gleichen Moment los.

Andrea stellte das Feuer ein, ignorierte die Kugeln, die über seinen Kopf hinwegpfiffen und an den Felsen rechts und links von ihm abprallten, zielte sorgfältig auf das Mündungsfeuer einer der Maschinenpistolen und feuerte eine Ein-Sekunden-Garbe ab. Der Mann hinter der Maschinenpistole versteifte sich, sein hochgeworfener Arm schleuderte die Waffe weg, dann stolperte er wie betrunken zur Seite, stürzte in die Neretva und wurde von dem weiß schäumenden Wasser davongewirbelt. Andrea feuerte wieder, und ein weiterer Mann drehte sich um die eigene Achse und fiel zwischen die Felsen. Dann erklang plötzlich ein gebellter Befehl, und die Waffen verstummten. Der Trupp bestand aus acht Männern, und jetzt löste sich einer von ihnen aus dem Schutz des Felsbrockens und kroch auf den zweiten Mann zu, den es erwischt hatte. Während er sich vorwärts bewegte, lag auf Droshnys Gesicht das wölfische Grinsen, aber es war klar, dass ihm absolut nicht nach Lächeln zumute war. Er beugte sich über die zusammengesunkene Gestalt, die auf den Steinen lag, und drehte sie auf den Rücken: Es war Neufeld. Blut strömte aus einer klaffenden Wunde an der Schläfe. Droshny richtete sich auf, sein

Gesicht zeigte maßlose Wut. Er drehte sich um, als einer seiner Četniks seinen Arm berührte.

»Ist er tot?«

»Nicht ganz. Aber es hat ihn schlimm erwischt. Er wird Stunden, vielleicht sogar Tage bewusstlos sein. Ich weiß es nicht, das kann nur ein Arzt beurteilen.« Droshny bat noch zwei andere Männer zu sich. »Ihr drei – bringt ihn über die Furt hinauf in Sicherheit. Zwei bleiben bei ihm, der andere kommt zurück. Und, um Himmels willen, sagt den anderen, sie sollen sich beeilen herzukommen.«

Sein Gesicht war immer noch wutverzerrt, und er kümmerte sich nicht um die Gefahr, als er auf die Füße sprang und eine lange Maschinenpistolengarbe flussaufwärts feuerte, eine Handlung, die Andrea offensichtlich nicht im Mindesten beeindruckte, denn er blieb regungslos, wo er war – friedlich an den Felsen gelehnt, der ihm Deckung gewährte –, und beobachtete nicht sonderlich interessiert und noch viel weniger besorgt die Querschläger und abgesplitterten Felsstücke, die in alle Richtungen flogen. Das Krachen der Schüsse wurde bis zu den Wachen getragen, die oben auf dem Dammwall patrouillierten. Aber das Durcheinander der Schüsse in der Umgebung und die verschiedenen Echos, die von den Felswänden, die die Schlucht begrenzten, zurückgeworfen wurden, waren so verwirrend, dass es unmöglich war, den Ursprung des plötzlich einsetzenden Hämmerns der Maschinenpistolen festzustellen. Bedeutsam jedoch war, *dass* es sich um Maschinenpistolenfeuer handelte und dass bis zu diesem Moment nur Gewehrschüsse zu hören gewesen waren. Und es schien aus dem Süden zu kommen, aus der Schlucht unterhalb des Dammes. Eine der Wachen eilte besorgt zu dem diensthabenden Hauptmann, sprach kurz mit ihm und lief dann zu einer kleinen Hütte auf der etwas höher gelegenen Betonplatte am Ostende des Dammwalles. In der Hütte, deren Vorderwand eine jetzt hochgerollte Zeltplane bildete, stand ein großes Funkgerät, vor dem ein Unteroffizier saß.

»Befehl des Hauptmanns«, sagte der Feldwebel, »Verbindung mit der Neretva-Brücke herstellen. Meldung an General Zimmermann, dass wir – das heißt, dass der Hauptmann besorgt ist. Sagen Sie ihm, dass um uns herum wie wild geschossen wird und dass ein Teil der Schützen sich anscheinend ein Stück flussabwärts aufhält.«

Der Feldwebel wartete ungeduldig, bis der Funker die Verbindung hergestellt hatte, und wurde noch ungeduldiger, als es zwei Minuten später in den Kopfhörern krachte und der Funker begann, die Botschaft niederzuschreiben. Nachdem die Durchsage beendet war, nahm er sie dem Funker aus der Hand und gab sie an den Hauptmann weiter, der sie laut vorlas.

»General Zimmermann sagt: ›Es besteht kein Grund zur Besorgnis, den Lärm veranstalten unsere jugoslawischen Freunde oben in der Zenica-Schlucht, die sich Mut machen wollen, weil sie jeden Moment einen Generalangriff durch Einheiten des 11. Armeekorps erwarten. Und es wird später noch viel lauter werden, wenn die RAF anfängt, ihre Bomben auf die falschen Plätze zu werfen. Aber sie werden sie nicht in Ihrer Nähe abwerfen, also machen Sie sich keine Sorgen.‹« Der Hauptmann senkte das Blatt Papier. »Das genügt mir. Wenn der General sagt, es besteht kein Grund zur Besorgnis, dann genügt mir das. Sie wissen, welchen Ruf der General hat, Feldwebel?«

»Ich weiß es, Herr Hauptmann.« In einiger Entfernung und in einer nicht feststellbaren Richtung hämmerte wieder eine Maschinenpistole. Der Feldwebel fuhr nervös hoch.

»Beunruhigt Sie immer noch etwas?«, fragte der Hauptmann.

»Jawohl, Herr Hauptmann. Ich weiß, welchen Ruf der General hat, natürlich, und ich vertraue ihm blind.« Er machte eine Pause und fuhr dann besorgt fort: »Ich könnte schwören, dass die letzte Maschinenpistolengarbe von dort unten aus der Schlucht kam.«

»Sie benehmen sich wie ein altes Weib, Feldwebel«, sagte der Hauptmann freundlich, »und Sie müssen sich bald bei dem Arzt unserer Division melden. Ihre Ohren bedürfen dringend einer Untersuchung.«

Der Feldwebel benahm sich nicht im Geringsten wie ein altes Weib, und sein Gehör war bedeutend besser als das des Offiziers, der ihn getadelt hatte. Das anhaltende Maschinenpistolenfeuer kam, wie er annahm, aus der Schlucht, wo Droshny und seine Männer, deren Anzahl sich inzwischen verdoppelt hatte, sich einzeln oder höchstens zu zweit, schnell, aber jeweils nur eine ganz kurze Strecke, vorwärts bewegten, während sie unaufhörlich schossen. Ihre Schüsse, die ziellos abgegeben wurden, da die Männer auf dem steinigen Boden ständig stolperten und ausrutschten, riefen bei Andrea keinerlei Reaktion hervor. Möglicherweise weil er sich nicht bedroht fühlte, wahrscheinlich aber, weil er die Munition sparen wollte. Die zweite Vermutung schien eher zuzutreffen, denn Andrea hatte seine Schmeisser über die Schulter gehängt und untersuchte nun sorgfältig eine Stabgranate, die er gerade aus seinem Gürtel gezogen hatte.

Ein Stück flussabwärts blickte Sergeant Reynolds, der am Ostende der wackligen Holzbrücke stand, die sich an der schmalsten Stelle über das reißende und schäumende Wasser spannte, das dem, der das Pech hatte hineinzufallen, keine

Überlebenschance bot, unglücklich die Schlucht hinunter in die Richtung, aus der das Maschinenpistolenfeuer kam. Zum zehnten Mal fragte er sich, ob er es wagen sollte, über die Brücke zurückzugehen und Andrea zu Hilfe zu kommen. Wenn er auch Andrea inzwischen in einem ganz anderen Licht sah als am Anfang, so schien es doch, wie Groves gesagt hatte, unmöglich, dass ein Mann über längere Zeit eine Horde von zwanzig Männern aufhalten konnte, die von dem Wunsch nach Rache beseelt waren. Andererseits hatte er Groves versprochen hierzubleiben und sich um Maria und Petar zu kümmern. Wieder hämmerte eine Maschinenpistole los. Reynolds fasste einen Entschluss. Er würde Maria sein Gewehr geben, um ihr und Petar einen gewissen Schutz zu bieten, und sie nur so lange allein lassen, wie es nötig war, um Andrea die Hilfe zu geben, die er brauchte.

Er drehte sich um, um es ihr zu sagen, aber Maria und Petar waren nicht mehr da. Reynolds blickte wild um sich. Seine erste Vermutung war, dass sie in den reißenden Fluss gestürzt waren, eine Vermutung, die er sofort als lächerlich verwarf. Instinktiv schaute er zum Ufer am Fuße des Dammes hinüber, und obwohl der Mond gerade wieder von einer großen Wolkenbank verdunkelt war, sah er sie sofort: Sie bewegten sich auf den Fuß der Leiter zu, wo Groves stand. Einen Augenblick fragte er sich verwirrt, wieso sie ohne Erlaubnis flussaufwärts gegangen waren, dann erinnerte er sich, dass sowohl Groves als auch er vergessen hatten, den beiden den Befehl zu geben, bei der Brücke zu bleiben. Kein Grund zur Besorgnis, dachte er, Groves wird sie bestimmt gleich zur Brücke zurückschicken, und sobald sie ankamen, würde er ihnen sagen, dass er sich entschlossen hatte, Andrea zu helfen. Er fühlte sich erleichtert, nicht weil er Angst hatte vor dem, was ihn vielleicht erwartete, wenn er zu Andrea zurückging und sich Droshny und seinen Männern entgegenstellen musste, sondern weil es die Notwendigkeit hinausschob, einer Entscheidung gemäß zu handeln, die vielleicht nur auf den ersten Blick berechtigt war.

Groves, der an den scheinbar endlosen, im Zickzack verlaufenden Sprossen der eisernen Leiter, die, wie es schien, so unsicher an der senkrechten Felswand befestigt war, hinaufgestarrt hatte, fuhr herum, als er leise Schritte auf dem Schiefergestein hörte, und starrte Maria und Petar an, die – wie immer Hand in Hand – auf ihn zukamen. Wütend sagte er: »Was, in Dreiteufelsnamen, macht *ihr* denn hier? Ihr habt kein Recht, hier zu sein. Könnt ihr nicht sehen, dass die Wachen nur mal herunterschauen müssen, damit ihr im nächsten Moment auch schon tot seid? Verschwindet, geht zurück zu Reynolds! Sofort!«

Maria sagte sanft: »Es ist lieb von Ihnen, dass Sie sich sorgen, Sergeant Groves. Aber wir wollen nicht gehen. Wir wollen hierbleiben.«

»Und wozu soll es, um Himmels willen, gut sein, wenn ihr hier herumsteht?«, fragte Groves grob. Er machte eine Pause und fuhr dann beinah freundlich fort: »Ich weiß jetzt, wer Sie sind, Maria. Ich weiß, was Sie geleistet haben und wie gut Sie Ihre Aufgaben erledigen. Aber dies ist nicht Ihre Aufgabe. Bitte.«

»Nein.« Sie schüttelte den Kopf. »Ich kann mit einem Gewehr umgehen.«

»Sie haben keins. Und welches Recht haben Sie, über Petar zu bestimmen? Weiß er, wo er ist?«

Maria redete in unverständlichem Serbokroatisch auf ihren Bruder ein. Er antwortete, indem er in seiner Kehle die üblichen seltsamen Geräusche machte. Als er schwieg, wandte sich Maria an Groves.

»Er sagt, er weiß, dass er heute Nacht sterben wird. Er hat das, was sie bei euch das Zweite Gesicht nennen, und er sagt, nach dieser Nacht gibt es keine Zukunft. Er sagt, er ist zu müde, um weiterzulaufen. Er sagt, er will hier warten, bis seine Zeit kommt.«

»Von allen sturen, dickköpfigen ...«

»Bitte, Sergeant Groves.« Obwohl die Stimme immer noch leise war, schwang ein neuer, harter Unterton mit. »Er hat sich entschieden, und daran können Sie nichts ändern.«

Groves nickte. »Gut, aber vielleicht kann ich Sie umstimmen.«

»Wie meinen Sie das?«

»Petar kann uns sowieso nicht helfen. Kein Blinder könnte das. Aber Sie könnten es, wenn Sie wollten.«

»Sagen Sie mir, wie.«

»Andrea hält einen Haufen von mindestens zwanzig Četniks und Deutschen in Schach.« Groves lächelte schief. »Ich habe inzwischen Grund zu der Annahme, dass Andrea als Guerilla-Kämpfer einzigartig ist, aber *ein* Mann kann auf die Dauer nicht *zwanzig* Männer aufhalten. Wenn es ihn erwischt, dann ist nur noch Reynolds übrig, um die Brücke zu bewachen – und wenn es ihn erwischt, dann werden Droshny und seine Männer rechtzeitig genug durchkommen, um die Wachen zu warnen, genug um eine Funknachricht an General Zimmermann durchzugeben und ihm zu sagen, dass er seine Panzer zurückziehen soll. Ich bin der Ansicht, Maria, dass Reynolds Ihre Hilfe brauchen kann. Es steht fest, dass Sie hier nichts tun können – aber wenn Sie bei Reynolds bleiben, könnten Sie für Erfolg oder Misserfolg verantwortlich sein. Und Sie haben ja gesagt, Sie können mit einem Gewehr umgehen.«

»Aber wie Sie sehr richtig bemerken, *habe* ich keins.«

»Das war vorhin. Jetzt haben Sie eins.« Groves nahm seine Schmeisser von der Schulter und gab sie ihr und dazu Reservemunition.

»Aber …« Maria nahm die Waffe und die Munition widerwillig entgegen. »Aber jetzt haben *Sie* keine Waffe.«

»O doch, ich habe eine.« Groves zog seine Luger mit dem aufgesetzten Schalldämpfer aus seinem Anorak. »Das ist alles, was ich heute Nacht benutzen will. Ich kann es mir nicht leisten, Krach zu machen, nicht so nah am Damm.«

»Aber ich kann meinen Bruder nicht allein lassen.«

»Oh, ich glaube, das können Sie schon. Und Sie werden es auch. Niemand auf der Welt kann Ihrem Bruder noch helfen. Jetzt nicht mehr. Beeilen Sie sich bitte.«

»Also gut.« Widerwillig ging sie ein paar Schritte, dann blieb sie stehen und drehte sich um: »Ich nehme an, Sie halten sich für sehr geschickt, Sergeant Groves?«

»Ich weiß nicht, wovon Sie reden«, sagte Groves hölzern. Sie blickte ihm einige Sekunden fest in die Augen, dann wandte sie sich ab und machte sich auf den Rückweg. Groves lächelte in der Dunkelheit. Das Lächeln verschwand ebenso blitzschnell, wie die Schlucht plötzlich von Licht überflutet wurde, als eine schwarze Wolke mit zackigen Rändern den Mond freigab. Groves rief Maria leise und drängend zu: »Mit dem Gesicht nach unten auf die Felsen und ruhig verhalten.« Er sah, dass sie seinen Befehl augenblicklich befolgte, und blickte dann an der grünen Leiter hinauf. Auf seinem Gesicht spiegelten sich Anspannung und Angst.

Ungefähr im dritten Viertel der Leiter klammerten sich Mallory und Miller, von strahlendem Mondlicht übergossen, an einen der abgewinkelten Abschnitte. Sie hingen so regungslos dort, als wären sie selbst aus dem Felsen gehauen. Ihre bewegungslosen Augen in den bewegungslosen Gesichtern waren auf den gleichen Punkt im Raum fixiert. Der Punkt lag fünfzig Meter entfernt links über ihnen. Zwei Wachen standen dort auf dem Damm und lehnten sich besorgt über das Geländer. Sie starrten die Schlucht hinunter in die Richtung, aus der die Schüsse kamen. Sie brauchten nur nach unten zu schauen, um Groves und Maria zu entdecken. Sie brauchten nur nach links zu schauen, um Mallory und Miller zu entdecken. Und für alle wäre das der sichere Tod gewesen.

11. KAPITEL

Samstag, 01.20 bis 01.35

Wie Mallory und Miller hatte auch Groves die beiden Posten gesehen, die sich über das Geländer des Dammes lehnten und besorgt die Schlucht hinunterstarrten. Um einem das Gefühl völliger Nacktheit, totalen Ausgeliefertseins und Verwundbarkeit zu geben, war diese Situation wie geschaffen, dachte Groves. Und wenn schon Groves dieses Gefühl hatte, wie musste es dann erst Mallory und Miller zumute sein, die weniger als einen Steinwurf von den Wachen entfernt an der Leiter hingen? Groves wusste, dass beide Männer Luger-Pistolen mit Schalldämpfern bei sich hatten, aber die Waffen steckten in ihren Anoraks, und die Anoraks trugen sie unter ihren mit Reißverschlüssen verschlossenen Froschmänneranzügen, eine Tatsache, die die Waffen ziemlich unerreichbar machte. Jedenfalls waren sie unerreichbar, solange die Männer, die sich ja an der Leiter festhalten mussten, keine artistischen Verdrehungen veranstalteten, um an sie heranzukommen – und es war absolut sicher, dass auch die allerkleinste Bewegung ausgereicht hätte, um die Aufmerksamkeit der Wachen zu erregen und entdeckt zu werden. Wie es geschehen konnte, dass sie – auch ohne sich zu bewegen – noch nicht gesehen worden waren, war für Groves unverständlich. In dem Mondlicht, das den Damm und die Schlucht in so viel Helligkeit tauchte, wie es einem bedeckten Nachmittag entsprach, hätten sie von jedem Menschen mit normaler Sehschärfe sofort entdeckt werden müssen, und es war unwahrscheinlich, dass Angehörige irgendeiner Frontgruppe der Wehrmacht weniger als normale

Sehschärfe hatten. Groves konnte es sich nur so erklären, dass die Intensität der Blicke der Wachen nicht unbedingt auch heißen musste, dass sie etwas suchten, es war durchaus möglich, dass sie sich im Moment völlig auf das Hören konzentrierten, um so den Ursprung des unregelmäßigen Maschinenpistolenfeuers in der Schlucht festzustellen. Mit unendlicher Vorsicht zog Groves seine Luger aus dem Anorak und zielte. Auf diese Entfernung war die Chance, dass er eine der Wachen erwischte, selbst wenn er die hohe Mündungsgeschwindigkeit seiner Waffe in Betracht zog, so gering, dass es sich gar nicht lohnte, auch nur darüber nachzudenken. Aber immerhin war es als Geste besser als gar nichts. In zwei Punkten hatte Groves recht. Die beiden Wachen, die am Geländer lehnten, konzentrierten sich – ganz und gar nicht beruhigt von General Zimmermanns ermutigender Behauptung – tatsächlich darauf, dem Rattern der Maschinenpistolengarben zuzuhören, das immer heftiger wurde, nicht nur weil es näher zu kommen schien – was es sogar wirklich tat –, sondern auch, weil den Verteidigern der Partisanen in der Zenica-Schlucht langsam die Munition ausging und ihre Schüsse immer seltener wurden. Und Groves hatte auch recht, als er annahm, dass weder Mallory noch Miller irgendeinen Versuch gemacht hatten, an ihre Luger-Pistolen heranzukommen. In den ersten paar Sekunden hatte Mallory wie Groves mit Sicherheit angenommen, dass jede derartige Bewegung dazu geführt hätte, sofort Aufmerksamkeit zu erregen, aber unmittelbar danach, und lange bevor Groves zu dieser Feststellung kam, hatte Mallory erkannt, dass die Männer sich in einem tranceartigen Zustand befanden, in dem sie sich völlig auf ihr Gehör konzentrierten, sodass man mit einer Hand vor ihren Gesichtern hätte herumfuchteln können, ohne dass sie es bemerkt hätten. Und jetzt, dessen war sich Mallory sicher, war es unnötig, überhaupt etwas zu tun, denn von seinem erhöhten Standpunkt aus konnte er etwas sehen, das für Groves am Fuße des Dammes nicht zu sehen war: Eine weitere Wolkenbank war auf dem Weg, über den Mond hinwegzuziehen.

Innerhalb von Sekunden verwandelte ein Schatten, der sich über das Wasser des Neretva-Stausees legte, seine Farbe von Dunkelgrün in das tiefste Indigo, bewegte sich schnell über den Damm, löschte die Leiter und die beiden Männer aus, die daran hingen, und tauchte dann die Schlucht in Dunkelheit. Groves seufzte erleichtert und senkte seine Luger. Maria stand auf und ging flussabwärts auf die Brücke zu. Petar starrte mit blicklosen Augen hilflos um sich, und über ihnen begannen Mallory und Miller, augenblicklich weiterzuklettern. Oben an der Leiter angekommen, ließ Mallory eine Sprosse los und kletterte senkrecht an der Felswand hoch. Glücklicherweise war die Wand nicht völlig glatt, aber die Stellen, an denen Hände und Füße Halt finden konnten, waren äußerst selten, sodass der Aufstieg mühsam und mit technischen Schwierigkeiten verbunden war. Normalerweise, wenn Mallory seinen Hammer und die Kletterhaken benutzt hätte, die in seinem Gürtel steckten, hätte er die Klettertour höchstens durchschnittlich schwierig gefunden, aber der Gebrauch von Kletterhaken war unmöglich. Mallory befand sich direkt gegenüber der Oberfläche der Dammmauer und nicht mehr als 35 Meter von der nächsten Wache entfernt. Ein kleines Klimpern eines Hammers, der auf Metall schlug, musste auch dem unaufmerksamsten Zuhörer auffallen – und, wie Mallory gerade beobachtet hatte, war unaufmerksames Zuhören das Letzte, was man den Wachen auf dem Damm hätte nachsagen können. Also musste Mallory sich mit seiner Begabung als Bergsteiger und der großen Erfahrung zufriedengeben, die er sich in vielen Jahren und an vielen Felswänden angeeignet hatte, und den Aufstieg auf diese Weise fortsetzen. Unter seinem Gummianzug rann ihm der Schweiß in Strömen herunter. Miller, der sich jetzt etwa zwölf Meter unter ihm befand, spähte zu ihm hinauf, und in seinem Gesicht stand so viel Spannung und Angst, dass Mallory vorübergehend seine eigene gefährliche Situation hoch oben auf einer der sehr schrägen Leitern vergaß, eine Lage, die ihn normalerweise in einen leicht hysterischen Zustand versetzt hätte. Auch Andrea starrte in diesem Moment auf etwas, das etwa fünfzehn Meter von ihm entfernt war, aber es hätte schon einer besonders ausgeprägten Fantasie bedurft, um in seinem dunklen zerfurchten Gesicht Anzeichen von Angst zu sehen. Wie die Wachen auf dem Damm es gerade getan hatten, lauschte auch Andrea intensiver, als er schaute. Von seinem Standort aus war alles, was er sehen konnte, ein dunkles und formloses Durcheinander von nass glänzenden Felsbrocken, an denen die Neretva entlangschäumte. Es war kein Lebenszeichen dort unten zu erkennen, aber das bedeutete nur, dass Droshny, Neufeld und seine Männer, nachdem ihnen auf sehr drastische Weise eine Lektion erteilt worden war, Zentimeter für Zentimeter auf Ellenbogen und Knien vorwärts krochen und sich nicht ein einziges Mal aus ihrer Deckung wagten, bis sie eine neue Deckungsmöglichkeit gefunden hatten. Andrea konnte nicht wissen, dass Neufeld verwundet war.

Eine Minute verging, dann hörte Andrea das Unvermeidliche: Ein kaum wahrnehmbares »Klick«, als zwei Steine aneinanderstießen. Das Geräusch kam nach Andreas Schätzung etwa aus neun Meter Entfernung. Er nickte befriedigt, machte die Granate scharf, wartete zwei Sekunden und warf sie dann behutsam flussabwärts, während er sich im gleichen Moment hinter seinem schützenden Felsen flach auf den Boden fallen ließ. Gleich darauf hörte er das typische flache Knallen einer Granatenexplosion, begleitet von einem kurzen Lichtblitz, in dessen Schein er die Körper zweier Soldaten sehen konnte, die zur Seite geschleudert wurden.

Der Klang der Explosion erreichte auch Mallorys Ohr. Er bewegte sich nicht und drehte nur ganz langsam den Kopf, bis er auf den Damm hinunterschaute, der jetzt fast sechs Meter unter ihm lag. Die gleichen zwei Wachen, die vorher so angestrengt gelauscht hatten, unterbrachen ihren Patrouillengang ein zweites Mal, starrten wieder in die Schlucht hinunter, sahen einander unbehaglich an, zuckten unsicher die Achseln und nahmen ihren Gang wieder auf. Mallory kletterte weiter.

Er kam jetzt schneller voran. Die vorher nur seltenen Möglichkeiten sich anzuklammern, waren von gelegentlichen Spalten im Gestein abgelöst worden, in die er den Kletterhaken einhaken konnte, der ihm eine Hebelwirkung bot, die auf andere Weise nicht zu erreichen gewesen wäre. Als er das nächste Mal innehielt und nach oben schaute, war er nicht mehr als zwei Meter unter der länglichen Felsspalte, die er gesucht hatte – und, wie er vorher zu Miller gesagt hatte, war es tatsächlich nicht mehr als eine Spalte. Mallory wollte gerade weitersteigen, als er sich anders besann und zum Himmel hinaufschaute.

Zuerst kaum hörbar gegen das Rauschen des Wassers der Neretva und das gelegentliche Handwaffenfeuer aus der Richtung der Zenica-Schlucht, aber mit jeder Sekunde anschwellend, war ein leises und entferntes Donnern zu hören, ein Geräusch, das für alle, die es während des Krieges gehört hatten, eindeutig war, ein Geräusch, das die Annäherung von einem Geschwader schwerer Bomber ankündigte. Mallory lauschte auf das schnell näher kommende Brummen von Dutzenden von Flugzeugmotoren und lächelte. In dieser Nacht lächelten viele Männer, als sie aus dem Westen die Geschwader von Lancaster-Bombern näher kommen hörten. Miller, der immer noch auf der Leiter hockte wie auf einer Hühnerstange und immer noch seine ganze Willenskraft aufbot, um nicht nach unten zu schauen, brachte es fertig zu lächeln, ebenso wie Groves am Fuße der Leiter und Reynolds bei der Brücke. Am rechten Ufer der Neretva lächelte Andrea in sich hinein, überlegte, dass der Lärm der schnell nahenden Flugzeugmotoren eine glänzende Tarnung für jedes ungewöhnliche Geräusch sein würde – und zog eine weitere Handgranate aus dem Gürtel. Vor einem Küchenzelt hoch oben in der beißenden Kälte des Ivenici-Plateaus lächelten Colonel Vis und Captain Vlanovic einander erfreut an und schüttelten sich feierlich die Hände. Hinter den südlichen Stützpunkten des Zenica-Käfigs senkten General Vukalovic und seine drei ranghöchsten Offiziere, Colonel Janzy, Colonel Lazio und Major Stephan, einen Moment ihre Ferngläser, durch die sie so lange die Neretva-Brücke und die drohenden Wälder dahinter beobachtet hatten, und lächelten einander unendlich erleichtert an. Und General Zimmermann, der schon in seinem Kommandowagen im Süden der Neretva-Brücke im Wald saß, lächelte am breitesten von allen.

Mallory begann wieder zu klettern. Er bewegte sich jetzt sogar noch schneller, erreichte den länglichen Spalt, arbeitete sich darüber hinweg, drückte einen Kletterhaken in einen geeigneten Riss im Felsen, zog den Hammer aus dem Gürtel und bereitete sich auf das Warten vor. Sogar jetzt war er nicht viel mehr als zwölf Meter über dem Damm, und den Kletterhaken, den er jetzt verankern wollte, würde er nicht mit einem

Hammerschlag, sondern mit einem Dutzend Hammerschlägen befestigen, und noch dazu mit kräftigen. Der Gedanke, dass – sogar über das näher kommende Donnern der Lancaster-Motoren – das metallische Hämmern unbemerkt bleiben würde, war absurd. Das Geräusch der schweren Flugzeugmotoren vertiefte sich in diesem Moment. Mallory schaute direkt unter sich. Miller starrte zu ihm herauf, tippte auf seine Armbanduhr, so gut ein Mann das kann, wenn er beide Arme um die gleiche Leitersprosse geschlungen hat, und machte drängende Gesten. Mallory seinerseits schüttelte den Kopf und machte eine Bewegung mit seiner freien Hand, die bedeutete, dass er sich rückwärts zurückziehen sollte; Miller schüttelte resigniert den Kopf. Die Lancaster-Bomber waren jetzt genau über ihnen. Die erste Maschine flog in einem Bogen um den Damm, ging etwas höher, als sie zu den Bergen auf der anderen Seite kam, und dann bebte die Erde. Kleine Wellen kräuselten die Oberfläche des schwarzen Wassers des Neretva-Stausees, bevor die erste Explosion ihre Ohren erreichte, als die erste Ladung von 1000-Pfund-Bomben in der Zenica-Schlucht detonierte. Von diesem Moment an kamen die Explosionen der Bomben, die auf die Zenica-Schlucht herunterregneten, fast ununterbrochen. Die kurzen Pausen zwischen den einzelnen Detonationen wurden von den Echos überbrückt, die durch die Berge und Täler Zentralbosniens dröhnten.

Mallory brauchte sich jetzt keine Sorgen mehr über irgendwelche Geräusche zu machen. Er zweifelte sogar daran, dass er sich selbst hätte sprechen hören können, denn die meisten Bomben landeten auf einem sehr begrenzten Gebiet weniger als eine Meile von der Stelle entfernt, an der er an der Steilwand hing. Die Explosionen wurden von einem weißen blendenden

Licht begleitet, das über den Bergen im Westen deutlich zu sehen war. Er schlug den Kletterhaken ein, wickelte ein Seil darum und ließ das Seil zu Miller hinunter, der es augenblicklich packte und zu klettern begann. Er sah einem dieser frühen christlichen Märtyrer verteufelt ähnlich, dachte Mallory. Miller war kein Bergsteiger, aber dennoch wusste er, wie man an einem Seil hochklettert. In bemerkenswert kurzer Zeit war er oben neben Mallory. Die Füße stemmte er fest in die längliche Felsspalte, mit beiden Händen klammerte er sich an dem Kletterhaken fest.

»Glaubst du, du kannst dich an diesen Haken hängen?«, fragte Mallory. Er musste beinahe schreien, um sich verständlich zu machen gegen den starken Donner der fallenden Bomben.

»Du brauchst bloß versuchen, mich wegzudrücken.«

»Das werde ich bleiben lassen«, grinste Mallory.

Er wickelte das Seil auf, das Miller für seinen Aufstieg benutzt hatte, schlang es sich über die Schulter und begann, schnell an dem länglichen Spalt entlangzubalancieren. »Ich nehme es mit über den Damm und befestige es an einem anderen Haken. Dann kannst du nachkommen. Okay?«

Miller blickte in die Tiefe und schauderte. »Wenn du glaubst, dass ich hierbleiben werde, bist du verrückt.«

Mallory grinste wieder und entfernte sich.

Südlich der Neretva-Brücke lauschte General Zimmermann, einen Adjutanten neben sich, immer noch auf die Geräusche des Luftangriffs auf die Zenica-Schlucht. Er warf einen Blick auf seine Uhr.

»Jetzt«, sagte er. »Erste Linie der Angriffstruppen in Position.«

Augenblicklich setzte sich schwer bewaffnete Infanterie in Bewegung, die tief gebückt ging, um unter der Höhe des Geländers zu bleiben, und beeilte sich, über die Neretva-Brücke zu kommen. Auf der anderen Seite angelangt, verteilten sie sich nach Osten und Westen entlang am Nordufer des Flusses, vor den Partisanen durch den Kamm eines Hügels verborgen, der zum Flussufer hin abfiel. Jedenfalls glaubten sie, verborgen zu sein. In Wirklichkeit jedoch lag ein Späher der Partisanen, ausgestattet mit einem Nachtfernglas und einem Feldtelefon, flach auf dem Bauch in einem schmalen, an einer selbstmörderischen Stelle gelegenen Graben, weniger als hundert Meter von der Brücke selbst entfernt, und gab ununterbrochen Berichte an Vukalovic durch.

Zimmermann blickte zum Himmel und sagte zu seinem Adjutanten: »Halten Sie sie noch zurück. Der Mond kommt wieder durch.« Wieder schaute er auf seine Uhr. »Lassen Sie die Motoren der Panzer in zwanzig Minuten anlaufen.«

»Sie haben also aufgehört, über die Brücke zu kommen?«, fragte Vukalovic.

»Ja, Sir.« Das war die Stimme seines vorgeschickten Kundschafters. »Ich glaube, sie machen nicht weiter, weil der Mond in ein oder zwei Minuten wieder durchbrechen wird.«

»Das glaube ich auch«, sagte Vukalovic. Grimmig fügte er hinzu: »Und ich schlage vor, dass Sie sich auf den Rückweg machen, bevor er wieder durchbricht, sonst werden Sie vielleicht keine Möglichkeit mehr haben zurückzukommen.«

Auch Andrea betrachtete den Nachthimmel mit Interesse. Sein allmählicher Rückzug hatte ihn nun in eine besonders unbefriedigende Verteidigungsposition gebracht, und er war fast ohne alle Deckung. Eine ausgesprochen ungesunde Situation, überlegte er, als der Mond hinter den Wolken hervorkam.

Er machte eine kurze nachdenkliche Pause, machte dann eine weitere Granate scharf und warf sie in die Richtung einer Ansammlung von undeutlich sichtbaren Felsbrocken, die etwa fünfzehn Meter entfernt lagen. Er wartete nicht, um die Wirkung zu sehen, sondern arbeitete sich schon mühsam flussaufwärts, bevor die Granate explodierte. Eine Wirkung hatte die Granate zweifellos: Sie stachelte Droshny und seine Männer zu dem wütenden Wunsch nach Vergeltung an. Mindestens ein halbes Dutzend Maschinenpistolen feuerten gleichzeitig auf die Stelle, die Andrea klugerweise kurz vorher verlassen hatte. Eine Kugel streifte den Ärmel seines Anoraks, sonst blieb er unbehelligt. Ohne Zwischenfälle erreichte er eine weitere Ansammlung von Felsbrocken und nahm dahinter eine neue Verteidigungsstellung ein. Sobald der Mond durchbrach, würden es Droshny und seine Männer sein, die sich der unangenehmen Aussicht gegenübersahen, eine Strecke ohne jede Deckung hinter sich zu bringen.

Reynolds, der – jetzt mit Maria neben sich – neben der Hängebrücke kauerte, hörte den flachen Knall der Granatenexplosion und schätzte, dass Andrea inzwischen nicht mehr als hundert Meter flussabwärts am anderen Ufer war. Und wie so viele Leute in genau diesem Moment, starrte auch Reynolds zu dem kleinen Stückchen Himmel hinauf, das er durch den schmalen Nord-Süd-Spalt zwischen den steilen Felswänden der Schlucht sehen konnte.

Reynolds hatte die Absicht gehabt, Andrea zu Hilfe zu kommen, sobald Groves Petar und Maria zu ihm zurückgeschickt hatte, aber drei Faktoren hatten ihn davon abgehalten, sofort zu handeln: Erstens war es Groves nicht gelungen, Petar zurückzuschicken, zweitens waren die ständigen Schüsse der Maschinenpistolen unten in der Schlucht, die immer näher kamen,

Beweis genug dafür, dass Andrea sich geschickt zurückzog und immer noch in guter Kampfverfassung war, und drittens wusste Reynolds, dass er, falls Droshny und seine Männer Andrea erwischen sollten, die Feinde auf unbegrenzte Zeit daran hindern konnte, die Brücke zu überschreiten, wenn er hinter dem Felsen, der direkt über der Brücke hing, Stellung bezog.

Aber der Anblick eines großen Stückes sternenklaren Himmels, das hinter den dunklen Wolken, die den Mond bedeckten, hervorkam, ließ Reynolds seine taktischen Überlegungen und die Gründe für den Entschluss zu bleiben, wo er war, augenblicklich vergessen. Es lag nicht in Reynolds' Natur, andere Menschen für austauschbar zu halten, und er hatte den starken Verdacht, dass Droshny, wenn er eine genügend lange Zeit zur Verfügung hatte, in der der Mond schien, diese Zeit dazu benutzen würde, den letzten Ansturm zu starten, um Andrea zu überwältigen. Er berührte Maria an der Schulter.

»Sogar die Stavros' dieser Welt brauchen manchmal Hilfe. Bleiben Sie hier. Ich werde nicht lange weg sein.« Er drehte sich um und rannte über die schwankende Hängebrücke.

Verdammt, dachte Mallory verbittert, verdammt, verdammt, verdammt. Warum war der Himmel ausgerechnet in dieser Nacht nicht bedeckt? Warum konnte es nicht zum Beispiel regnen? Oder schneien? Warum hatten sie sich nicht eine mondlose Nacht für diesen Auftrag ausgesucht?

Aber er wusste, dass alle diese Überlegungen sinnlos waren. Keiner hatte die Wahl, denn diese Nacht war die einzige, die sie zur Verfügung hatten. Oh, immer noch dieser verdammte Mond!

Mallory blickte nach Norden, wo der Nordwind Wolkenbänke über den Mond trieb und hinter ihnen ein großes

Stück klaren Sternenhimmels freilegte. Bald würden der ganze Damm und die Schlucht für eine beträchtliche Zeit in Licht getaucht sein. Mallory dachte mit einem schiefen Lächeln, dass er sich für diesen Moment wahrhaftig eine bessere Position gewünscht hätte.

Zu diesem Zeitpunkt hatte er fast die Hälfte der länglichen Spalte hinter sich gebracht. Er warf einen Blick nach links und schätzte, dass er immer noch neun bis zwölf Meter zurücklegen musste, bis er die Dammmauer hinter sich gelassen hatte und über dem Stausee war. Er schaute nach rechts und sah, keineswegs überrascht, dass Miller immer noch an der Stelle war, wo er ihn verlassen hatte: Er klammerte sich mit beiden Händen an den Haken, als wäre er sein bester Freund auf Erden, was er in diesen Augenblicken wahrscheinlich auch war. Er blickte nach unten: Er befand sich jetzt direkt über dem Damm, etwa fünfzehn Meter darüber, zwölf Meter über dem Dach der Wachhütte. Wieder schaute er zum Himmel hinauf: Noch eine Minute, und der Mond würde frei sein. Was war es gewesen, was er an diesem Nachmittag zu Reynolds gesagt hatte? »Denn es ist vielleicht die einzige Zeit, die wir haben.« Ja, das war's. Er fing an, sich zu wünschen, er hätte es nicht gesagt. Er war Neuseeländer. Aber nur ein Neuseeländer in der zweiten Generation: Alle seine Vorfahren waren Schotten, und jeder wusste, wie die Schotten in solchen heidnischen Praktiken wie dem Zweiten Gesicht und Zukunftsvisionen schwelgten. Mallory beschäftigte sich kurz mit dem Verhältnis von Realität und »Zweitem Gesicht« und setzte dann seinen Weg fort.

Am Fuß der Eisenleiter erkannte Groves, für den Mallory jetzt nicht mehr als ein halb sichtbarer, halb erahnter dunkler Schatten gegen die schwarze Felswand war, dass Mallory bald ganz aus seinem Gesichtsfeld verschwinden würde, und wenn das passierte, würde er nicht in der Lage sein, Mallory Deckung zu geben. Er berührte Petars Schulter und bedeutete ihm durch den Druck seiner Hand, dass er sich am Fuß der Leiter hinsetzen sollte. Petar starrte ihn aus blicklosen Augen verständnislos an, dann schien er plötzlich zu begreifen, was von ihm erwartet wurde, denn er nickte gehorsam und setzte sich hin. Groves schob die Luger mit dem aufgesteckten Schalldämpfer in seinen Anorak und begann zu klettern. Eine Meile westlich bombardierten die Lancaster immer noch die Zenica-Schlucht. Eine Bombe nach der anderen erreichte mit überraschender Genauigkeit das winzige Zielgebiet. Bäume wurden entwurzelt, Erde und Steine flogen durch die Luft, überall entstanden Dutzende von kleinen Feuern, die bereits fast alle der deutschen Sperrholzpanzer in Brand gesetzt hatten. Sieben Meilen südlich lauschte Zimmermann immer noch interessiert auf das fortgesetzte Bombardement im Norden.

Er wandte sich an seinen Adjutanten neben sich.

»Sie werden zugeben müssen, dass wir der Royal Air Force gute Noten für Fleiß geben müssen, wenn schon für nichts anderes. Ich hoffe, unsere Truppen sind weit genug von dem Gebiet entfernt?«

»Es gibt keinen deutschen Soldaten im Umkreis von zwei Meilen von der Zenica-Schlucht, Herr General.«

»Ausgezeichnet, ausgezeichnet.« Zimmermann schien seine früheren Weissagungen vergessen zu haben. »Nun, fünfzehn Minuten. Der Mond wird bald durchkommen, also halten wir unsere Infanterie zurück. Der nächste Trupp kann mit den Panzern hinübergehen.«

Reynolds, der sich auf seinem Weg entlang des rechten Ufers der Neretva nach der Lautstärke der Schüsse richtete, blieb plötzlich, als er schon in der Nähe des Schusswechsels war, wie angewurzelt stehen. Die meisten Männer reagieren auf die gleiche Weise, wenn sich der Lauf eines Gewehrs gegen ihren Hals drückt. Sehr vorsichtig, um nicht den anderen zum Schießen zu veranlassen, wandte Reynolds die Augen und seinen Kopf leicht nach rechts und erkannte erleichtert, dass dies einer der Momente war, in denen er keine Angst vor einer Kurzschlusshandlung zu haben brauchte.

»Sie haben Ihre Befehle«, sagte Andrea. »Was machen Sie hier?«

»Ich … ich dachte, Sie könnten vielleicht Hilfe gebrauchen. Ich kann mich natürlich auch getäuscht haben.«

»Kommen Sie. Es ist Zeit, dass wir zurückgehen und die Brücke überqueren.«

Für alle Fälle schleuderte Andrea schnell hintereinander noch ein paar Granaten flussabwärts und lief dann flussaufwärts, dicht gefolgt von Reynolds.

Der Mond brach durch. Zum zweiten Mal in dieser Nacht erstarrte Mallory zu völliger Regungslosigkeit. Seine Zehen hatte er in den länglichen Spalt gekrallt, mit den Händen klammerte er sich an den Kletterhaken, den er dreißig Sekunden vorher in den Felsen getrieben und um den er das Seil geschlungen hatte. Weniger als drei Meter von ihm entfernt verharrte Miller unbeweglich, der mithilfe des Seils bereits den ersten Teil des Weges sicher hinter sich gebracht hatte. Beide Männer starrten auf den Damm hinunter.

Sechs Wachen waren zu sehen, zwei am hinteren oder westlichen Ende, zwei in der Mitte und die übrigen zwei fast genau unter Mallory und Miller. Wie viele sich vielleicht noch in der Wohnhütte aufhielten, das festzustellen, fehlte Mallory und

Miller jegliche Möglichkeit. Alles, was sie sicher wussten, war, dass sie sich hier oben auf dem Präsentierteller befanden und dass ihre Lage verzweifelt war.

Auch Groves, der bis zu diesem Augenblick drei Viertel der Eisenleiter hinter sich gebracht hatte, erstarrte mitten in der Bewegung. Von seinem Standort aus konnte er Mallory, Miller und die beiden Wachen deutlich sehen. Mit plötzlicher Überzeugung wusste er, dass es diesmal keine Fluchtmöglichkeit geben würde, dass sie unmöglich wieder so viel Glück haben konnten. Mallory, Miller, Petar oder er selbst – wer würde zuerst entdeckt werden? Alles in allem war es wohl wahrscheinlich, dass er der Erste sein würde. Langsam schlang er seinen linken Arm um die Leiter, griff mit der rechten Hand in seinen Anorak, zog seine Luger hervor und legte sie auf seinen linken Unterarm.

Die beiden Wachen am östlichen Ende des Dammes waren erfüllt von Ruhelosigkeit, Besorgnis und Furcht. Wie vorher lehnten sie sich weit über das Geländer und starrten das Tal entlang. Sie müssen mich sehen, dachte Groves, sie *müssen* mich sehen, mein Gott, ich bin fast direkt in ihrer Blickrichtung. Eine Entdeckung ist unvermeidlich.

Das war sie auch, aber nicht für Groves. Irgendein seltsamer Instinkt ließ eine der Wachen nach links oben schauen, und seine Kinnlade fiel herunter, als er völlig überraschend zwei Männer in Gummianzügen sah, die wie Napfschnecken an der glatten Felswand hingen. Er brauchte einige Sekunden, bis er sich so weit erholt hatte, dass er blind nach hinten tastete und seinen Kameraden am Arm packte. Der Kamerad folgte der Blickrichtung der anderen Wache, und dann fiel auch sein Unterkiefer herunter, was ihm ein komisches Aussehen gab. Dann, im gleichen Augenblick, befreiten sich die beiden

Männer aus ihrem Trancezustand, rissen ihre Waffen – eine Schmeisser und eine Pistole – hoch und richteten sie auf die beiden Männer, die hilflos an der Felswand klebten.

Groves legte seine Luger gegen seinen linken Arm und die Seite der Leiter, zielte ohne Hast entlang dem Lauf und zog den Abzug durch. Die Wache mit der Schmeisser ließ die Waffe fallen, schwankte einen Moment und drohte von der Staumauer zu stürzen. Fast drei Sekunden vergingen, bevor die andere Wache, im Moment erschreckt und fassungslos, die Hand ausstreckte, um den Kameraden zu packen, aber es war zu spät, er konnte ihn nicht einmal mehr berühren. Der Tote, dessen Bewegungen sich in Zeitlupe zu vollziehen schienen, taumelte über das Geländer und stürzte kopfüber in die Schlucht hinunter.

Die Wache mit der Pistole lehnte sich weit über das Geländer und starrte entsetzt hinter seinem Kameraden her. Er begriff zunächst nicht im Mindesten, was geschehen war, denn er hatte keinen Schuss gehört. Aber die Erkenntnis kam innerhalb einer Sekunde, als ein Stück Beton einige Zentimeter seines linken Ellenbogens wegriss und eine Kugel als Querschläger in den Nachthimmel davonheulte. Die Augen der Wache weiteten sich erschreckt, aber diesmal hatte der Schreck keinen hemmenden Einfluss auf die Schnelligkeit seiner Reaktion. Eher in blinder Hoffnung als in Erwartung auf Erfolg feuerte er zwei Schüsse ins Blaue ab und fletschte befriedigt die Zähne, als er Groves aufschreien hörte und sah, dass Groves mit seiner rechten Hand, deren Zeigefinger noch immer am Abzugshebel der Luger lag, die zerschmetterte Schulter umklammerte.

Groves war wie betäubt, sein Gesicht schmerzverzerrt, und über seinen Augen lag der Schleier unerträglichen Schmerzes, aber diejenigen, die dafür verantwortlich waren, dass

Groves ein Commando-Sergeant wurde, hatten ihn nicht auf gut Glück ausgesucht, und Groves war noch nicht völlig erledigt. Er senkte seine Luger. Irgendetwas stimmte nicht mit seiner Sehschärfe, dachte er, und er hatte den Eindruck, dass die Wache am Geländer sich weit vorbeugte und die Pistole mit beiden Händen hielt, um ganz sicher zu sein, dass der Todesschuss im Ziel sitzen würde, aber er war sich dessen nicht sicher. Zweimal zog Groves den Abzug seiner Luger durch, und dann schloss er die Augen, denn der Schmerz war verschwunden, und er fühlte sich plötzlich sehr müde.

Der Wachtposten am Geländer taumelte, versuchte verzweifelt, sich am Geländer festzuhalten, aber um sich in Sicherheit zu bringen, hätte er sein Gleichgewicht zurückgewinnen müssen, aber dazu war er nicht mehr fähig. Seine Beine gaben nach, und er rutschte kraftlos über das Geländer, was bei einem Mann, dessen Lunge von zwei Kugeln durchschlagen worden war, nicht weiter erstaunlich war. Für einen Moment klammerten sich seine verkrampften Hände noch verzweifelt fest – dann öffneten sich seine Finger.

Groves schien bewusstlos zu sein. Sein Kopf hing auf seine Brust herunter, der linke Ärmel und die linke Seite seiner Uniform waren durchtränkt von dem Blut aus seiner schrecklichen Schulterwunde. Wäre nicht sein rechter Arm zwischen eine Leitersprosse und den Felsen eingeklemmt gewesen, wäre er mit Sicherheit abgestürzt. Langsam öffneten sich die Finger seiner rechten Hand, und die Luger entglitt ihm.

Petar, der am Fuße der Leiter saß, schrak auf, als die Luger weniger als dreißig Zentimeter von ihm entfernt aufschlug. Instinktiv sah er nach oben, dann stand er auf, vergewisserte sich, dass die unvermeidliche Gitarre fest auf seinen Rücken geschnallt war, tastete nach der Leiter und begann zu klettern.

Mallory starrte hinunter und beobachtete den blinden Sänger, der zu dem verwundeten und bewusstlosen Groves hinaufkletterte. Nach ein paar Sekunden blickte Mallory, wie auf ein telepathisches Signal, zu Miller hinüber, der seinen Blick erwiderte. Millers Gesicht war angestrengt, fast hager. Für einen Moment ließ er mit einer Hand das Seil los und machte eine verzweifelte Handbewegung in Richtung auf den verwundeten Sergeant. Mallory schüttelte den Kopf.

Miller sagte heiser: »Entbehrlich, was?«

»Entbehrlich.«

Wieder schauten beide Männer nach unten. Petar war nun bis auf drei Meter an Groves herangekommen, und Groves hatte, was Mallory und Miller nicht sehen konnten, seine Augen geschlossen, und sein rechter Arm begann aus der Spalte zwischen der Leitersprosse und dem Felsen zu rutschen. Allmählich rutschte der Arm schneller, bis der Ellenbogen frei war und dann der ganze Arm, und langsam, ganz langsam begann er, sich nach außen zu drehen. Aber Petar war schneller. Er stand eine Sprosse unter Groves und streckte seinen Arm aus, um ihn zu umfassen und ihn gegen die Leiter zu drücken. Petar hatte ihn gerade noch erreicht und hielt ihn fest. Aber das war alles, was er im Moment tun konnte.

Der Mond verschwand hinter einer Wolke.

Miller brachte die letzten drei Meter hinter sich, die ihn noch von Mallory trennten. Er sah Mallory an und sagte: »Sie werden alle beide draufgehen, weißt du das?«

»Ich weiß es.« Mallory hörte sich noch müder an, als er aussah. »Komm. Noch neun Meter, und wir sind am richtigen Platz.« Mallory ließ Miller, wo er war, und setzte seinen Weg entlang dem länglichen Felsspalt fort. Er bewegte sich jetzt sehr schnell und nahm Risiken auf sich, die selbst ein geübter

Bergsteiger normalerweise nicht in Betracht gezogen hätte, aber er hatte keine Wahl, denn die Zeit wurde knapp. Innerhalb einer Minute hatte er eine Stelle erreicht, von der aus er feststellte, dass er weit genug gegangen war. Er schlug einen Kletterhaken in den Felsen und band das Seil darum, dann gab er Miller ein Zeichen nachzukommen. Miller machte sich daran, den letzten Teil der Strecke zurückzulegen, und als er auf dem Weg war, nahm Mallory ein zweites Seil von der Schulter, ein achtzehn Meter langes Bergsteigerseil, in das im Abstand von dreißig Zentimetern Knoten geknüpft waren. Ein Ende dieses Seils befestigte er an dem gleichen Haken, der auch das andere hielt, mit dessen Hilfe Miller zu ihm herüberkam. Das andere Ende ließ er an der Klippe herunterhängen. Miller kam wohlbehalten an. Mallory berührte ihn an der Schulter und deutete nach unten. Das dunkle Wasser des Neretva-Stausees lag direkt unter ihnen.

12. KAPITEL

Samstag, 01.35 bis 02.00

Andrea und Reynolds lagen zusammengekauert zwischen den Felsbrocken am Westende der altersschwachen Hängebrücke, die hier über die Schlucht führte. Andrea starrte die Brücke entlang, sein Blick schweifte über die steile Rinne dahinter und blieb schließlich an dem riesigen Felsen hängen, der gefährlich auf der Kante saß, an der der steile Abhang mit der senkrechten Klippe dahinter zusammentraf. Andrea rieb sich sein stoppliges Kinn, nickte nachdenklich und wandte sich an Reynolds.

»Sie gehen zuerst hinüber. Ich gebe Ihnen Deckung. Sie tun dasselbe für mich, wenn Sie auf der anderen Seite angekommen sind. Bleiben Sie nicht stehen. Schauen Sie sich nicht um. Los.«

Reynolds rannte gebückt auf die Brücke zu. Seine Schritte kamen ihm ungewöhnlich laut vor, als er die faulenden Planken der Brücke erreichte. Seine Handflächen glitten leicht über die Halteseile, die an beiden Seiten gespannt waren, er lief weiter, ohne sich umzusehen oder seine Geschwindigkeit zu verringern, wobei er Andreas Anweisung befolgte, nicht einmal einen kurzen Blick nach hinten zu riskieren. Er spürte ein seltsames Kribbeln zwischen seinen Schulterblättern. Zu seiner Überraschung erreichte er das andere Ende der Brücke, ohne dass ein Schuss abgefeuert worden war, und beeilte sich in den Schutz eines großen Felsblocks zu kommen, der ein Stück entfernt lag. Einen Moment lang war er erschrocken, als er Maria entdeckte, die sich hinter dem Felsen versteckt hatte, dann riss er seine Schmeisser von der Schulter.

Am anderen Ufer war nichts von Andrea zu sehen. Einen Augenblick fühlte Reynolds einen Anflug von Zorn, als er auf die Idee kam, Andrea habe diesen Trick benutzt, um ihn loszuwerden, dann lächelte er in sich hinein, als er ein Stück flussabwärts am anderen Ufer das flache Knallen von zwei Explosionen hörte. Reynolds erinnerte sich, dass Andrea noch zwei Granaten übrig gehabt hatte, und Andrea war nicht der Mann, der solche Dinge unbenutzt rosten ließ. Außerdem, dachte Reynolds, würde diese Maßnahme Andrea wertvolle zusätzliche Sekunden garantieren, um gut wegzukommen. Und so war es, denn in diesem Augenblick erschien Andrea am anderen Ufer und brachte die Brücke wie Reynolds ohne Zwischenfall hinter sich. Reynolds rief leise, und Andrea gesellte sich zu ihnen.

Reynolds fragte leise: »Was nun?«

»Das Wichtigste zuerst.« Aus einer wasserdichten Schachtel brachte Andrea eine Zigarre zum Vorschein, strich das Streichholz im Schutz seiner riesigen Hände an und machte unendlich befriedigt ein paar tiefe Züge. Als er die Zigarre aus dem Mund nahm, beobachtete Reynolds, dass er sie mit dem brennenden Ende nach unten in seiner gewölbten Hand hielt. »Was nun? Ich werde Ihnen sagen, was nun. Sie werden über die Brücke kommen, um uns Gesellschaft zu leisten. Und sie werden bald kommen, sehr bald. Sie haben die verrücktesten Sachen gemacht und kein Risiko gescheut, um mich zu kriegen, und sie haben dafür bezahlt – was beweist, dass sie ziemlich verzweifelt sind. Verrückte versäumen keine Zeit. Sie und Maria verziehen sich fünfzehn oder achtzehn Meter näher zum Damm hinüber und verbergen sich dort – und richten Sie Ihre Gewehre auf das andere Ende der Brücke.«

»Sie bleiben hier?«, fragte Reynolds.

Andrea stieß eine stinkende Wolke aus. »Für einen Augenblick, ja.«

»Dann bleibe ich auch.«

»Wenn Sie unbedingt umgebracht werden wollen, soll es mir recht sein«, sagte Andrea milde. »Aber diese wunderschöne junge Dame wird bestimmt nicht mehr so wunderschön sein, wenn ihr der Kopf abgerissen wird.«

Reynolds war betroffen über diese ungeschminkten Worte. Wütend sagte er: »Was, zum Teufel, meinen Sie damit?«

»Das.« Andreas Stimme war jetzt keineswegs mehr milde. »Dieser Felsen gibt Ihnen ausgezeichneten Schutz, von der Brücke aus gesehen. Aber Droshny und seine Männer können noch zehn oder zwölf Meter auf ihrer Seite hinaufgehen. Was für eine Deckung haben Sie dann?«

»Darauf wäre ich nie gekommen«, sagte Reynolds.

»Es wird ein Tag kommen, an dem Sie das einmal zu oft sagen«, sagte Andrea ironisch, »und dann wird es zu spät sein, noch jemals an irgendetwas zu denken.«

Eine Minute später waren sie auf ihren Plätzen, Reynolds war hinter einem riesigen Felsblock versteckt, der ihm ausgezeichnete Deckung vor dem Einblick vom anderen Ende der Brücke bot, und ebenso vom anderen Ufer bis hinauf zu der Stelle, an der es auslief. Nur auf der Seite, auf der der Damm lag, gewährte ihm der Felsen keinen Schutz. Reynolds schaute nach links, wo sich Maria noch weiter hinter Felsen verkroch. Sie lächelte ihn an, und Reynolds wusste, dass er nie ein tapfereres Mädchen gesehen hatte, denn die Hände, die die Schmeisser hielten, zitterten. Er beugte sich ein wenig vor und spähte flussabwärts, aber am westlichen Rand der Brücke schien sich nichts zu rühren. Die einzige Bewegung, die überhaupt zu sehen war, kam von Andrea, der oben in der Rinne in der Nähe der Brücke, völlig abgeschirmt gegen jeden Einblick, eifrig dabei war, den Untergrund von Geröll und Erde um den Fuß des Felsbrocken zu lockern.

Der Anschein trog, wie es meistens der Fall ist. Reynolds war zu dem Schluss gekommen, dass sich am anderen Ende der Brücke niemand aufhielt, aber dort hielten sich sogar eine ganze Menge Leute auf, wenn sie sich auch ruhig verhielten. Etwa sechs Meter von der Brücke entfernt lagen Droshny, ein Sergeant der Četniks und etwa ein Dutzend deutscher Soldaten im Schutz der Felsen.

Droshny hatte ein Fernglas an den Augen. Er suchte das Gebiet am anderen Ende der Hängebrücke ab, richtete sein Fernglas nach links oben hinter den Felsbrocken, hinter dem Reynolds und Maria lagen, bis er den Damm vor der Linse hatte. Er hob das Glas, folgte dem undeutlich sichtbaren Zickzack der Eisenleiter, prüfte sie, stellte die Schärfe so fein wie möglich ein und starrte dann wieder durch das Glas. Es gab keinen Zweifel: Da klammerten sich kurz unterhalb des Geländers zwei Männer an die Leiter.

»Großer Gott!« Droshny senkte sein Fernglas. Auf seinen hageren scharfen Zügen lag Entsetzen. Er wandte sich an den Četnik-Feldwebel, der neben ihm lag: »Wissen Sie, was die vorhaben?«

»Der Damm!« Der Gedanke war dem Feldwebel bis zu diesem Augenblick nicht gekommen, aber Droshnys fassungsloses Gesicht ließ ihn sofort begreifen. »Sie werden den Damm in die Luft sprengen!« Keinem der beiden Männer kam es in den Sinn, sich zu fragen, *wie* Mallory den Damm in die Luft sprengen wollte: Ebenso wie andere Männer vor ihnen, begannen Droshny und der Feldwebel zu begreifen, dass Mallory und seine Handlungsweisen von einer Zielstrebigkeit waren, die aus entfernten Möglichkeiten Wahrscheinlichkeiten machten.

»General Zimmermann!« Droshnys ohnehin schon raue Stimme klang jetzt ausgesprochen heiser. »Er muss gewarnt werden! Wenn der Damm hochgeht, wenn seine Panzer und Truppen die Brücke …«

»Ihn warnen? Ihn warnen? Wie, um Gottes willen, sollen wir ihn warnen?«

»Auf dem Damm gibt es ein Funkgerät.«

Der Feldwebel starrte ihn an. Er sagte: »Genauso gut könnte es auf dem Mond sein. Es wird eine Nachhut dort sein, sie *müssen* eine Nachhut dort gelassen haben. Einige von uns werden getötet werden, wenn sie die Brücke überqueren, Captain.«

»Glauben Sie?« Droshny starrte düster zum Damm hinauf. »Und was glauben Sie, wird mit uns *allen* passieren, wenn *das* da klappt?«

Langsam, lautlos und nur für ein geübtes Auge zu sehen, schwammen Mallory und Miller durch das dunkle Wasser des Neretva-Stausees nordwärts, weg vom Damm. Plötzlich stieß Miller, der ein Stückchen vorausschwamm, einen leisen Ruf aus und verharrte auf der Stelle.

»Was ist los?«, fragte Mallory.

»Das ist los.« Mit einiger Anstrengung hob Miller etwas hoch, das ein schweres Drahtseil zu sein schien. »Niemand hat es für nötig gehalten, diese Kleinigkeit zu erwähnen.«

»Niemand«, stimmte Mallory zu. Er tastete unter der Wasseroberfläche herum. »Und darunter ist ein Stahlnetz.«

»Ein Auffangnetz für Torpedos?«

»Genau.«

»Warum?« Miller deutete nach Norden, wo der Damm in einer Entfernung von weniger als zweihundert Metern in einer scharfen Rechtsbiegung zwischen den steilen Klippen verlief. »Es ist unmöglich, für jeden Torpedo-Bomber – für jeden Bomber – einen Torpedo auf den Damm loszulassen.«

»Jemand hätte das den Deutschen sagen sollen. Sie riskieren nichts – und uns erschwert es die ganze Sache außerordentlich.« Er warf einen Blick auf seine Uhr. »Wir sollten uns lieber beeilen. Wir sind spät dran.«

Sie schoben sich über das Drahtseil und begannen wieder zu schwimmen, diesmal bedeutend schneller. Einige Minuten später, nachdem sie gerade die Ecke des Dammes umrundet und den Damm aus dem Blickfeld verloren hatten, berührte Mallory Millers Schulter. Beide Männer traten Wasser, drehten sich um und schauten in die Richtung zurück, aus der sie gekommen waren. Im Süden, nicht mehr als zwei Meilen entfernt, wurde der Nachthimmel plötzlich von vielfarbigen Lichtern erhellt, als Dutzende von Leuchtfallschirmen, rot, grün, weiß und orange, langsam auf die Neretva herunterschwebten.

»Sehr hübsch, wirklich«, gab Miller zu. »Und wem soll das helfen?«

»*Uns* soll es helfen. Aus zwei Gründen. Erstens wird jeder, der das betrachtet – und jeder *wird* es betrachten –, mindestens zehn Minuten brauchen, um seine Augen wieder auf die Dunkelheit einzustellen, was bedeutet, dass alle merkwürdigen Vorgänge in diesem Teil des Stausees nur mit geringer Wahrscheinlichkeit beobachtet werden: Und wenn alle damit beschäftigt sind, in jene Richtung zu sehen, können sie nicht gleichzeitig in diese Richtung sehen.«

»Sehr logisch«, lobte Miller. »Unser Freund, Captain Jensen, lässt nicht viel aus, was?«

»Es geht das Gerücht, dass er immer an alles denkt.« Mallory drehte sich wieder um und schaute nach Osten. Er hatte den Kopf gehoben, um besser hören zu können. Er sagte: »Du musst es ihnen überlassen. Der Tod kommt ins Ziel, und er kommt pünktlich. Ich höre ihn kommen.«

Die Lancaster kam, nicht mehr als hundertfünfzig Meter über dem Damm, von Osten herein. Ihre Motoren waren fast auf Sackflug gedrosselt. Sie war immer noch zweihundert Meter von der Stelle entfernt, an der Mallory und Miller Wasser traten, als unter ihr plötzlich riesige silberne Fallschirme aufblühten. Fast im gleichen Moment beschleunigte die Maschine und stieg steil hoch und drehte, um einen Zusammenstoß mit den Bergen auf der anderen Seite des Dammes zu vermeiden.

Miller starrte auf die langsam sinkenden Fallschirme, drehte sich um und schaute zu den Leuchtfallschirmen im Süden hinüber. »Am Himmel«, verkündete er, »ist ganz schöner Betrieb heute Nacht.«

Er und Mallory schwammen auf die Fallschirme zu.

Petar war der völligen Erschöpfung nahe. Seit endlosen Minuten hielt er nun schon Groves' leblosen Körper fest und presste ihn gegen die Eisenleiter, und seine schmerzenden Arme begannen vor Anstrengung zu zittern. Er hatte die Zähne zusammengebissen, sein Gesicht, über das Schweißbäche rannen, war verzerrt. Lange konnte er nicht mehr durchhalten, dachte Petar.

Erst durch das Licht, das von den Leuchtfallschirmen herkam, sah Reynolds, der immer noch mit Maria hinter dem großen Felsblock kauerte, die üble Lage von Petar und Groves. Er drehte sich um und schaute Maria an. Ein Blick in ihr entsetztes Gesicht sagte ihm, dass sie es auch gesehen hatte.

Reynolds sagte heiser: »Bleiben Sie hier. Ich muss ihnen helfen.«

»Nein.« Sie packte seinen Arm und bot alle ihre Willenskraft auf, um sich unter Kontrolle zu halten: In ihren Augen stand, wie in dem Augenblick, als Reynolds sie zum ersten Mal gesehen hatte, der Ausdruck eines gehetzten Tieres.

»Bitte, Sergeant, tun Sie es nicht. Sie müssen hierbleiben.«

Reynolds sagte verzweifelt: »Ihr Bruder …«

»Es gibt wichtigere Dinge …«

»Für Sie nicht.« Reynolds wollte aufstehen, aber sie hängte sich mit überraschender Kraft an seinen Arm, sodass er sich nicht freimachen konnte, ohne ihr wehzutun. Beinahe sanft sagte er: »Komm, Mädchen, lass mich los.«

»Nein! Wenn Droshny und seine Männer herüberkommen …« Sie brach ab, als der Leuchtfallschirm erlosch und die Schlucht in – wie es durch den Gegensatz schien – totaler Finsternis versank. Maria fuhr schlicht fort: »Jetzt *müssen* Sie hierbleiben, nicht wahr?«

»Jetzt muss ich dableiben.«

Reynolds löste sich aus dem Schutz des Felsens und hob sein Nachtfernglas an die Augen. Auf der Hängebrücke und, soweit er das beurteilen konnte, auch am anderen Ufer schien nach wie vor niemand zu sein. Er ging ein Stück die Rinne hinauf und konnte die Umrisse von Andrea erkennen, der mit seinen Unterhöhlungen fertig war und sich hinter dem großen Felsen ausruhte. Mit einem ebenso unbestimmten wie tiefen Gefühl der Beunruhigung stellte Reynolds sein Glas wieder auf die Brücke ein. Plötzlich erstarrte er. Er senkte das Fernglas, wischte die Linsen sorgfältig ab, rieb sich die Augen und hob wieder das Glas.

Seine Augen, die durch die Leuchtfallschirme zeitweise geblendet worden waren, hatten sich jetzt beinahe wieder an die Dunkelheit gewöhnt, und es gab keinen Zweifel, dass das, was er sah, nicht seiner Fantasie entsprang: Sieben oder acht Männer, Droshny vornweg, schoben sich, flach auf dem Bauch liegend, Zentimeter für Zentimeter über die Holzplanken der Hängebrücke.

Reynolds senkte sein Fernglas, richtete sich auf, machte eine Granate scharf und warf sie, so weit er konnte, in Richtung der Brücke. Sie explodierte im gleichen Moment, in dem sie aufschlug, mindestens vierzig Meter vor der Brücke. Dass sie nichts zur Folge hatte als einen flachen Knall und das harmlose Splittern von Schiefer, war nicht wichtig, denn sie hatte die Brücke gar nicht erreichen sollen. Sie sollte ein Signal für Andrea sein, und Andrea verlor keine Zeit.

Er stemmte sich mit beiden Fußsohlen gegen den Felsen, presste seinen Rücken gegen die Klippe und schob. Der Felsbrocken bewegte sich um einen Bruchteil eines Zentimeters. Andrea ruhte sich einen Moment aus und ließ den Felsblock zurückrollen und wiederholte dann den Vorgang. Diesmal war die Vorwärtsbewegung des Felsens bereits durchaus wahrnehmbar. Wieder hielt Andrea inne, dann schob er zum dritten Mal. Unten auf der Brücke waren Droshny und seine Männer, die sich über die Bedeutung der explodierten Granate nicht schlüssig waren, zu Unbeweglichkeit erstarrt. Nur ihre Augen bewegten sich, sie schweiften verzweifelt von einer Seite zur anderen, um den Ursprung der Gefahr festzustellen, die so deutlich in der Luft lag, dass sie fast greifbar war.

Der Felsblock schwankte jetzt erheblich. Mit jedem weiteren Stoß, den Andrea ihm versetzte, rollte er einen weiteren Zentimeter vor und einen weiteren Zentimeter zurück. Andrea war immer weiter und weiter heruntergerutscht und lag jetzt fast flach auf dem Rücken. Er schnappte nach Luft, und der Schweiß rann ihm in Strömen über das Gesicht. Der Felsblock rollte zurück, und es schien, als würde er auf ihn rollen und ihn zerquetschen. Andrea holte tief Luft und versteifte Rücken und Beine zu einem letzten gigantischen Schub. Einen Moment lang schwankte der Felsen hin und her, dann kippte er über und stürzte hinunter.

Droshny konnte ganz sicher nichts gehört und in der dichten Dunkelheit auch nichts gesehen haben. Es konnte nur ein instinktives Erahnen des bevorstehenden Todes gewesen sein, das ihn in der plötzlichen Überzeugung, dass von dort die Gefahr drohte, nach oben schauen ließ. Der riesige Felsblock, der nur langsam rollte, als Droshnys entsetzte Augen ihn sahen, begann in diesem Moment immer schnellere Sprünge zu machen und sauste schließlich den Abhang herunter genau auf sie zu, wobei er eine kleine Steinlawine hinter sich herzog. Droshny schrie eine Warnung. Er und seine Männer sprangen verzweifelt auf, eine instinktive Reaktion, die nicht mehr als eine nutzlose Geste angesichts des auf sie zukommenden Todes war, denn für die meisten von ihnen war es schon zu spät, und sie konnten nirgends hinflüchten.

Mit einem letzten großen Sprung krachte der herabsausende Felsblock direkt in die Mitte der Brücke, zerschlug die schwache Konstruktion und riss sie auseinander. Zwei Männer, die direkt in der Linie des Felsbrockens gestanden hatten, waren sofort tot. Fünf andere wurden in den reißenden Fluss geschleudert und von der Strömung davongerissen. Auch sie kamen nicht mit dem Leben davon. Die beiden Hälften der Brücke, die immer noch durch die Halteseile an beiden Ufern gesichert waren, hingen in das brodelnde Wasser hinunter. Die untersten Teile schlugen wild gegen das felsige Ufer.

Es musste mindestens ein Dutzend Fallschirme an den drei dunklen zylindrischen Gegenständen befestigt gewesen sein, die jetzt mehr als zur Hälfte unter der Wasseroberfläche in dem ebenfalls dunklen Wasser des Neretva-Stausees trieben. Mallory und Miller schnitten die Fallschirme mit ihren Messern ab und banden die drei Zylinder aneinander, wozu sie kurze Drahtschnüre benutzten, die genau für diesen Zweck vorgesehen waren. Mallory untersuchte den vordersten Zylinder und schob behutsam einen Hebel zurück, der auf der Oberseite angebracht war. Ein gedämpftes Brummen ertönte, als Druckluft das Wasser hinter dem vordersten Zylinder aufwühlte und ihn vorwärtstrieb, wobei er die beiden anderen Zylinder hinter sich herzog. Mallory legte den Hebel wieder um und nickte zu den beiden anderen Zylindern hin.

»Diese Hebel auf der rechten Seite kontrollieren die Flutklappen. Öffne den da, bis das Ding nicht sinkt. Ich mache das Gleiche mit diesem hier.« Miller drehte vorsichtig an einer Absperrvorrichtung und nickte zu dem ersten Zylinder hin.

»Wozu ist der?«

»Hast *du* vielleicht Lust, anderthalb Tonnen Amatol-Sprengstoff zum Damm rüberzuziehen? Irgendeine Antriebseinheit. Sieht für mich wie der abgesägte Abschnitt einer 21-Inch-Torpedo-Röhre aus. Druckluft, die mit einem Druck von vielleicht tausend Pfund auf einen Quadrat-Inch durch das Untersetzungsgetriebe läuft. Sollte genau das Richtige für diese Aufgabe sein.«

»Solange Miller es nicht zu tun braucht.« Miller schloss die Absperrvorrichtung. »Ungefähr so?«

»Ungefähr so.« Alle drei Zylinder schwammen jetzt knapp unter der Wasseroberfläche. Wieder legte Mallory den Drucklufthebel am vordersten Zylinder zurück. Es gab ein dumpfes

Gurgeln, ein plötzliches Flirren von kleinen Wasserbläschen am hinteren Ende, und dann waren alle drei Zylinder auf dem Weg und schwammen auf die scharfe Biegung zu, während beide Männer an dem vordersten Zylinder hingen und ihn lenkten.

Als die Hängebrücke unter dem Felsbrocken zusammengebrochen war, wurden sieben Männer getötet, aber zwei lebten noch.

Droshny und sein Sergeant wurden von dem reißenden Wasser übel herumgestoßen, aber sie klammerten sich verzweifelt an das abgerissene Ende der Brücke. Zuerst konnten sie nichts anderes tun, als sich festhalten, aber allmählich und nach einem erschöpfenden Kampf gelang es ihnen, sich aus der Reichweite der Wasserwirbel hochzuarbeiten, und dann hingen sie dort, Arme und Beine um die zerfetzten Überreste der Brücke geschlungen, und schnappten mühsam nach Luft. Droshny gab einigen für ihn nicht sichtbaren Männern auf der anderen Seite der Stromschnellen ein Zeichen und deutete dann nach oben, von wo der Felsbrocken gekommen war.

Zwischen den Felsen am anderen Ufer zusammengekauert, sahen drei Četniks – die glücklichen drei, die noch nicht auf der Brücke gewesen waren, als der Felsblock herunterdonnerte – das Zeichen und verstanden. Etwa 21 Meter über der Stelle, an der sich Droshny – auf dieser Seite völlig von dem hohen Ufer gedeckt – immer noch verzweifelt an das klammerte, was von der Brücke übrig war, hatte Andrea, nun völlig ungedeckt, mit dem gefährlichen Abstieg von seinem vorherigen Versteck begonnen. Am anderen Ufer zielte einer der drei Četniks und drückte ab. Zum Glück für Andrea ist das Bergauffeuern im Halbdunkel selbst für den besten Schützen eine kitzlige Sache. Zentimeter von Andreas linker Schulter entfernt schlugen die Kugeln in den Felsen. Wie durch ein Wunder ließen ihn die heulenden Querschläger unverletzt. Andrea wusste, dass die Männer das nächste Mal besser zielen würden. Er warf sich zur Seite, verlor das Gleichgewicht und das bisschen Halt, das er gehabt hatte, und rutschte und taumelte hilflos die Geröllhalde hinunter. Auf seinem Weg den Abhang hinunter schlugen viele Kugeln dicht neben ihm ein, denn die Četniks, die jetzt überzeugt davon waren, dass Andrea der Einzige war, gegen den sie noch kämpfen mussten, waren aufgestanden, direkt an den Fluss herangetreten und konzentrierten ihr Feuer auf Andrea. Zum Glück für Andrea dauerte diese Konzentration nur einige Sekunden. Reynolds und Maria kamen aus dem Schutz des Felsblocks hervor und rannten das Ufer entlang. Immer wieder blieben sie für Augenblicke stehen, um auf die Četniks am anderen Ufer zu feuern, die sofort Andrea vergaßen, weil sie sich gezwungen sahen, einer neuen und unerwarteten Bedrohung zu begegnen. In diesem Moment prallte Andrea, der in der Mitte einer kleinen Steinlawine immer noch wild, aber hoffnungslos darum kämpfte, seinen Fall zu bremsen, hart auf dem Ufer auf, schlug mit dem Kopf gegen einen großen Stein und brach zusammen. Kopf und Schultern hingen über dem reißenden Strom, der unter ihm vorbeiwirbelte.

Reynolds warf sich flach auf das Schiefergestein am Flussufer, zwang sich, die Kugeln zu ignorieren, die rechts und links von ihm einschlugen und über ihn hinwegpfiffen, und zielte langsam und sorgfältig. Er feuerte, bis das Magazin seiner Schmeisser leer war. Die drei Četniks brachen tot zusammen. Reynolds stand auf. Erstaunt bemerkte er, dass seine Hände zitterten. Er blickte zu Andrea hinüber, der bewusstlos und gefährlich nahe am Uferrand lag, machte ein paar Schritte in seine Richtung, schaute prüfend umher und drehte sich um, als er ein leises Stöhnen hinter sich hörte. Reynolds rannte los.

Halb sitzend, halb liegend kauerte Maria am steinigen Ufer. Mit beiden Händen umklammerte sie ihr Bein direkt über dem rechten Knie. Blut sickerte zwischen ihren Fingern hindurch. Ihr Gesicht, das immer sehr blass war, hatte jetzt eine aschgraue Tönung und war schmerzverzerrt. Reynolds fluchte bitter, aber lautlos, holte sein Messer hervor und begann, den Stoff um die Wunde herum abzuschneiden. Sanft zog er den Stoff weg, der die Wunde bedeckte, und lächelte dem Mädchen ermutigend zu. Sie hatte ihre Unterlippe zwischen die Zähne gezogen und blickte ihn unverwandt aus tränenverschleierten Augen an.

Es war eine scheußliche Fleischwunde, aber Reynolds sah sofort, dass sie nicht gefährlich war. Er griff nach seinem Verbandskasten, lächelte ihr ermutigend zu und vergaß im gleichen Augenblick, was er eigentlich hatte tun wollen: Marias Augen waren vor Entsetzen geweitet, sie schaute zu Andrea hinüber.

Reynolds fuhr herum. Droshny hatte sich gerade über den Uferrand heraufgezogen, war aufgestanden und ging jetzt zielbewusst auf Andrea zu. Reynolds nahm an, dass Droshny den bewusstlosen Mann in die Schlucht stürzen wollte. Reynolds nahm seine Schmeisser und zog den Abzug durch. Die einzige Folge war ein Klicken – er hatte vergessen, dass er das Magazin leer geschossen hatte. Der Panik nahe, blickte er sich nach Marias Gewehr um, konnte es nirgends entdecken, konnte aber auch nicht länger warten. Droshny war nur noch ein paar Schritte von Andrea entfernt. Reynolds packte sein Messer und rannte das Ufer entlang. Droshny sah ihn kommen, und er sah auch, dass Reynolds nur mit einem Messer bewaffnet war. Er lächelte böse, nahm eines seiner tückischen, gebogenen Messer aus seinem Gürtel und wartete.

Die beiden Männer gingen langsam aufeinander zu und umkreisten einander vorsichtig. Reynolds hatte noch nie in seinem Leben in der Wut ein Messer gehandhabt, und deshalb machte er sich keine Illusionen über seine Chancen. Hatte Neufeld nicht gesagt, dass Droshny der beste Messerkämpfer im ganzen Balkan sei? Jedenfalls sah er zweifellos so aus, dachte Reynolds. Sein Mund war völlig ausgetrocknet.

Dreißig Meter entfernt kroch Maria, schwindlig und schwach vor Schmerzen, ihr verwundetes Bein hinter sich herziehend, zu der Stelle, an der sie ihrer Ansicht nach ihr Gewehr hatte fallen lassen, als sie getroffen worden war.

Nach einer Ewigkeit – wenigstens kam es ihr so vor – fand sie es halb verborgen zwischen den Felsen. Halb ohnmächtig vor Schmerzen zwang sie sich, sich aufzusetzen, und hob das Gewehr an die Schulter. Dann senkte sie es wieder.

Sie erkannte, dass es in der augenblicklichen Situation unmöglich für sie war, Droshny zu treffen, ohne fast ebenso sicher Reynolds zu treffen. Sie hätte sogar Reynolds töten und Droshny überhaupt nicht treffen können. Denn beide Männer standen ganz dicht voreinander, und die linke Hand des einen umklammerte die Rechte des anderen, die das Messer hielt.

Die Augen, in denen noch vor einem Moment Schmerz und Schrecken und Furcht gestanden hatten, drückten jetzt nur noch eins aus – Verzweiflung.

Wie Reynolds kannte auch Maria Droshnys Ruf – aber im Gegensatz zu Reynolds hatte Maria Droshny mit diesem Messer töten sehen und wusste nur zu gut, wie tödlich die Kombination dieses Mannes und dieses Messers war. Ein Wolf und ein Lamm, dachte sie, ein Wolf und ein Lamm. Wenn er Reynolds umgebracht hat – ihre Gedanken wirbelten durcheinander –, werde ich ihn umbringen. Aber erst würde Reynolds sterben, das konnte sie nicht verhindern. Und dann verschwand die Verzweiflung aus ihren Augen und machte einer verzweifelten Hoffnung Platz, denn sie wusste mit instinktiver Sicherheit, dass man, wenn man Andrea an seiner Seite hatte, die Hoffnung nie aufgeben musste.

Nicht dass Andrea bis jetzt an irgendjemandes Seite war. Er hatte sich mühsam auf Hände und Knie hochgerappelt und starrte verständnislos auf das weiße wirbelnde Wasser hinunter und schüttelte seinen Löwenkopf hin und her, um die Schleier vor seinen Augen zu verscheuchen. Und dann erhob er sich, immer noch den Kopf schüttelnd, und als er aufrecht dastand, schüttelte er nicht mehr den Kopf. Trotz ihrer Schmerzen lächelte Maria.

Langsam und unerbittlich drehte der riesige Četnik Reynolds' Hand, die das Messer hielt, von sich weg und brachte gleichzeitig die scharfe Spitze seines eigenen Messers näher an Reynolds' Kehle. Reynolds' schweißnasses Gesicht spiegelte seine Verzweiflung und sein Erkennen der bevorstehenden Niederlage und des drohenden Todes wider. Er schrie vor Schmerz auf, als Droshny sein Handgelenk so weit umdrehte, dass es fast brach, und ihn damit zwang, die Hand zu öffnen und das Messer fallen zu lassen. Im gleichen Moment versetzte Droshny ihm einen tückischen Stoß mit dem Knie und befreite seine linke Hand, um Reynolds einen heftigen Stoß zu versetzen, der ihn mit dem Rücken auf die Steine krachen ließ. Er wand sich vor Schmerzen und schnappte krampfhaft nach Luft.

Droshny lächelte befriedigt sein Wolfslächeln. Obwohl er genau wusste, dass größtmögliche Eile geboten war, nahm er sich die Zeit, die Hinrichtung mit der entsprechenden Muße und mit Genuss zu vollziehen, jeden Moment voll auszukosten.

Um das Messer werfen zu können, wechselte er fast widerwillig den Griff und hob es langsam hoch. Das Grinsen war jetzt breiter denn je, ein Grinsen, das von seinem Gesicht wie weggewischt war, als er spürte, dass ihm ein Messer aus seinem eigenen Gürtel gezogen wurde. Er wirbelte herum. Andreas Gesicht war ausdruckslos, wie aus Stein gemeißelt. Droshny lächelte wieder. »Die Götter haben es gut mit mir gemeint.« Seine Stimme war leise, fast ehrerbietig, wie ein liebkosendes Flüstern. »Davon habe ich geträumt. Es ist besser, wenn Sie auf diese Weise sterben. Mein Freund, Sie …«

Droshny, der hoffte, Andrea unvorbereitet zu erwischen, brach mitten im Satz ab und sprang wie eine Katze vorwärts. Wieder verschwand das Lächeln augenblicklich, als er in fast komischer Fassungslosigkeit auf sein Handgelenk herunterschaute, das Andreas linke Hand umklammert hielt.

Innerhalb weniger Sekunden war das Bild wieder das gleiche wie beim Beginn des vorhergehenden Kampfes: das Gelenk der Hand des Gegners umklammert. Beide Männer verharrten regungslos. Andreas Gesicht war ausdruckslos, Droshny hatte seine weiß schimmernden Zähne gefletscht, aber diesmal lächelte er nicht. Er knurrte bösartig, und in diesem Knurren lagen Hass und rasende Wut und Verblüffung – denn diesmal musste Droshny fassungslos feststellen, dass er seinen Gegner nicht im Geringsten beeindrucken konnte. Diesmal war *er* der Schwächere.

Maria, die für den Moment den Schmerz in ihrem Bein fast vergaß, und Reynolds, der sich langsam wieder erholte, starrten fasziniert auf Andreas linke Hand, als diese ganz langsam

Millimeter für Millimeter Droshnys rechtes Handgelenk so weit herumdrehte, dass das Messerblatt allmählich von ihm wegzeigte und die Hand des Četniks sich zuerst fast unmerklich öffnete. Droshny, dessen Gesicht dunkel wurde und dessen Adern auf der Stirn und am Nacken hervortraten, legte seine ganze Kraft in seine rechte Hand. Andrea, der sehr richtig spürte, dass sich Droshnys ganze Kraft und sein ganzer Wille darauf konzentrierten, sich aus dem zermalmenden Griff zu befreien, riss seine rechte Hand weg, holte mit dem Messer aus und stieß von unten nach oben mit ungeheurer Kraft zu. Das Messer drang bis zum Heft unter dem Brustbein ein. Ein oder zwei Sekunden lang stand der Riese regungslos. Seine Lippen waren weit zurückgezogen, die Zähne immer noch gefletscht, das ganze Gesicht erstarrt zu einer ausdruckslosen lächelnden Grimasse. Dann, als Andrea zurücktrat, stürzte Droshny, das Messer immer noch in der Brust, wie in Zeitlupe über den Rand der Schlucht. Der Četnik-Sergeant, der sich immer noch an die zertrümmerten Überreste der Brücke klammerte, starrte fassungslos auf Droshny, als dieser kopfüber, den Messergriff gut sichtbar in der Brust, in die brodelnden Stromschnellen stürzte und fortgerissen wurde.

Reynolds erhob sich mühsam und schwankend und lächelte Andrea an. Er sagte: »Anscheinend habe ich Sie immer noch unterschätzt. Danke, Colonel Stavros.«

Andrea zuckte die Achseln. »Ich habe mich nur revanchiert, mein Junge. Vielleicht habe ich Ihnen unrecht getan.« Er warf einen Blick auf seine Uhr. »Zwei Uhr! *Zwei* Uhr! Wo sind die anderen?«

»Mein Gott, das hatte ich fast vergessen. Maria ist verletzt. Groves und Petar sind auf der Leiter. Ich bin nicht sicher, aber ich glaube, Groves ist ziemlich übel dran.«

»Sie brauchen sicher Hilfe. Versuchen Sie, sie herzuholen. Ich kümmere mich um das Mädchen.«

Am Südende der Neretva-Brücke stand General Zimmermann in seinem Kommandowagen und beobachtete den Sekundenzeiger seiner Uhr, bis er auf der Zwölf angekommen war.

»Zwei Uhr«, sagte Zimmermann im Konversationston. Er ließ seine rechte Hand wie ein Beil herabsausen. Ein Pfiff schrillte, und augenblicklich röhrten Panzermotoren auf, und feste Schritte dröhnten, als die vorderste Linie von Zimmermanns erster bewaffneter Division die Brücke über die Neretva zu überqueren begann.

13. KAPITEL

Samstag, 02.00 bis 02.15

»Maurer und Schmidt! Maurer und Schmidt!« Der diensthabende Hauptmann der Dammwache kam aus der Wachhütte gerannt, blickte sich fassungslos um und packte seinen Feldwebel am Arm. »Wo, um Himmels willen, sind Maurer und Schmidt? Hat keiner sie gesehen? Holen Sie den Suchscheinwerfer.«

Petar, der den bewusstlosen Groves immer noch gegen die Leiter gepresst hielt, hörte zwar, dass etwas gerufen wurde, aber verstand es nicht. Petar, der beide Arme um Groves gelegt hatte, hatte seine Unterarme in einem fast unmöglichen Winkel zwischen die Seitenstangen der Leiter und die Felswand dahinter geklemmt. In dieser Stellung konnte er, solange seine Handgelenke und Unterarme nicht brachen, Groves ziemlich lange halten. Aber Petars schweißbedecktes, gequältes Gesicht lieferte den deutlichen Beweis für die fast unerträgliche Tortur, die er durchmachte.

Auch Mallory und Miller hörten die eindringlich gerufenen Befehle, aber wie Petar, war es auch ihnen unmöglich, die Worte zu verstehen. Es würde etwas sein, dachte Mallory vage, das vielleicht nichts Gutes für sie bedeutete, aber dann verscheuchte er den Gedanken. Es gab andere und dringendere Dinge, denen er seine Aufmerksamkeit widmen musste. Sie hatten die Grenze des Torpedonetzes erreicht, und er hatte das Stützkabel in einer Hand und ein Messer in der anderen, als Miller einen unterdrückten Schrei ausstieß und ihn am Arm packte.

»Um Himmels willen, nicht!« Die Eindringlichkeit von Millers Stimme ließ Mallory erstaunt zu ihm hinüberschauen. »Mein Gott, wofür habe ich bloß meinen Kopf! Das ist kein Draht.«

»Das ist kein …«

»Es ist ein isoliertes Starkstromkabel. Siehst du das nicht?«

Mallory sah es sich genau an. »Du hast recht.«

»Ich wette, da sind mindestens zweitausend Volt drin.« Millers Stimme klang immer noch erschüttert. »Die Spannung, die sie für den elektrischen Stuhl haben. Wir wären bei lebendigem Leibe geröstet worden. Und es hätte eine Alarmglocke ausgelöst.«

»Drüber mit ihnen«, sagte Mallory.

Strampelnd und stoßend, schiebend und ziehend, denn es waren nur dreißig Zentimeter Wasser zwischen dem Kabel und der Wasseroberfläche, schafften sie es, den Druckluftzylinder hinüberzuheben, und es war ihnen gerade geglückt, die Nase des ersten der Amatol-Zylinder zum Kabel hochzuhieven, als weniger als hundert Meter entfernt oben auf dem Damm ein Suchscheinwerfer mit zwölf Zentimeter Durchmesser aufflammte. Einen Moment lang blieb der Strahl horizontal, dann wurde er mit einem Ruck gesenkt und begann, nahe am Damm entlang über das Wasser zu gleiten.

»Das ist genau das, was wir noch brauchen«, sagte Mallory verbittert. Er stieß die Spitze des Amatol-Blocks von dem Kabel zurück, aber die Drahtschnur, die ihn mit dem Druckluftzylinder verband, hielt ihn in einer Position, in der er zwanzig Zentimeter aus dem Wasser ragte. »Lass ihn. Tauche. Hänge dich ans Netz.«

Als der Feldwebel oben auf dem Damm seine Suche mit dem Scheinwerfer fortsetzte, ließen sich die beiden Männer nach unten sinken. Der Lichtstrahl glitt über die Spitze des ersten Amatol-Zylinders, aber ein schwarz angestrichener Zylinder ist in dunklem Wasser kaum zu erkennen, und der Hauptmann sah ihn nicht. Das Licht wanderte weiter über das Wasser am Damm entlang, dann ging es aus. Diese Gefahr war an ihnen vorübergegangen.

Mallory und Miller tauchten vorsichtig auf und sahen sich rasch um. Für den Augenblick schien keine neue Gefahr zu drohen. Mallory schaute auf das Leuchtzifferblatt seiner Uhr. Er sagte: »Schnell! Um Gottes willen, schnell! Wir sind fast drei Minuten zu spät dran.«

Sie beeilten sich. In ihrer Verzweiflung schafften sie es, die beiden Amatol-Zylinder in zwanzig Sekunden über das Kabel zu hieven. Sie öffneten die Druckluft-Absperrvorrichtung des vordersten Zylinders und hatten innerhalb der nächsten zwanzig Sekunden die massive Mauer des Dammes erreicht. In diesem Augenblick teilten sich die Wolken und gaben den Mond wieder frei, der das dunkle Wasser des Stausees in silbernes Licht tauchte. Mallory und Miller waren jetzt völlig ungeschützt, aber es gab nichts, was sie dagegen tun konnten, und das wussten sie. Ihre Zeit war abgelaufen, und es blieb ihnen nichts anderes übrig, als die Amatol-Zylinder so schnell wie möglich anzubringen und zu schärfen. Ob sie entdeckt wurden oder nicht, konnte immer noch von großer Bedeutung sein, aber es gab nichts, was sie unternehmen konnten, um ein Entdecktwerden zu verhindern.

Miller sagte leise: »Zwölf Meter voneinander entfernt und zwölf Meter unter der Wasseroberfläche, sagen die Experten. Wir werden zu spät kommen.«

»Nein, es ist noch nicht zu spät. Der Plan ist, die Panzer hinüberzulassen und die Brücke zu zerstören, bevor die Lastwagen und der Hauptteil der Infanteriebataillone sie überqueren.«

Oben auf dem Damm kam der Feldwebel mit dem Suchscheinwerfer vom westlichen Ende der Mauer zurück und berichtete dem Hauptmann.

»Nichts, Herr Hauptmann. Niemand zu sehen.«

»Ausgezeichnet.« Der Hauptmann nickte zur Schlucht hinüber. »Versuchen Sie Ihr Glück auf der anderen Seite. Vielleicht finden Sie dort jemanden.«

Also machte sich der Feldwebel daran, die andere Seite zu untersuchen, und er entdeckte mehr, als er gesucht hatte: Zehn Sekunden, nachdem er seine Suche begonnen hatte, fiel das Licht des Scheinwerfers auf den bewusstlosen Groves und den erschöpften Petar und auf Sergeant Reynolds, der in gleichmäßigem Tempo die Leiter hinaufkletterte. Alle drei saßen hilflos in der Falle und konnten nichts mehr unternehmen, um sich zu verteidigen. Reynolds hatte nicht einmal mehr eine Waffe. Auf dem Damm blickte ein Wehrmachtssoldat, der seine Maschinenpistole anlegte, erstaunt auf, als der Hauptmann den Lauf seiner Waffe herunterschlug.

»Idiot!«, fuhr ihn der Hauptmann an. »Ich will sie lebend. Sie beide holen Seile und schaffen sie hier herauf, damit ich sie verhören kann. Wir *müssen* auf jeden Fall herausfinden, was sie vorhatten.«

Die Worte erreichten die beiden Männer im Wasser klar und deutlich, denn genau in diesem Augenblick hörte das Bombardement auf, und das Handwaffenfeuer verstummte. Der Kontrast war fast unerträglich, die plötzliche Stille unheilvoll.

»Hast du das gehört?«, flüsterte Miller.

»Ich habe es gehört.« Mallory sah, dass sich wieder Wolken, spärliche Wolken, aber trotzdem Wolken, dem Mond näherten.

»Befestige diese Schwimmsaugnäpfe an der Mauer, ich übernehme den anderen.« Er drehte sich um und schwamm, den zweiten Amatol-Zylinder hinter sich herziehend, langsam davon.

Als der Lichtstrahl des Suchscheinwerfers oben auf dem Damm aufleuchtete und dann nach unten gerichtet wurde, war Andrea darauf vorbereitet gewesen, augenblicklich entdeckt zu werden, aber die Entdeckung von Groves, Reynolds und Petar hatte Maria und ihn gerettet. Die Deutschen schienen der Meinung zu sein, alle erwischt zu haben, die es zu erwischen gab, und konzentrierten sich, anstatt den Rest der Schlucht mit den Scheinwerfern abzuleuchten, darauf, die drei Männer, die sie auf der Leiter gestellt hatten, auf den Damm zu bringen. Ein Bewusstloser – das muss Groves sein, dachte Andrea – wurde mit einem Seil heraufgezogen. Die beiden anderen hatten den restlichen Aufstieg aus eigener Kraft hinter sich gebracht, wobei einer dem anderen half. All das hatte Andrea gesehen, während er Marias verletztes Bein bandagierte, aber er hatte ihr nichts davon gesagt.

Andrea machte den Verband fest und lächelte sie an. »Besser?«

»Besser.« Sie versuchte, dankbar zu lächeln, aber es gelang ihr nicht.

»Sehr gut. Höchste Zeit, dass wir abhauen.« Andrea sah auf die Uhr. »Wenn wir noch länger hierbleiben, werden wir sehr, sehr nass werden, fürchte ich.«

Er stand auf, und es war diese plötzliche Bewegung, die ihm das Leben rettete. Das Messer, das seinen Rücken treffen sollte, fuhr glatt durch seinen linken Oberarm. Einen Augenblick lang starrte Andrea fassungslos auf die Spitze des schmalen Messers, die aus seinem Arm herausschaute, dann drehte er sich, die mörderischen Schmerzen völlig außer Acht lassend, langsam um und wand mit dieser Bewegung dem Mann das Messer aus der Hand.

Der Četnik-Feldwebel, der einzige Mann außer Droshny, der die Zerstörung der Hängebrücke überlebt hatte, starrte Andrea hilflos an, wahrscheinlich, weil er nicht verstehen konnte, warum es ihm nicht gelungen war, Andrea zu töten, und weil er nicht begreifen konnte, dass ein Mann eine solche Verwundung ohne einen Laut ertrug und auch noch fähig war, ihm das Messer zu entwinden. Andrea hatte jetzt keine Waffe mehr, aber er brauchte keine. Mit fast grotesker Langsamkeit hob er den rechten Arm, aber im nächsten Augenblick traf ein furchtbarer Handkantenschlag den Nacken des Četnik-Feldwebels. Der Mann war tot, bevor er den Boden berührte.

Reynolds und Petar saßen mit dem Rücken zu der Wachhütte am Ostende des Dammes. Neben ihnen lag der immer noch bewusstlose Groves. Sein Atem rasselte, und sein aschgraues Gesicht war wächsern geworden. Von oben schien eine helle Lampe auf sie herunter, die auf dem Dach der Wachhütte angebracht war, während ganz in ihrer Nähe ein Posten stand, der seinen Karabiner auf sie gerichtet hatte. Der wachhabende Hauptmann der Wehrmacht stand über ihnen. Ein fast ehrfürchtiger Ausdruck lag auf seinem Gesicht.

Ungläubig sagte er: »Sie hatten gehofft, einen Damm wie diesen mit ein paar Stangen Dynamit in die Luft jagen zu können? Sie müssen verrückt sein!«

»Niemand hat uns gesagt, dass der Damm so groß ist«, sagte Reynolds mürrisch.

»Niemand hat Ihnen gesagt …, großer Gott, dieses Geschwätz von verrückten Hunden und Engländern! Und wo ist dieses Dynamit?«

»Die Holzbrücke brach auseinander.« Reynolds ließ entmutigt die Schultern sinken. »Wir verloren das ganze Dynamit – und alle unsere Kameraden.«

»Man sollte es nicht für möglich halten, man sollte es wirklich nicht für möglich halten.« Der Hauptmann schüttelte den Kopf, wandte sich um und wollte davongehen, als Reynolds ihn ansprach. Er blieb stehen und drehte sich um: »Was ist los?«

»Mein Freund«, Reynolds deutete auf Groves, »ist sehr schwer verletzt. Er braucht ärztliche Hilfe.«

»Später.« Der Hauptmann wandte sich an den Soldaten, der in der offenen Funkerhütte saß. »Was gibt es Neues aus dem Süden?«

»Sie haben gerade begonnen, die Neretva-Brücke zu überschreiten, Sir.«

Die Worte erreichten Mallory, der in diesem Moment ziemlich weit entfernt von Miller war. Er war damit fertig geworden, sein Schwimmgestell an der Mauer zu befestigen, und wollte sich gerade auf den Weg zu Miller machen, als er am Rande seines Blickfeldes einen Lichtstrahl aufflammen sah. Mallory verharrte bewegungslos und schaute nach rechts oben.

Ein Posten ging nahe am Geländer den Damm entlang und lehnte sich weit hinaus, um mit einer Stablampe nach unten zu leuchten. Mallory erkannte, dass eine Entdeckung unvermeidlich war. Einer oder beide Zylinder mussten gesehen werden. Ohne Hast und indem er sich gegen die Mauer lehnte, um sich aufrecht zu halten, öffnete Mallory seinen Gummianzug, griff unter seinen Anorak, holte seine Luger heraus, wickelte sie aus der wasserdichten Umhüllung und entsicherte die Waffe.

Der Lichtstrahl wanderte über das Wasser, nahe am Damm entlang. Deutlich zu erkennen lag im Zentrum des Lichtkegels ein kleines torpedoförmiges Objekt, das mit Saugnäpfen an der Dammmauer befestigt war, und direkt daneben ein Mann mit einem Gummianzug und einer Waffe in der Hand. Die Waffe – der Posten erkannte sofort, dass ein Schalldämpfer aufgeschraubt war – deutete auf ihn. Die Wache öffnete den Mund, um einen Warnruf auszustoßen, aber der Ruf kam nicht. Aus einem kleinen Loch in seiner Stirn sickerte Blut, und er lehnte sich müde nach vorn. Die obere Hälfte seines Körpers hing über das Geländer, seine Arme hingen kraftlos herunter. Die Stablampe entglitt seiner leblosen Hand.

Die Stablampe schlug klatschend auf dem Wasser auf. In der tiefen Stille musste es von den Leuten auf dem Damm gehört werden, dachte Mallory. Er wartete gespannt, die Luger schussbereit, aber als nach zwanzig Sekunden immer noch nichts geschehen war, entschied Mallory, dass er nicht länger warten konnte. Er warf Miller einen Blick zu, der den Laut deutlich gehört hatte, denn er starrte Mallory und die Waffe in Mallorys Hand mit einem verwirrten Stirnrunzeln an. Mallory deutete nach oben auf die Wache, die über das Geländer hing. Millers Züge klärten sich auf, und er nickte verstehend. Der Mond verschwand hinter einer Wolke.

Andrea, dessen linker Ärmel blutdurchtränkt war, trug die humpelnde Maria beinahe über das Schiefergestein zwischen den Felsen hindurch. Sie konnte den rechten Fuß kaum auf den Boden aufsetzen. Am Fuße der Leiter angekommen, starrten beide nach oben auf den abschreckenden Aufstieg, auf die anscheinend unendlichen Zickzack-Sprossen der Eisenleiter, die in die Nacht hinaufragte. Mit einem verletzten Mädchen und seinem eigenen verwundeten Arm waren die Aussichten nicht gerade vielversprechend, dachte Andrea. Und nur Gott wusste, wann der Damm hochgehen würde. Andrea schaute auf die Uhr. Wenn alles genau nach Zeitplan verlief, dann musste er jetzt in die Luft fliegen. Andrea betete, dass Mallory, dessen große Leidenschaft Pünktlichkeit war, dieses eine Mal ein bisschen zu spät dran war. Das Mädchen sah ihn an und verstand.

»Lassen Sie mich hier«, sagte sie. »Bitte.«

»Kommt nicht infrage«, sagte Andrea bestimmt. »Maria würde mir das nie verzeihen.«

»Maria?«

»Nicht Sie.« Andrea hob sie auf seinen Rücken und legte ihre Arme um seinen Hals.

»Meine Frau. Ich glaube, ich stehe schrecklich unter dem Pantoffel. Es wird sich noch herausstellen.«

Um besser sehen zu können, wie die letzten Vorbereitungen für den Angriff klappten, hatte General Zimmermann seinen Kommandowagen auf die Neretva-Brücke hinausfahren lassen und parkte nun genau in der Mitte an der rechten Seite. Nur ein paar Meter von ihm entfernt klirrte und klapperte und brummte eine endlose Reihe von Panzern, Geschützen und Selbstfahrlafetten und Lastwagen, die mit Angriffstruppen beladen waren, vorbei. Sobald Panzer, Geschütze und Lastwagen das nördliche Ende der Brücke erreicht hatten, schwärmten sie nach Osten und Westen aus und gingen hinter der steilen Böschung in Deckung, bis die Zeit für den geplanten letzten Angriff gekommen war.

Von Zeit zu Zeit hob Zimmermann sein Fernglas an die Augen und suchte den Himmel im Westen ab. Ein Dutzend Mal bildete er sich ein, das entfernte Donnern von näher kommenden Luft-Armadas zu hören, ein Dutzend Mal täuschte er sich. Immer wieder sagte er sich, dass er ein Narr war, ein Opfer nutzloser und angstvoller Einbildungen, die zu einem General der deutschen Wehrmacht nicht passten. Aber trotzdem blieb dieses Gefühl tiefen Unbehagens, trotzdem suchte er immer wieder den Himmel im Westen ab. Es kam ihm nicht einmal in den Sinn, denn er hatte keinen Grund dafür, dass er in die falsche Richtung schaute.

Weniger als eine halbe Meile weiter nördlich senkte General Vukalovic sein Fernglas und wandte sich an Colonel Janzy.

»Das wär's.« Vukalovics Stimme klang müde und unaussprechlich traurig.

»Sie sind drüben – jedenfalls beinahe. Noch fünf Minuten. Dann starrten wir den Gegenangriff.«

»Dann starrten wir den Gegenangriff«, wiederholte Janzy tonlos. »Wir werden in fünf Minuten tausend Mann verlieren.«

»Wir haben das Unmögliche verlangt«, sagte Vukalovic. »Wir bezahlen für unsere Fehler.«

Mallory, eine lange Abzugsleine hinter sich herziehend, kam bei Miller an. »Fertig?«

»Fertig.« Auch Miller hatte eine Abzugsleine in der Hand. »Wir ziehen an diesen Leinen, um die hydrostatischen chemischen Zünder zu betätigen und verschwinden?«

»Wir haben drei Minuten Zeit. Weißt du, was mit uns passiert, wenn wir nach diesen drei Minuten noch im Wasser sind?«

»Sprich nicht davon«, bat Miller. Plötzlich hob er den Kopf

und warf Mallory einen Blick zu. Auch Mallory hatte die eiligen Schritte auf dem Damm gehört. Er nickte Miller zu. Beide Männer sanken unter die Wasseroberfläche. Der wachhabende Hauptmann, der einen leichten Hang zum Dickwerden und sehr lobenswerte Ideen darüber hatte, wie ein Offizier der Wehrmacht sich benehmen sollte, ließ sich gewöhnlich nicht dazu hinreißen zu rennen. Er war sehr schnell und reichlich nervös den Damm entlanggegangen, als er eine seiner Wachen in einer Haltung über dem Geländer lehnen sah, die er nur als unsoldatisch und nachlässig bezeichnen konnte. Aber dann kam es ihm in den Sinn, dass ein Mann, der sich über ein Geländer lehnt, für gewöhnlich seine Hände und Arme benutzt, um sich aufzustützen, und er konnte weder die Hände noch die Arme der Wache sehen. Er erinnerte sich daran, dass Maurer und Schmidt spurlos verschwunden waren, und rannte los.

Der Posten schien ihn nicht kommen zu hören. Der Hauptmann packte ihn grob an der Schulter und trat dann entsetzt einen Schritt zurück, als der Tote vom Geländer rutschte und mit dem Gesicht nach oben vor seinen Füßen liegen blieb. Die Stelle, die einmal seine Stirn gewesen war, sah nicht besonders angenehm aus. Wie gelähmt stand der Hauptmann da und starrte sekundenlang auf den Toten hinunter, dann zog er mit großer Willensanstrengung seine Stablampe und seine Pistole hervor. Er ließ die Lampe aufflammen, entsicherte die Waffe und riskierte einen kurzen Blick über das Geländer.

Es war nichts zu sehen. Besser gesagt, es war *niemand* zu sehen, weit und breit kein Zeichen des Feindes, der die Wache innerhalb der letzten Minute getötet haben musste. Aber es gab *etwas* zu sehen, einen zusätzlichen Beweis, wenn er unbedingt noch einen Beweis dafür brauchte, dass der Feind da gewesen war: ein torpedoförmiges Objekt – nein, *zwei* torpedoförmige

Objekte waren genau auf der Höhe des Wasserspiegels an der Dammmauer befestigt. Zuerst starrte der Hauptmann nicht begreifend auf die beiden Zylinder, dann traf ihn die Erkenntnis wie ein Schlag. Er richtete sich auf und rannte auf das Ostende des Dammes zu, während er »Funker! Funker!« schrie.

Mallory und Miller tauchten auf. Die Schreie des Hauptmanns wurden über das stille Wasser des Stausees getragen. Mallory fluchte.

»Verdammt, verdammt und noch mal verdammt!« Mallorys Stimme klang grimmig vor Kummer und Enttäuschung. »Er kann Zimmermann sieben, vielleicht sogar acht Minuten vorher warnen. Zeit genug für ihn, seine Panzer in Sicherheit zu bringen.«

»Also, was nun?«

»Nun ziehen wir an diesen Abzugsleinen und machen, dass wir wegkommen.«

Der Hauptmann, der den Damm entlangraste, war bereits weniger als dreißig Meter von der Funkerhütte und der Stelle entfernt, an der Petar und Reynolds mit dem Rücken zur Wachhütte saßen.

»General Zimmermann!«, rief er. »Nehmen Sie Verbindung auf! Sagen Sie ihm, er soll seine Panzer in Sicherheit bringen! Die verfluchten Engländer haben den Damm vermint!«

Petar nahm seine dunkle Brille ab und rieb sich die Augen.

»Na endlich!«, seufzte er. »Alles hat einmal ein Ende.«

Reynolds sah ihn starr vor Staunen an.

Ohne es zu wollen, griff er nach der dunklen Brille, die Petar ihm reichte, automatisch folgte sein Blick Petars Hand, die sich zurückzog, und dann beobachtete er wie hypnotisiert den Daumen dieser Hand, der auf einen Verschluss auf einer Seite der Gitarre drückte. Die Rückseite des Instruments klappte herunter und der Abzug, das Magazin und der ölglänzende Mechanismus einer Maschinenpistole wurden sichtbar.

Petars Zeigefinger krümmte sich um den Abzug. Die Maschinenpistole, deren erstes Geschoss das Ende der Gitarre zerschlug, sprang und stotterte in Petars Hand. Die dunklen Augen waren zusammengekniffen, wachsam und kaltblütig. Petar hatte den Überraschungseffekt auf seiner Seite.

Der Soldat, der die drei Gefangenen bewachte, brach zusammen und starb, durchsiebt von der ersten Geschossgarbe. Zwei Sekunden später ereilte den Unteroffizier vor der Funkerhütte, während er noch verzweifelt versuchte, seine Schmeisser von der Schulter zu reißen, das gleiche Schicksal. Der Hauptmann, der auf sie zugerannt kam, feuerte mit seiner Pistole immer wieder auf Petar, aber noch war Petar in der besseren Position. Er ignorierte den Hauptmann, ignorierte eine Kugel, die ihn an der rechten Schulter erwischte, und leerte den Rest des Magazins in das Funkgerät. Dann stürzte er seitwärts zu Boden. Die zerfetzte Gitarre entfiel seinen leblosen Händen.

Der Hauptmann steckte seinen rauchenden Revolver in die Tasche und starrte auf den bewusstlosen Petar hinunter. Es lag kein Zorn auf seinem Gesicht, nur Traurigkeit, das düstere Akzeptieren der endgültigen Niederlage. Er hob den Blick, und seine Augen trafen Reynolds. In einem Augenblick seltenen Verstehens schüttelten beide Männer den Kopf.

Mallory und Miller, die an dem mit Knoten versehenen Seil hinaufkletterten, waren fast genau gegenüber dem Damm angekommen, als die letzten Echos der Schüsse über dem Stausee verwehten. Mallory schaute zu Miller hinunter. Miller zuckte die Achseln – so gut ein Mann, der an einem Seil hängt, die Achseln zucken kann –, schüttelte wortlos den Kopf. Die beiden Männer kletterten weiter, jetzt noch schneller als vorher.

Auch Andrea hatte die Schüsse gehört, aber er hatte keine Ahnung, was sie bedeuteten. Und in diesem Moment war es ihm auch ziemlich gleichgültig. Sein linker Oberarm fühlte sich an, als brenne in ihm ein wildes Feuer, auf seinem schweißüberströmten Gesicht lagen Schmerz und Erschöpfung. Er wusste, dass er noch nicht einmal die Hälfte der Leiter hinter sich hatte. Er machte eine kurze Pause, als er merkte, dass sich der Griff des Mädchens um seinen Hals lockerte, schob sie vorsichtig auf die Leiter zu, legte seinen linken Arm um ihre Taille und setzte seinen schmerzhaften Aufstieg verbissen fort. Er konnte nicht mehr gut sehen, was er auf den hohen Blutverlust schob. Sein linker Arm wurde allmählich taub, und der Schmerz konzentrierte sich immer mehr auf seine rechte Schulter, auf der auch noch Marias Gewicht lastete.

»Lassen Sie mich zurück«, sagte Maria wieder. »Um Gottes willen, lassen Sie mich zurück! Allein haben Sie eine Chance.«

Andrea lächelte, oder jedenfalls versuchte er zu lächeln, und sagte freundlich: »Sie wissen nicht, was Sie reden. Außerdem, Maria würde mich ermorden!«

»Lassen Sie mich! Lassen Sie mich!« Sie strampelte wild und stieß einen unterdrückten Schmerzensschrei aus.

»Dann hören Sie auf, sich zu wehren«, sagte Andrea ruhig. Er nahm die nächste Sprosse in Angriff.

Mallory und Miller erreichten die längliche Felsspalte, die über den Damm lief, und schoben sich eilig an der Spalte und dem Seil entlang, bis sie sich direkt über den Bogenlampen befanden, die auf der Dachrinne der Wachhütte, die etwa fünfzehn Meter unter ihnen lag, angebracht waren. In der strahlenden Beleuchtung sahen die Männer, was sich abgespielt hatte.

Die beiden Bewusstlosen, Groves und Petar, die beiden toten Deutschen, das zerstörte Funkgerät und vor allem die Maschinenpistole, die immer noch in der zerfetzten Gitarrenhülle lag, erzählten eine eindeutige Geschichte. Mallory schob sich noch weitere drei Meter an der Spalte entlang und spähte wieder nach unten: Andrea hatte nun fast zwei Drittel der Leiter hinter sich gebracht, wobei das Mädchen versuchte, ihm, so gut sie konnte, zu helfen, indem sie sich an den Sprossen hochzog, aber er kam nur schrecklich langsam vorwärts. Sie werden es niemals rechtzeitig schaffen, dachte Mallory verzweifelt, sie können es einfach nicht rechtzeitig schaffen. Für uns alle kommt einmal der Moment, dachte Mallory müde, eines Tages muss der Moment für uns alle kommen, aber dass er für den unverwüstlichen Andrea kommen sollte, das konnte man selbst, wenn man an Schicksal glaubte, nicht akzeptieren. So etwas war unfassbar, und das Unfassbare schien jetzt zu geschehen.

Mallory kehrte zu Miller zurück. Hastig band er das Seil los, das Miller für seinen Abstieg zum Neretva-Damm benutzt hatte, knotete es an das, das über der länglichen Felsspalte entlanglief, und ließ es hinunter, bis es das Dach der Wachhütte berührte. Er nahm seine Luger in die Hand und wollte sich gerade hinunterlassen, als der Damm in die Luft flog.

Die beiden Explosionen erfolgten zwei Sekunden nacheinander. Die Detonation von eintausendfünfhundert Pfund Sprengstoff hätte normalerweise von ohrenbetäubendem Lärm begleitet sein müssen, aber wegen der Tiefe, in der sie erfolgte, klangen die Explosionen gedämpft und waren eher zu spüren als zu hören. Zwei große Wassersäulen stiegen hoch über die Dammmauer auf, aber sonst schien sich für eine Ewigkeit, die jedoch höchstens fünf Sekunden dauerte, nichts zu ereignen. Dann stürzte das Mittelstück des Dammes, das mindestens vierundzwanzig Meter breit und ebenso hoch war, ganz langsam, beinahe widerwillig in die Schlucht hinunter. Der ganze Abschnitt schien immer noch aus einem Stück zu bestehen.

Andrea hielt inne. Er hatte kein Geräusch gehört, aber er spürte, dass die Leiter heftig vibrierte, und er wusste, was geschehen war und was nun kam. Er schlang beide Arme um Maria und die Seitenstangen der Leiter, presste das Mädchen gegen die Leiter und schaute über ihren Kopf hinweg. Zwei senkrechte Risse erschienen allmählich außen in der Dammmauer, dann fiel der ganze Damm wie in Zeitlupe auf sie zu, beinahe, als würde er sich in einem Scharnier bewegen, und dann verschwand er plötzlich, als ungezählte Millionen Liter dunkelgrünen Wassers durch die zerstörte Dammmauer brodelten. Das Krachen, das die tausend Tonnen Mauerwerk verursachten, als sie in die Schlucht stürzten, hätte man unter normalen Umständen meilenweit hören müssen, aber Andrea hörte nichts als das Donnern der Wassermassen, die alles andere übertönten. Er hatte nur einen Moment Zeit gehabt, um den Damm verschwinden zu sehen, und jetzt war da nur noch der mächtige reißende Strom, der am Anfang seltsam ruhig und glatt war, sich dann, als er in die Schlucht hinunterstürzte, in einen weiß schäumenden Mahlstrom verwandelte, bevor er über ihnen war. In einer Sekunde löste Andrea eine Hand von der Leiter, drehte den Kopf des entsetzten Mädchens zu sich um und drückte ihr Gesicht fest an seine Brust, denn er wusste, dass der Anprall des Wassers, das Sand und Steine und weiß Gott was noch alles mit sich brachte, die Haut von ihrem Gesicht reißen würde und dass sie – falls sie tatsächlich überleben würde – für immer verunstaltet wäre. Er duckte seinen

Kopf gegen den kommenden Ansturm und verschränkte seine Hände hinter der Leiter.

Der Aufprall des Wassers presste ihm die Luft aus den Lungen. Begraben unter einer fallenden, zerschmetternden grünen Mauer, kämpfte Andrea um sein Leben und um das des Mädchens. Die Belastung, der er, zerschlagen und fast zerschmettert von den Hammerschlägen dieses herabstürzenden Wasserfalls, der es darauf abgesehen zu haben schien, ihn augenblicklich zu töten, ausgesetzt war, war auch ohne das schreckliche Handicap seiner schweren Armverletzung kaum tragbar. Er hatte das Gefühl, als würden ihm jeden Moment die Arme ausgerissen, und er dachte einen Moment, dass es das Einfachste wäre, die Hände voneinander zu lösen und den Tod anstelle des unerträglichen Schmerzes hinzunehmen, der seine Glieder und Muskeln zu zerreißen schien. Aber Andrea ließ nicht los, und Andrea zerbrach nicht. Andere Dinge zerbrachen. Einige der Klammern, mit denen die Leiter an der Wand befestigt war, wurden abgerissen, und es schien, als müssten sowohl die Leiter als auch Andrea und das Mädchen unweigerlich weggeschwemmt werden. Die Leiter drehte sich, bog sich und lehnte sich weit von der Wand weg, sodass Andrea nun ebenso unter der Leiter lag, wie er daran hing. Aber immer noch ließ Andrea nicht los, und immer noch hielten einige Klammern. Dann sank ganz allmählich und nach einer Zeit, die dem betäubten Andrea wie eine Ewigkeit erschien, der Wasserspiegel des Stausees, die Wucht des Wassers ließ nach, und Andrea begann wieder zu klettern. Immer wieder lockerte sich sein Griff, als er die Hände an den Sprossen wechselte, und immer wieder war er in Gefahr, fortgerissen zu werden. Er fletschte die Zähne in unvorstellbarer Anstrengung, die großen Hände packten fest zu und klammerten sich wieder fest.

Nach einer Minute unbarmherzigen Kampfes kam er schließlich so weit aus dem Wasser, dass er wieder atmen konnte. Er schaute auf das Mädchen in seinen Armen hinunter. Das blonde Haar klebte auf den aschgrauen Wangen, die Augen waren geschlossen. Die Schlucht schien fast bis oben mit den weißen kochenden Wassermassen angefüllt zu sein, die alles vor sich hertrieben. Ihr Donnern klang, als sie sich mit höherer Geschwindigkeit als ein Eilzug die Schlucht hinunterwälzten, wie eine Serie von Explosionen, begleitet von einem schauerlichen Kreischen.

Nachdem der Damm in die Luft geflogen war, verstrichen fast dreißig Sekunden, bis Mallory sich wieder bewegen konnte. Er hatte keine Ahnung, warum er so lange regungslos verharrt hatte. Er konnte es sich nur so erklären, dass ihn das hypnotisierende Schauspiel des allmählich sinkenden Wasserspiegels und der Anblick der großen Schlucht, die fast bis oben mit weiß schäumendem Wasser gefüllt war, gefesselt hatte. Aber ohne es vor sich selbst zuzugeben, wusste er, dass der Hauptgrund ein anderer war, wusste er, dass er die Erkenntnis, dass Andrea und Maria den Tod gefunden hatten, nicht akzeptieren konnte. Was Mallory nicht wissen konnte, war, dass Andrea in diesem Augenblick, völlig ausgepumpt und nicht mehr wissend, was er tat, vergeblich versuchte, die letzten Sprossen der Leiter hinter sich zu bringen. Mallory packte das Seil und ließ sich, so schnell er konnte, daran herunter. Er spürte die Haut in seinen Handflächen brennen, aber er ignorierte es. In seinem Kopf war nur noch der unvernünftige Wunsch nach Mord – unvernünftig, da er selbst es gewesen war, der die Explosion ausgelöst hatte, die Andrea das Leben gekostet hatte.

Und dann, als seine Füße das Dach der Wachhütte berührten, sah er wie eine geisterhafte Erscheinung, die Köpfe von Andrea und der bewusstlosen Maria oben an der Leiter auftauchen. Mallory bemerkte, dass Andrea nicht mehr weiterkonnte. Er klammerte sich mit einer Hand um die oberste Sprosse und machte krampfhafte Bewegungen, mit denen er sich hochziehen wollte, aber er kam nicht weiter. Mallory wusste, dass Andrea am Ende war.

Mallory war nicht der Einzige, der Andrea und das Mädchen gesehen hatte. Der Hauptmann der Wache und einer seiner Männer starrten verständnislos auf das schreckliche Bild der Zerstörung, aber eine zweite Wache war herumgewirbelt, hatte Andrea entdeckt und seine Maschinenpistole hochgerissen. Mallory, der immer noch an dem Seil hing, hatte nicht genug Zeit, um seine Luger in Anschlag zu bringen und zu entsichern, und Andrea hätte in diesem Augenblick sterben müssen. Aber Reynolds hatte sich in einem verzweifelten Sprung nach vorn geworfen und den Lauf der Waffe genau in dem Moment nach unten geschlagen, als der Schuss losging. Reynolds starb augenblicklich. Die Wache starb zwei Sekunden später. Mallory richtete die noch rauchende Mündung seiner Luger auf den Hauptmann und den Posten.

»Lassen Sie die Waffen fallen«, befahl er.

Sie ließen ihre Waffen fallen. Mallory und Miller schwangen sich vom Dach der Wachhütte, und während Miller die beiden Deutschen in Schach hielt, rannte Mallory zu der Leiter hinüber, streckte eine Hand aus und half dem schwankenden Andrea hinauf, der das bewusstlose Mädchen festhielt. Er sah auf Andreas erschöpftes blutiges Gesicht, die zerfetzte Haut der Handflächen, den blutdurchtränkten linken Ärmel und fragte streng: »Und wo, zum Teufel, bist du gewesen?«

»Wo ich gewesen bin?«, fragte Andrea vage. »Keine Ahnung.« Er stand da, auf zitternden Beinen, kaum noch bei Bewusstsein, fuhr sich mit seiner Hand über die Augen und versuchte zu lächeln. »Ich muss wohl stehen geblieben sein, um die Aussicht zu bewundern.«

General Zimmermann saß immer noch in seinem Kommandowagen, und der Wagen stand immer noch mitten auf der Brücke am rechten Rand. Wieder hatte Zimmermann das Fernglas an den Augen, aber diesmal schaute er weder nach Westen noch nach Norden. Stattdessen starrte er nach Osten, flussaufwärts zu der Öffnung der Neretva-Schlucht. Nach einiger Zeit wandte er sich an seinen Adjutanten. Zuerst drückte sein Gesicht Unbehagen aus, dann löste Begreifen das Unbehagen ab, und schließlich wich das Begreifen einem Ausdruck, der unverkennbar Angst war.

»Hören Sie das?«, fragte er.

»Ich höre es, Herr General.«

»Und spüren Sie es auch?«

»Ich spüre es auch.«

»Was, um Himmels willen, kann das sein?«, fragte Zimmermann. Er lauschte auf das Dröhnen, das ständig lauter wurde und die Luft um sie herum anfüllte. »Das ist kein Donner. Es ist viel zu laut für Donner. Und viel zu beständig. Und dazu noch dieser Wind – der muss aus der Schlucht kommen.« Das Dröhnen, das von Osten her auf sie zukam, war jetzt so ohrenbetäubend, dass er sich selbst nicht mehr hören konnte. »Es ist der Damm. Der Damm an der Neretva. Sie haben den Damm gesprengt! Weg von hier!«, schrie er dem Fahrer zu. »Um Gottes willen, bloß weg von hier.«

Der Kommandowagen fuhr mit einem Ruck an, aber es war zu spät für General Zimmermann – ebenso wie für seine massierten Panzerstaffeln und Tausende von Angriffstruppen, die sich an den Ufern der Neretva hinter der Böschung verborgen hatten –, der die siebentausend unglaublich starrsinnigen Verteidiger in der Zenica-Schlucht ausrotten sollte. Eine vierundzwanzig Meter hohe weiße Wand, hinter der der Druck von Millionen Tonnen von Wasser stand und die einen riesigen Rammbock aus Felsen und Bäumen vor sich herschob, brach aus der Öffnung der Schlucht hervor.

Gnädigerweise lagen zwischen der Erkenntnis des drohenden Todes und dem Tod selbst für die meisten Männer von Zimmermanns bewaffnetem Korps nur Sekunden. Die Neretva-Brücke und alle darauf befindlichen Fahrzeuge, Zimmermanns Kommandowagen eingeschlossen, wurden augenblicklich weggeschwemmt. Der gewaltige Wirbel ließ beide Flussufer unter einer sechs Meter hohen Flut versinken und schob Panzer, Waffen, bewaffnete Wagen, Tausende von Soldaten und alles andere, was ihm im Weg stand, vor sich her. Als die große Überschwemmung sich verlaufen hatte, gab es keine grasbewachsenen Ufer mehr an der Neretva. Ein- oder zweihundert Kampftruppen auf beiden Seiten des Flusses gelang es, sich weiter oben in Sicherheit zu bringen, jedoch nicht für lange, auch ihr Schicksal war besiegelt. Aber für fünfundneunzig Prozent von Zimmermanns beiden bewaffneten Divisionen war die Vernichtung ebenso plötzlich wie vollkommen. In sechzig Sekunden war alles vorüber. Das bewaffnete Korps der Deutschen war vollständig vernichtet. Aber immer noch brodelte die mächtige Wand aus Wasser aus der Öffnung der Schlucht.

»Ich bete zu Gott, dass ich nie wieder etwas Derartiges sehen werde.« General Vukalovic senkte sein Fernglas und wandte sich an Colonel Janzy. Auf seinem Gesicht lag weder Begeisterung noch Befriedigung, nur Grauen, gemischt mit tiefem Mitleid. »Menschen sollten nicht auf diese Weise sterben, auch nicht unsere Feinde.« Er schwieg eine Zeit lang, dann fiel ihm etwas ein: »Ich schätze, dass sich ein- oder zweihundert Mann ihrer Infanterie auf dieser Seite in Sicherheit bringen konnten, Colonel. Werden Sie sich um sie kümmern?«

»Ich werde mich um sie kümmern«, sagte Janzy düster. »Dies ist eine Nacht, um Gefangene zu machen, nicht zum Töten, denn es wird keinen Kampf geben. Das ist genauso gut, General. Zum ersten Mal in meinem Leben freue ich mich nicht auf einen Kampf.«

»Ich verlasse Sie jetzt.« Vukalovic schlug Janzy auf die Schulter und lächelte ein sehr müdes Lächeln. »Ich habe eine Verabredung. Am Neretva-Damm, oder besser gesagt, an seinen Überresten.«

»Mit einem gewissen Captain Mallory?«

»Mit Captain Mallory. Wir fliegen noch heute Nacht nach Italien. Wissen Sie, Colonel, wir hätten den Mann auch überschätzen können.«

»Ich habe nie an ihm gezweifelt«, sagte Janzy bestimmt.

Vukalovic lächelte und wandte sich ab.

Neufeld, dessen Kopf mit einem blutbefleckten Verband umwickelt war, stand, gestützt von zwei Männern, schwankend oben an der Rinne, die zu der Furt hinunterführte. Entsetzen und Unglauben spiegelten sich auf seinem Gesicht wider, während er auf den weißen Mahlstrom hinunterstarrte, dessen schäumende Oberfläche nicht mehr als sechs Meter unter ihm lag und der fast alles ausfüllte, was einmal die Neretva-Schlucht gewesen war. Unendlich müde schüttelte er langsam den Kopf. Er hatte die endgültige Niederlage akzeptiert. Er wandte sich an einen Soldaten zu seiner Linken, einen Jungen, der ebenso fassungslos aussah, wie sich Neufeld fühlte.

»Nehmen Sie die beiden besten Ponys«, sagte Neufeld. »Reiten Sie zu dem nächsten Kommandoposten nördlich der Zenica-Schlucht. Sagen Sie ihnen, dass General Zimmermanns bewaffnete Divisionen ausradiert worden sind – wir *wissen* es zwar nicht, aber es kann nicht anders sein. Sagen Sie ihnen, dass das Neretva-Tal ein Todestal und niemand mehr übrig ist, um es zu verteidigen. Sagen Sie ihnen, dass die Alliierten ihre Luftlandedivisionen morgen herschicken können und dass nicht ein einziger Schuss abgegeben werden wird. Sagen Sie ihnen, sie sollen sofort Berlin benachrichtigen. Haben Sie verstanden, Lindemann?«

»Ich habe verstanden, Herr Hauptmann.« Nach Lindemanns Gesichtsausdruck zu schließen, hatte er nur sehr wenig von dem verstanden, was ihm gesagt worden war, dachte Neufeld. Aber er war unsagbar müde und hatte keine Lust, seine Instruktionen zu wiederholen.

Lindemann stieg auf ein Pony, schnappte sich die Zügel eines anderen und trieb sein Pony bergauf, an den Schienen entlang.

Neufeld sagte mehr zu sich selbst: »Kein Grund zur Eile, mein Junge.«

»Herr Hauptmann?« Der Soldat sah ihn fragend an.

»Jetzt ist es zu spät«, sagte Neufeld.

Mallory blickte auf das noch immer schäumende Wasser in der Schlucht hinunter, drehte sich um und schaute auf den Stausee hinab, dessen Wasserspiegel sich bereits um mindestens fünfzehn Meter gesenkt hatte. Wieder drehte er sich um und sah die anderen an. Er fühlte sich unaussprechlich müde.

Andrea, zerschunden, zerschlagen und blutend, demonstrierte wieder einmal seine beträchtlichen Fähigkeiten, was schnelle Erholung betraf. Wenn man ihn ansah, wäre man nicht auf die Idee gekommen, dass er erst zehn Minuten zuvor dem Zusammenbruch nahe gewesen war. Er hielt Maria wie ein Kind in den Armen. Sie kam langsam zu sich. Miller verarztete die Kopfwunde von Petar, der vor ihm saß und bereits wieder ganz munter war, dann ging er zu Groves hinüber und beugte sich über ihn. Nach ein paar Sekunden richtete er sich wieder auf und starrte auf den jungen Sergeant hinunter.

»Tot?«, fragte Mallory.

»Tot.«

»Tot.« Andrea lächelte traurig. »Tot – und wir sind am Leben. Weil dieser Junge tot ist.«

»Er war entbehrlich«, sagte Miller.

»Und der junge Reynolds?«, fragte Andrea müde. »Er war auch entbehrlich. Was war es doch, was du heute Nachmittag zu ihm gesagt hast, mein Keith – es ist vielleicht die einzige Zeit, die wir haben. Und so war es. Für Reynolds. Er hat mir heute Nacht das Leben gerettet – zweimal. Er rettete Marias Leben. Er rettete Petars Leben. Aber er war nicht clever genug, sein eigenes zu retten. *Wir* sind die Cleveren, die Klugen, die Erfahrenen. Die Alten sind am Leben, und die Jungen sind tot. So ist es immer. Wir haben uns über sie lustig gemacht, wir haben sie ausgelacht, wir haben ihnen misstraut, wir haben über ihre Jugend und ihre Dummheit und ihre Unwissenheit gestaunt.« Mit einer zärtlichen Geste strich er Maria das nasse blonde Haar aus dem Gesicht, und sie lächelte ihn an. »Und am Ende waren sie besser als wir …«

»Vielleicht in diesem Fall«, sagte Mallory. Er sah Petar traurig an und schüttelte den Kopf: »Wenn man sich vorstellt, dass alle drei tot sind, Saunders, Groves, Reynolds, und keiner von ihnen hatte eine Ahnung, dass Sie der Chef der britischen Spionage im Balkan sind.«

»Ahnungslos bis zum letzten Augenblick.« Miller wischte sich mit der Rückseite seines Ärmels zornig über die Augen. »Mancher lernt's nie. Mancher lernt's nie.«

EPILOG

Wieder einmal befanden sich Captain Jensen und der englische Generalleutnant in der Operationszentrale in Termoli, aber jetzt gingen sie nicht mehr nervös auf und ab. Diese Zeit war vorüber. Die beiden Männer sahen zwar immer noch sehr müde aus, und in ihren Gesichtern hatten sich ein paar Falten vertieft, aber die Gesichter waren nicht länger eingefallen, in den Augen lag keine Angst mehr, und wenn sie auf und ab gegangen wären, statt bequem in tiefen Sesseln zu sitzen, hätte man vielleicht bemerkt, dass ihre Schritte leichter waren. Jeder der beiden Männer hatte ein Glas in der Hand, ein großes Glas.

Jensen nippte an seinem Whisky und sagte lächelnd: »Ich dachte, der Platz eines Generals sei an der Spitze seiner Truppen?«

»Nicht heutzutage«, sagte der General bestimmt. »Im Jahre 1944 führt der kluge General seine Truppen an, indem er sich hinter ihnen hält – etwa zwanzig Meilen hinter ihnen. Außerdem marschieren die bewaffneten Divisionen in einem Tempo, dass es mir ganz unmöglich wäre, mit ihnen Schritt zu halten.«

»Marschieren sie tatsächlich so schnell?«

»Nicht ganz so schnell wie die deutschen und österreichischen Divisionen, die sich in der letzten Nacht von der Gustav-Linie zurückzogen und nun auf die jugoslawische Grenze zurennen. Aber sie sind auch nicht schlecht.« Der General nahm einen großen Schluck Whisky und gestattete sich ein äußerst befriedigtes Lächeln. »Täuschung gelungen, Durchbruch gelungen. Im Großen und Ganzen haben Ihre Männer ganz gute Arbeit geleistet.«

Beide Männer drehten sich in ihren Sesseln um, als ein respektvolles Klopfen ertönte und sich gleich darauf die schweren ledergepolsterten Türen öffneten. Mallory trat ein, gefolgt von Vukalovic, Andrea und Miller. Alle vier waren unrasiert, alle vier sahen aus, als hätten sie seit einer Woche nicht geschlafen. Andrea trug seinen Arm in einer Schlinge.

Jensen erhob sich, leerte sein Glas, stellte es auf einen Tisch, blickte Mallory gelassen an und sagte: »Das haben Sie aber gerade noch geschafft, was?«

Mallory, Andrea und Miller wechselten amüsierte Blicke. Nach einer ziemlich langen Pause sagte Mallory: »Manche Dinge dauern länger als andere.«

Petar und Maria lagen Hand in Hand nebeneinander in zwei Armeebetten im Militärkrankenhaus von Termoli, als Jensen, gefolgt von Mallory, Miller und Andrea, eintrat.

»Ausgezeichnete Berichte über euch beide. Freut mich, freut mich«, sagte Jensen forsch. »Ich habe nur ein paar – äh – Freunde mitgebracht, die sich verabschieden wollen.«

»Was ist denn das für ein Krankenhaus?«, sagte Miller streng. »Wie steht es denn mit der hohen Moral der Armee? Haben die denn hier keine getrennten Abteilungen für Männer und Frauen?«

»Die beiden sind seit beinahe zwei Jahren miteinander verheiratet«, sagte Mallory milde. »Habe ich vergessen, dir das zu erzählen?«

»Natürlich hast du es nicht vergessen«, entgegnete Miller angewidert, »du hast nur nicht daran gedacht.«

»Weil wir gerade von Ehe reden – « Andrea räusperte sich und fing noch einmal an. »Captain Jensen wird sich erinnern, dass er in Navarone …«

»Jaja.« Jensen hob beschwichtigend die Hand. »Ich erinnere mich, ganz bestimmt, ich erinnere mich. Aber ich dachte, dass vielleicht … also, die Sache ist die … Nun, es trifft sich zufällig, dass sich ein kleiner Auftrag … wirklich nur ein ganz winziger Auftrag … und da dachte ich, wo Sie nun schon mal hier sind …«

Andrea starrte Jensen an. Auf seinem Gesicht lag Entsetzen.

Bear Grylls
Ghost Flight –
Jagd durch den Dschungel
€ 10,99, Taschenbuch
ISBN 978-3-95967-185-9

Will Jaeger, Ex-Elitesoldat und Gründer von Enduro Adventures, erhält den Auftrag seines Lebens: Für eine TV-Show soll er mit einer Gruppe von Kandidaten ein mysteriöses Flugzeugwrack aus dem zweiten Weltkrieg im brasilianischen Dschungel bergen. Doch bei den Vorbereitungen stirbt sein Freund Smithy. Die Polizei wertet den mysteriösen Tod als Unglück. Ein Symbol, das der Tote trägt, lässt Will jedoch Böses erahnen. Denn er hat es schon einmal gesehen: in den Hinterlassenschaften seines Großvaters, des legendären Nazi-Jägers ...